T0243841

Perder el equilibrio

MIGUEL Á. GONZÁLEZ

Perder el equilibrio

Grijalbo

Papel certificado por el Forest Stewardship Council®

Primera edición: enero de 2024

© 2024, Miguel Ángel González
© 2024, Penguin Random House Grupo Editorial, S. A. U.
Travessera de Gràcia, 47-49. 08021 Barcelona

Penguin Random House Grupo Editorial apoya la protección del *copyright*.
El *copyright* estimula la creatividad, defiende la diversidad en el ámbito de las ideas y el conocimiento,
promueve la libre expresión y favorece una cultura viva. Gracias por comprar una edición autorizada
de este libro y por respetar las leyes del *copyright* al no reproducir, escanear ni distribuir ninguna
parte de esta obra por ningún medio sin permiso. Al hacerlo está respaldando a los autores
y permitiendo que PRHGE continúe publicando libros para todos los lectores.
Diríjase a CEDRO (Centro Español de Derechos Reprográficos, http://www.cedro.org)
si necesita fotocopiar o escanear algún fragmento de esta obra.

Printed in Spain – Impreso en España

ISBN: 978-84-253-6666-6
Depósito legal: B-19.407-2023

Compuesto en Comptex&Ass., S. L.

Impreso en Black Print CPI Ibérica
Sant Andreu de la Barca (Barcelona)

GR 66666

Para Daniela,
por ayudarme a contar escalones

No es así como funciona la venganza. La venganza es como el fuego, cuanto más devora, más hambre tiene.

J. M. COETZEE,
Desgracia

hoy

1

Lo primero que sorprende a Jonás al instalarse en su nueva casa es que el vecino de abajo no tiene dientes; se cruzan en la escalera porque no hay ascensor, así que ha de subir apoyando las muletas en cada escalón y dando un pequeño salto, un saltito diminuto que hace que se sienta ridículo. Al cargar su peso sobre ellas, el amortiguador emite un sonido que le irrita porque le recuerda al cricrí de un grillo en una calurosa noche de verano. El apartamento que ha alquilado se encuentra en la tercera planta, y no puede evitar pensar que cada vez que necesite salir a la calle deberá hacerlo de esa forma, subiendo y bajando las escaleras con las muletas, dando ridículos saltos sobre su única pierna para ir posándose en cada escalón. Tampoco ha podido evitar contar los peldaños, son diecinueve los que hay desde el portal hasta el rellano del primer piso, en el que se encuentra. Los multiplica por tres mentalmente y asume que siempre que quiera entrar o salir de su nueva casa deberá dar cincuenta y siete saltos. Se lo toma como una especie de sacrificio, como una penitencia. «Todo tiene un precio», piensa. Y está dispuesto a pagarlo, está dispuesto a hacerlo si a cambio logra cumplir su objetivo.

Cuando llega al segundo piso se abre una puerta y entonces lo ve por primera vez. Le sorprende que el encuentro se produzca tan pronto; había imaginado que tardarían varios días en coincidir. El vecino que aparece frente a él se llama Fausto, trabaja en un hotel y no tiene dientes. Eso es lo que le dice cuando se conocen: se llama Fausto y trabaja en un hotel. No dice nada acerca de los dientes, pero no es necesario.

—¿Necesitas ayuda? —pregunta Fausto.

Jonás apoya una muleta en la pared y se limpia la mano liberada sacudiéndola contra el bolsillo trasero de su pantalón, como si fuera un repostero al que hubieran abordado mientras amasaba pan. Aunque solo ha subido dos plantas está cansado y jadea ligeramente. Extiende la mano que acaba de limpiarse y estrecha la que le tiende Fausto.

—Me estoy instalando en la planta de arriba, perdona si durante los próximos días oyes ruido de cajas y muebles —se disculpa Jonás por adelantado.

Con un aspaviento y un gesto de comprensión, Fausto le indica a su nuevo vecino que no debe preocuparse por nada.

—Deja que te ayude —le vuelve a decir.

Las manos se sueltan, Jonás da un paso atrás y se apoya en la pared, junto a la muleta.

—No es necesario —le aclara—, puedo solo. —Al oír sus propias palabras las siente más severas de lo que había imaginado e intenta equilibrar el tono bromeando—: He firmado un contrato de alquiler por cinco años, así que lo mejor será que me vaya acostumbrando a estas escaleras.

Sonríe y Fausto lo mira. Lo más probable es que se esté preguntando qué motivos habrán llevado a un tullido a alquilar un apartamento en la tercera planta de un edificio sin ascensor. Guardan un segundo de silencio tras el cual Jonás está a punto de decirle que se llama Jonás, pero lo que finalmente dice es: «Me llamo Ismael».

Ahora es Fausto quien sonríe y Jonás el que mira. No son tan distintos: ambos de estatura media, ambos pesan alrededor de setenta kilos y ambos aparentan haber sobrepasado la barrera de los cincuenta. Es su rostro lo que los distingue, Fausto tiene un pelo negro y rizado que contrasta con el de Jonás, canoso y lacio. El tono de los ojos de los dos hombres es idéntico, más oscuro que la miel y más claro que la cáscara de una nuez, pero bajo los de Jonás hay dos surcos ennegrecidos que le hacen parecer casi anciano, casi agotado, casi derrotado, mientras que bajo los de Fausto hay decenas de perforaciones diminutas que convierten sus pómulos en una especie de lija de carpintero o en las páginas de un libro escrito en braille.

Y los dientes.

Fausto no tiene dientes; cuando habla, deja a la vista sus encías desnudas como una herida abierta y, cuando calla, los labios se relajan y retroceden hacia el interior de la boca formando una mueca extraña, entre de estupefacción y de asombro, como si todo lo que ocurriera a su alrededor fuera para él motivo de inesperada sorpresa.

—Supongo que nos veremos a menudo —dice Fausto a modo de despedida.

—Sí, así es —responde Jonás—. Me mudo ahí, justo encima de tu casa. —Acto seguido le indica el piso superior.

De manera instintiva ambos levantan la mirada hacia el lugar que señala el dedo.

—La propietaria me ha contado que el piso llevaba varios meses vacío, supongo que ya te habías acostumbrado a no oír ruidos de los vecinos, pero no tienes que preocuparte. Como ya habrás imaginado, no suelo ponerme a bailar ni a correr por el pasillo —dice bajando la vista hacia el espacio vacío que debería ocupar su pierna. Cuando vuelve a levantar la cabeza, muestra una amplia sonrisa.

—Ya…, sí, no sé. Ni siquiera sabía que la casa estuviera vacía —responde un Fausto que, al contrario que su interlocutor, parece haber cambiado el tono y ya no se muestra tan cordial como hace un momento.

—Claro, es normal. Esta es una zona de estudiantes, además. Jóvenes que comparten piso y que desaparecen en cuanto acaba el curso.

Fausto no dice nada, guarda silencio, un silencio largo y denso, y Jonás siente la necesidad de seguir hablando, como si hubiera dejado una frase a medias y tuviese que cerrarla para que la conversación pueda continuar.

—Bueno, no lo sé, eso fue lo que me dijo la dueña —añade—. No quería más estudiantes, buscaba a alguien que se quedara por un periodo más largo. Quizá por eso el apartamento habrá estado vacío tanto tiempo, ¿no crees?

Es como si el comentario de Jonás pesara una tonelada, como si fuera una losa enorme entre los dos hombres que los separa irremediablemente.

—Supongo —contesta por fin Fausto. Después da media vuelta, cierra la puerta de su casa con llave y se despide—: Tengo que irme, el hotel en el que trabajo está en el centro y si no salgo ahora mismo llegaré tarde.

—Claro, ya coincidiremos en el portal —dice Jonás y, ahora sí, se despide.

Fausto no responde y comienza a bajar las escaleras. Lo

hace a zancadas, con las manos en los bolsillos, sin apoyarse en la barandilla. Tras dar una docena de pasos se pone a silbar.

Jonás vuelve a colocar ambas muletas bajo sus axilas y se queda un rato de pie, contemplando a su vecino hasta que este desaparece de su campo de visión.

Le sorprende el aspecto de Fausto. No lo había imaginado así.

2

Prefiere esperar en la calle, con la espalda recostada en la fachada del edificio para relajar la tensión acumulada en la pierna. Le duele la rodilla debido al cansancio tras varios días de mudanza. Lleva antiinflamatorios en el bolsillo, pero no puede tomarlos sin agua y no quiere volver a subir.

Ha acordado con la empresa de transportes que llegarían a las cinco. Mira su reloj de pulsera y descubre que son las cinco y siete minutos; aun así, tiene que esperar otros nueve más hasta que ve aparecer la camioneta. No sabe muy bien por qué, pero se siente decepcionado; había imaginado un camión de seis u ocho ruedas con un logo serigrafiado en un lateral; sin embargo, el vehículo que se aproxima hacia él no es más que una furgoneta del tamaño de un monovolumen familiar. Quizá su decepción se debe al descubrimiento de que la nueva vida que acaba de comprar cabe en una Citroën Jumpy de segunda mano.

El conductor enciende las luces de emergencia, se detiene frente a él y comienza a maniobrar para estacionar. A Jonás le parece una casualidad que haya logrado encontrar aparcamiento justo delante del portal, hasta que descubre que el espacio libre está situado entre dos señales de tráfico. Él se encuentra debajo de una de ellas. Es una señal metálica y rectangular, de color azul, con un dibujo blanco: un hombre sentado en una silla de ruedas. Antes de que la furgoneta apague el motor y los operarios bajen de ella, Jonás se coloca las muletas bajo las axilas y tan rápido como puede da varios pasos hacia un lado, no se detiene hasta encontrarse a dos o tres metros de distancia. Se siente estúpido después de haberlo hecho, pero ya no regresa.

Son dos hombres; un hombre y un chiquillo, en realidad. Entre ambos hay varias décadas de diferencia, Jonás piensa que quizá son padre e hijo, aunque no se parecen demasiado. El joven es delgado, tiene la nuca rapada y un flequillo que le cae sobre un lado de la cara cubriéndole un ojo. El adulto tiene problemas de sobrepeso y el pelo rizado. Es él quien habla.

—¿Va a subir con nosotros o prefiere esperar en la calle? —quiere saber mientras le entrega un albarán y un bolígrafo para que lo firme.

Es un hombre gordo y descarado. Le hace la pregunta mirando directamente hacia la pierna amputada. Jonás viste un pantalón de algodón al que le ha doblado la pernera sujetándola con un imperdible a una de las hebillas de la cintura para evitar que la tela se arrastre por el suelo.

—Es por la furgoneta —continúa diciendo—. Si sube con nosotros deberíamos aparcar en otro lugar, pero si espera aquí hasta que terminemos… Bueno, ya sabe, en ese caso no creo que nos vayan a multar. —Su tono va descendiendo a medida que avanza la frase, de modo que al terminar casi parece una súplica.

Solo habla el gordo, que tiene la frente perlada de sudor y cuya camisa adquiere una tonalidad más oscura bajo las axilas y en la línea que dibuja el vientre. El joven permanece callado, de pie, escondido tras su padre o su jefe o su compañero, con la cabeza gacha.

—Puedo esperar aquí —responde Jonás. Y después, en un alarde absurdo de desobediencia, le entrega las llaves de su apartamento al chico, que tarda varios segundos en alzar la mirada y comprender que se están dirigiendo a él.

Suben y bajan las escaleras a buen ritmo. Antes de iniciar el primer viaje se plantean usar un carro con ruedas de goma, pero desechan la idea porque les parece más laborioso tener que ir tirando de él escalón tras escalón, así que cogen las cajas a pulso, dos cada uno, cuatro cajas por viaje. No son más de treinta y, cuando llevan aproximadamente la mitad, Jonás cae en la cuenta. Está frente a las puertas traseras de la furgoneta, mira las cajas y descubre que todas ellas llevan un folio pegado con cinta adhesiva en el que pueden leerse su dirección postal y su nombre impresos en tinta negra. En el bolsillo del pantalón aún guarda el bolígrafo —ha olvidado devolvérselo al tipo gordo tras firmar el albarán—, lo saca y deja las muletas en el suelo con delicadeza, como si se tratasen de un bebé al que estuviera metiendo en su cuna intentando que no se despertase. Después se tumba bocabajo sobre la superficie metálica del vehículo y comienza a arrastrarse. Las cajas se encuentran en el otro extremo, pegadas a la cabina del conductor. Hay restos de serrín en el suelo, pero no le importa mancharse. Se siente como una serpiente acechando a su presa. Cuando llega a ellas, comienza a tachar la palabra «Jonás» de cada folio. Lo hace con detenimiento, sin pasar a la siguiente caja hasta que el nombre ha desaparecido por completo convirtiéndose en un rectángulo de rayas azules.

Así, tumbado bocabajo en la parte posterior de la camioneta, es como se lo encuentra el chico.

—Perdón —dice como si acabara de equivocarse en la respuesta de un examen oral delante de todos sus compañeros de clase.

Jonás gira la cabeza y lo mira. Antes de decir nada, piensa que es la primera vez que oye su voz y que suena justo como la había imaginado.

—Hay un error —se justifica—. En las cajas. Hay un error —repite.

Aparece el tipo gordo, se coloca junto a su hijo, o junto al chico que podría ser su hijo, y ambos miran a Jonás.

—Hay un error —asegura este por tercera vez—. El nombre está mal. Yo no me llamo Jonás.

Termina de hablar y siente la necesidad de pronunciar una última frase para aclarar la situación.

—Yo no soy Jonás, ya no.

3

El piso es pequeño. Solo lo había visto en fotografías y le había parecido más grande. Ahora, repleto de cajas de cartón, le resulta diminuto. El espacio principal es rectangular y en él están la cocina y el salón, sin separación entre ambos, aunque el suelo es diferente: madera en el salón y linóleo en la cocina. No tiene horno y, aunque los cajones de la encimera están vacíos, los muebles anclados a la pared alrededor de la campana extractora disponen de algunos utensilios básicos: dos sartenes, un cazo para la leche, varios vasos de cristal, una tabla de cortar y un rodillo para amasar. Todo es nuevo; incluso del mango de las sartenes cuelga un cordón plastificado con un pequeño cartón en el que se ve el logotipo del fabricante.

La separación entre la cocina y la única habitación de la casa es un muro acristalado sin puerta; en su lugar hay una abertura de un metro de ancho aproximadamente para entrar y salir de ella. Los cristales de la pared son translúcidos, tienen el tamaño de una fotografía y los hay de diferentes colores: rojos, verdes, amarillos y azules. El apartamento solo tiene una ventana diminuta por la que ni siquiera es posible asomar la cabeza, desde la que alcanza a verse el corredor que comunica todas las viviendas.

La pared del salón está formada por una estantería de obra que la cubre por completo, en cuya parte central hay un espacio más grande para el televisor y las baldas a su alrededor son más estrechas, para libros o CD. Jonás coge una silla plegable y toma asiento frente a ella. Con una muleta arrastra una caja de cartón hasta el lugar en el que se encuentra y con la llave con la que ha abierto la puerta corta el precinto. Está llena de libros que no ha leído. Son libros nuevos que ha comprado a ciegas para que la vivienda parezca un hogar lo antes posible, y él, una persona con pasado. Los saca de dos en dos o de tres en tres y los va colocando. Puede vaciar las primeras cajas sin necesidad de levantarse, pero para alcanzar las baldas superiores necesita incorporarse, de modo que agarra con una mano el respaldo de la silla y utiliza la otra para seguir poniendo los ejemplares en su sitio.

Antes de comenzar la tarea ha limpiado la estantería con un paño húmedo y le ha parecido que estaba vacía, pero ahora, de pronto, en una esquina, encuentra un quemador para velas blanco, ovalado y tan pequeño que por eso no lo había visto. Tiene el tamaño y la forma de una cáscara de huevo con un agujero en medio, y en su interior hay una vela consumida.

Jonás duda; quiere cogerlo pero algo se lo impide. El pasado se agolpa en su cabeza y lo bloquea. Visualiza ese mismo quemador en su propia casa, la casa en la que vivió junto a su familia durante más de veinte años. Lo recuerda en el salón, también sobre el televisor, con una vela de aroma a vainilla encendida, y siente el peso de la culpa; una culpa que crece en su interior y lo devora, pegajosa como un charco de petróleo aferrado a sus entrañas. Piensa en todas las ocasiones en las que pudo estar en esta misma casa en la que ahora se encuentra cuando era otra, cuando dentro de ella había vida. Rememora las excusas que empleó para no ir y le parecen estúpidas, tan estúpidas como él mismo.

Estira el brazo y agarra el quemador con los dedos de la mano derecha, después se lo acerca a la cara y aspira profundamente. Aunque el olor a vainilla que desprende la vela es casi imperceptible, Jonás siente que lo inunda todo. Inhala dos veces más, quizá tres, y por último se gira, da la espalda a la estantería y a los libros que acaba de colocar y hasta al quemador de velas del tamaño y la forma de una cáscara de huevo. Abre la boca todo lo que puede, parece un pez intentando sobrevivir fuera del agua. Con la yema de los dedos recorre sus labios y los siente resecos. Luego rompe a llorar. Un llanto silencioso lleno de ira o de tristeza o de ambas. No tarda demasiado en lograr controlarse, no más de dos o tres minutos, entonces se seca las lágrimas con el dorso de la mano izquierda y retoma el trabajo.

4

La casa parece otra ahora: sobre el suelo de madera del salón hay una alfombra roja de pelo largo y un sofá de dos plazas, y en la estantería de obra, un televisor de treinta y dos pulgadas rodeado por un centenar de libros, una cama en la habitación y, a modo de cabecero, una reproducción del cuadro *Judit y Holofernes*, de Caravaggio. En la imagen una joven decapita a un hombre con una espada; ella es Judit, y él, Holofernes. Según la leyenda, Holofernes había sometido al pueblo de Betulia hasta masacrarlo, pero Judit consiguió decapitarlo, y así logró ganar ella sola una batalla que el ejército daba por perdida.

Jonás se halla frente al microondas, contemplando a través de la puerta acristalada el envase que gira sobre sí mismo en su interior, y cuando suena el pitido extrae de él una crema de calabaza precocinada y se dispone a comérsela en una mesa auxiliar junto al sofá. Toma asiento, introduce una cuchara en el plato y, al remover la crema, unas volutas de humo ascienden hacia el techo. Sopla y mira la televisión mientras espera a que la comida se enfríe. Emiten una película, ha comenzado varios minutos antes de que Jonás se sentara. Pese a todo, no le cuesta demasiado seguir la trama:

cuenta la historia de un hombre que ha perdido la memoria. No, eso no es del todo cierto, cuenta la historia de un hombre que no es capaz de retener sus recuerdos, solo puede vivir hacia delante, como en una huida constante, pues olvida cada segundo al segundo siguiente. El protagonista tiene el cuerpo repleto de tatuajes. Como no puede fiarse de nadie, ni siquiera de su propia memoria, tiene un tatuaje con su nombre y otro con la dirección del apartamento donde vive. No sabe nada, solo que debe vengar la muerte de su mujer. Eso también lo pone en uno de sus tatuajes. Lo que no pone es qué hará cuando lo logre, cuando todo haya terminado, cómo llenará una vida vacía de recuerdos tras llevar a cabo su venganza.

Jonás apenas ha probado bocado pero ya no tiene hambre, así que se incorpora y lleva el plato al fregadero. Le cuesta recorrer la distancia que lo separa de la encimera de la cocina sin derramar el contenido. Abre el grifo y espera hasta que el agua hace desaparecer los restos de la crema de calabaza por el desagüe, después regresa al salón y apaga el televisor. Prefiere no saber cómo termina la película.

5

Los tullidos suelen sentir un picor incontrolable en la pierna amputada o en los dedos del pie. Es una sensación muy concreta, una especie de cosquilleo incesante en el meñique del pie izquierdo. Un dedo que ya no existe en un pie que ya no existe en una pierna que ya no existe. A Jonás eso ya no le ocurre, pero desde hace varias semanas solo consigue conciliar el sueño si se acaricia el muñón desnudo.

Está tumbado en la cama mirando al techo y coloca la palma de la mano sobre él. Lo hace con suavidad, posando las yemas de los dedos sobre las cicatrices, con el mismo detenimiento e interés con el que un ciego lee un libro. El tacto es similar al de un bizcocho, a la forma que este adquiere cuando se hincha con el calor del horno y se rompe, y se forman grietas de diferente grosor y tamaño en la parte superior.

Y es que a Jonás, su pierna amputada le recuerda a un bizcocho de azúcar y canela.

Todo está oscuro en la habitación. Vuelve la cabeza hacia la pared en la que se encuentra la única ventana de la casa y mira el haz de luz que penetra en ella; es pequeño, como si alguien estuviera apuntando al suelo con una linterna. Desde su posición, acostado sobre el colchón, en una de las esquinas puede vislumbrar un trozo de cielo y el follaje de un árbol. No se había fijado antes en él, ya que de pie frente a la ventana solo se ven el patio común y las casas que lo rodean. Se concentra en las hojas del árbol; le parecen las manos de un personaje de dibujos animados, redondeadas en la parte inferior y con cuatro vértices puntiagudos. Tienen esta forma para que los rayos de sol se cuelen entre ellas y la luz pueda llegar hasta el tronco y las ramas menos expuestas. Jonás lo sabe porque se lo contó su mujer la tarde que regresaban de la estación de autobuses. Habían dejado a su hija allí, con una amiga y media docena de mochilas y maletas junto a sus piernas. «Es solo una niña», dijo ella. Jonás miraba la carretera y su mujer tenía la frente apoyada en la ventanilla. Hablaban así, sin verse. «Tiene diecinueve años —respondió él—, sabe lo que hace». Después de decir eso separó la mano derecha del volante y la colocó sobre la rodilla de su esposa, que le agradeció el gesto entrelazando los dedos con los de su marido. Sabía que él estaba en lo cierto, pero no podía evitar sentir un nudo en la garganta. Para ella, Valeria seguía siendo una niña que se marchaba a vivir a seiscientos kilómetros de distancia y a la que a partir de aquel momento solo podría ver un fin de semana al mes. Intentaba no llorar al pensarlo, pero no era una tarea sencilla, quizá por eso habló de los árboles. Recorrían una estrecha carretera comarcal bordeada por dos hileras de arces cuando ella se lo dijo, cuando le contó lo de la forma de las hojas y lo de la luz del sol y, unos pocos minutos más tarde, estaba muerta.

No sabe cómo ha llegado a ese recuerdo, le incomoda revivirlo. Han sido las hojas las que lo han traído de vuelta.

Primero ella habló del sol y luego él comenzó a contar los árboles. Los miraba fijamente y cuando desaparecían de su campo de visión les asignaba un número.

Uno. Dos. Tres...

Así hasta nueve.

Después del noveno no recuerda nada. Solo colores. Primero negro y después rojo. Y cuando despertó ya lo había perdido todo. No todo. Había perdido a su mujer y había perdido su pierna, pero su hija estaba allí, sentada junto a su cama en la habitación del hospital.

Ella estuvo a su lado cuando él despertó.

Ella estuvo a su lado después de lo que ocurrió.

Pasaron once meses hasta que a ella también la perdió.

6

Los árboles que rodean el edificio en el que Jonás vive son plátanos de sombra. Se lo ha contado Román, que trabaja como reponedor en el supermercado de la esquina. Es una tienda de tamaño medio, con cinco pasillos, tres para la comida y otros dos para los productos de limpieza y aseo. También dispone de dos cajas de cobro y otros dos mostradores para productos frescos. Uno para el pescado y otro para la carne, los quesos y los embutidos.

La primera vez que ve a Román lo encuentra sentado en el suelo, con las piernas cruzadas como un jefe indio, colocando latas de conserva. Román es argentino, debe de rondar los sesenta años —lo más probable es que ya los haya cumplido—, y a Jonás le sorprende que un hombre de esa edad se gane la vida trabajando en un supermercado de barrio. Desde la posición en la que ambos están, puede verle una incipiente calvicie en la coronilla, que intenta disimular con varios mechones largos de pelo que coloca con sumo cuidado para que la cubran.

Los pasillos son estrechos, tanto que en un giro Jonás golpea una estantería con las muletas y derriba de forma involuntaria varios tetrabriks de leche, que caen al suelo sin romperse. Román los recoge y le ofrece su ayuda.

—Pedí lo que necesites —le dice—, yo me encargo.

Jonás duda, pero finalmente acepta. Le pide lejía y leche y huevos y servilletas y pan tostado y fideos. Pero no fideos con forma de fideos, le pide un paquete de esos fideos que parecen estrellas en miniatura.

—¿De alguna marca especial la lavandina? —le pregunta.

Jonás lo mira sin entender y Román le aclara:

—La lejía, ¿la querés de alguna marca concreta?

—No —contesta—, cualquiera está bien.

—Esperá aquí —le indica—, ahora vuelvo.

Román tarda un par de minutos en regresar y, cuando lo hace, lo lleva todo a la vez entre sus brazos, apoyando los productos contra su pecho. Jonás lo observa caminar hacia él y le parece como si cargara un perro agarrándolo por el tronco, por el espacio que hay entre sus patas.

En una de las cajas registradoras, alrededor de media docena de personas están esperando a ser atendidas. En la otra, que en ese momento se encuentra apagada, no hay nadie.

—Seguime, vení acá —le indica Román señalando la máquina que no está en funcionamiento.

Desbloquea el terminal introduciendo un número de cuatro dígitos y comienza a pasar los productos por el lector de códigos de barras. Mientras lo hace, Román le cuenta a Jonás que la chica que se encargaba de esa línea de cobro acaba de dejar el trabajo. «Encontró laburo en una tienda de ropa», le explica. Solo hace tres días que se fue, pero necesitan encontrar a alguien pronto porque la gente no para de entrar a comprar y en el centro comercial se les acumula la faena. Usa justo esas dos palabras: «centro comercial». Las usa para referirse al lugar en el que trabaja: un supermercado ubicado en la esquina de una calle cualquiera en un barrio de la periferia. A Jonás le hace gracia la grandilocuencia del comentario.

—Centro comercial —repite sonriendo.

—¿Qué querés que haga? —responde Román con sorna—. Soy argentino.

Ambos ríen. Se acaban de conocer, pero, por alguna razón, Román le transmite tranquilidad, por eso alarga la conversación mientras guarda los productos en una bolsa de plástico. Primero le pregunta por los árboles que tienen a su alrededor y, cuando le aclara que son plátanos de sombra, le pide información acerca del trabajo que ofrecen en la tienda.

—¿Conocés a alguien para el puesto? Es una tarea para estudiantes —le confiesa Román—. Poca guita, media jornada y turnos rotativos.

—Sería para mí —responde Jonás.

—¿Vos querés laburar acá de cajero?

—¿Qué tiene de extraño?

—Nada —dice Román de pronto, como si acabara de comprender que su comentario ha estado fuera de lugar—. Mirame a mí, debería estar ya jubilado y me paso el día acomodando latas de fabada y atún. —Sonríe, tiene un colmillo de oro y un hueco vacío donde debería estar una de sus muelas—. Tenés toda la información en el cartelito —le indica señalando un folio pegado con papel celo en la puerta acristalada de la entrada—. Mañana entrevistan a los candidatos, lo hacen en la oficina. Se entra por la puerta de atrás, la que da a la otra calle. A las cinco, creo. Ahí lo pone. —Vuelve a señalar el cartel.

Jonás cuelga las asas de la bolsa en la empuñadura de una muleta y le da las gracias por la aclaración.

—¿Necesitas que te ayude a subir la compra? —se ofrece Román.

—No, descuida. Puedo solo.

Una señora pasa junto a ellos, es una mujer mayor con el pelo blanco y un cardado de peluquería que convierte su cabeza en un bol de claras de huevo a punto de nieve. Sujeta dos bolsas, una en cada mano. Cruza entre ambos y, antes de salir del supermercado, no puede evitar la tentación de girarse para volver a mirar a Jonás.

—¿Otra vez se te olvidó la pierna en casa? —le grita Román a Jonás en voz alta, para que la mujer pueda oírlo con claridad—. A mí me pasa a cada rato, el otro día, sin ir más lejos, fue el brazo. Terminé de cepillarme los dientes y lo dejé arriba del lavabo, no me di cuenta hasta que llegué acá y empecé a acomodar las cajas de cereales. Como no tengamos más cuidado —le advierte—, el día menos pensado nos vamos a olvidar la cabeza en cualquier parte.

Termina de hablar y vuelve a sonreír, Jonás también lo hace. Ambos ríen. Definitivamente, Román le parece un buen tipo.

7

Espera su turno sentado, lleva una camisa blanca metida por dentro del pantalón y una corbata roja. Borgoña. Eso fue lo que le aseguró el tipo de la tienda cuando la compró, aunque ya casi lo ha olvidado. Hay más de tres años y seiscientos kilómetros de distancia de aquel momento. Su mujer y su hija estaban con él, y fue esta última quien eligió el color. Para convencerlo le aseguró que las corbatas negras solo las usan los camareros o las personas que asisten a un funeral, y finalmente se decidió por la que ella quería. Aunque tenía al menos cuatro corbatas negras, fue esa la que acabó usando para asistir a los funerales de ambas. Una corbata borgoña para enterrar a su mujer y la misma corbata borgoña para enterrar a su hija.

No está solo en la sala, a su alrededor hay media docena de personas sentadas. Es un espacio diáfano de forma rectangular, paredes blancas y sillas de plástico ancladas a una barra metálica horizontal que las une. El resto de los candidatos son más jóvenes que Jonás, visten pantalones vaqueros, zapatillas deportivas y camisetas de manga corta que les caen por encima de la cintura tapándoles la bragueta. «Estudiantes», piensa, y no puede evitar acordarse de Román. Lo imagina en el supermercado, al otro lado del muro en el que en ese momento recuesta su espalda, sentado en el suelo de uno de los pasillos etiquetando productos en oferta.

La forma en que los llaman para la entrevista es algo rudimentaria: cuando un candidato sale del despacho del gerente y deja la puerta abierta, acto seguido la secretaria pronuncia en voz alta el siguiente nombre de la lista sin siquiera levantarse para recibirlo.

Jonás, todavía sentado, oye por fin la voz de una mujer gritando «¡Ismael!», pero durante unos segundos no reacciona; continúa con la mirada perdida en el suelo, en los dibujos asimétricos de las losetas porcelánicas. Vuelve a oír el nombre, esta vez pronunciado en un tono de voz más alto, y entonces se incorpora moviendo el cuerpo de manera desarticulada, como si acabara de despertarse de una pesadilla, y accede al despacho cerrando la puerta tras de sí.

Se queda de pie esperando a que el entrevistador lo invite a tomar asiento, pero este se limita a mostrar una extraña mueca de sorpresa.

—No es habitual… —dice y después guarda silencio intentando encontrar las palabras idóneas para terminar la frase—: No es habitual que se presenten candidatos con su perfil a este tipo de ofertas —concluye, aunque lo que realmente ha querido decir es que no es habitual que un hombre de más de cincuenta años al que le falta una pierna quiera trabajar como cajero en un supermercado.

El gerente tiene labio leporino e intenta disimularlo con una barba mal recortada que nace de forma austera en el cuello y la zona de los maxilares. Le explica sin convicción las funciones que deberá cumplir, como un trámite por el que debe pasar antes de llamar al siguiente candidato. Jonás no encaja en el perfil que buscan, por eso su discurso es parco y repleto de vaguedades, como si necesitara evidenciar que él no tiene la menor probabilidad de hacerse con el puesto.

Jonás lo deja hablar, lo escucha mientras le explica cómo se fundó el primer supermercado y el crecimiento que ha tenido la compañía en la última década, y resalta la importancia del sentimiento de pertenencia. A pesar de la expansión intentan no perder la visión familiar del negocio. Su padre es el director y él ejerce como gerente, entre ambos tienen que supervisar otros tres supermercados —además del centro en el que ahora se encuentran—, lo que imposibilita que puedan estar presentes todo el tiempo. Por eso, le asegura, es fundamental para ellos que los trabajadores sean como miembros de una gran familia. El discurso debería encerrar cierta carga emocional, pero al pronunciarlo de manera mecánica no despierta la menor empatía. En varias ocasiones, mientras habla, el gerente baja la vista hacia el folio que tiene en sus manos, y para Jonás es como si, en lugar de encontrarse en una entrevista de trabajo, estuviera junto a un amigo al que está ayudando a preparar la audición de una obra teatral.

Lo que su entrevistador no sabe es que Jonás ha pasado los últimos diecisiete años dirigiendo el departamento de recursos humanos de una planta maderera con más de trescientos empleados, cuya facturación mensual seguramente triplique la recaudación anual de cualquiera de los cuatro supermercados de barrio de los que le está hablando. Pero eso es algo que el hombre que tiene delante desconoce, por eso piensa que está manejando la situación a su antojo, porque no puede imaginar que Jonás ya ha logrado el trabajo, que desde el mismo momento en que decidió presentarse a la entrevista ya sabía que el puesto sería suyo.

Jonás mira al gerente en silencio mientras este continúa hablando. Le intuye unos treinta y cinco años, una licenciatura, tal vez un posgrado en gestión y administración de empresas, un año de estudios en el extranjero y no más de cinco de carrera profesional, tal vez seis, siete como mucho.

Cuando la entrevista llega a su fin, ambos se ponen de pie y se estrechan la mano.

—El proceso no debería llevarnos más de dos o tres días —le aclara—, de modo que, si resulta seleccionado, le llamaremos en ese plazo.

—Gracias —responde Jonás. Después, sin soltarle la mano, dice de pronto—: Se llama amputación infracondílea, conlleva una rehabilitación más compleja y dolorosa que otras amputaciones, pero la ventaja es que se conserva la rodilla, eso le da al muñón cierta independencia de movimiento. También facilita la intervención; desarticular la rodilla es más arriesgado, aquí solo hay que cortar la tibia en dos. —Sonríe.

El gerente suelta su mano y lo mira sin entender nada de lo que está ocurriendo.

—Puestos a elegir —prosigue—, es mejor que te corten una pierna por debajo de la rodilla a que te amputen solamente un pie. Con la amputación de un pie el porcentaje de minusvalía nunca supera el cuarenta y nueve por ciento, en cambio, si se llega a la tibia lo normal es estar por encima del sesenta por ciento. Son solo ocho o diez centímetros de diferencia, pero las ventajas son enormes. Para una empresa, por ejemplo, la subvención por la contratación de un trabajador con un grado de minusvalía mayor del cincuenta por ciento es de cuatro mil quinientos euros anuales. Si además el minusválido tiene más de cuarenta y cinco años, el importe asciende hasta los seis mil trescientos euros. Y lo mejor es que la cantidad se percibe sistemáticamente durante todo el tiempo de vigencia del contrato; la empresa no debe realizar ningún trámite de renovación, ya que la transferencia se ejecuta periódicamente y el dinero llega al banco sin el menor esfuerzo.

Cuando termina de hablar recoge la muleta que había dejado apoyada en la mesa de melamina y la coloca de nuevo bajo su axila. Se miran una última vez. Ya no es solo Jonás, ahora el gerente también sonríe y su labio leporino sube y baja desde sus dientes hacia su nariz una y otra vez, como si de una diminuta persiana de carne se tratara.

8

No esperan dos días, lo llaman a la mañana siguiente y esa misma tarde regresa al despacho, pero el gerente no se encuentra allí, es su secretaria quien lo atiende y le informa de las condiciones laborales. Le notifica que antes de formalizar el contrato debe pasar un periodo de prueba de siete días durante el cual dedicará cuatro horas diarias a aprender las funciones propias de su puesto. La encargada de personal será la responsable de su formación y, al finalizar, redactará un informe de valoración de sus capacidades y su implicación en el trabajo, que les servirá para tomar la decisión definitiva. Por esta semana formativa, le aclara, no percibirá salario alguno, pero si la supera satisfactoriamente, cuando firmen el contrato y su relación se formalice, ese tiempo computará como horas extraordinarias que le serán abonadas en la primera nómina.

—¿Tienes alguna duda? —le pregunta al finalizar su explicación.

A modo de respuesta, Jonás niega con la cabeza.

—Entonces, bienvenido a la familia, Ismael —añade la secretaria sonriendo—. Espero que todo vaya bien y que te quedes con nosotros mucho tiempo.

En el vestuario se encuentra a Román, está en calzoncillos frente a un banco de madera. En un primer momento se sorprende al ver a Jonás, pero enseguida se alegra de que haya conseguido el trabajo y lo felicita golpeándole varias veces el hombro con la mano abierta.

Dentro de un pequeño sobre de papel manila que la secretaria le ha entregado, hay dos copias de la llave de su taquilla, saca una y abre la puerta. En el interior encuentra un uniforme envuelto en una bolsa de plástico transparente, la rompe con los dedos y comienza a cambiarse. Pronto descubre que el pantalón le queda grande; para ajustárselo a la cintura y evitar que se le caiga tiene que usar su cinturón, y en la zona de la pelvis aparecen pequeñas bolsas de tela sobrante.

—¿Ya terminaste? —quiere saber Román, listo para salir del vestuario—. Vamos a tomar un café, tenemos tiempo antes de que empiece el turno de tarde —le propone tras mirar su reloj de pulsera.

En una de las paredes de la cafetería a la que se han dirigido hay un televisor anclado en el que emiten un partido de tenis. Román golpea la barra con los nudillos para llamar la atención del camarero y, cuando lo logra, le pide una copa de pacharán. Jonás toma un té negro sin azúcar.

—¿Vos seguís el tenis? —le pregunta Román.

Jonás gira la cabeza instintivamente para contemplar la pantalla.

—No demasiado —responde.

—Ya, yo tampoco, pero me gusta meterle guita y por eso lo miro.

—¿Y ganas?

—¿Vos creés que si ganara plata con las apuestas estaría

laburando de *repositor* en un supermercado? —Ríe—. Mirá a Bolsova, está a punto de hacerme perder veinte euros, y eso porque es más linda que su rival. Tenía que haber apostado por la otra, las minas feas siempre ganan al tenis —sentencia.

Jonás vuelve a mirar la imagen, no conoce a ninguna de las dos tenistas. Lee sus nombres en la parte inferior de la pantalla, junto al cuadro en el que se muestra el resultado del partido. Aliona Bolsova luce un tatuaje que le cubre el brazo izquierdo casi por completo, es un tigre —o quizá un león— rodeado de flores. A Jonás el apellido Bolsova lo lleva a pensar en Croacia, o en Bulgaria o en Moldavia, pero cuando la tenista gana un punto, blande su raqueta en el aire y grita, a él le parece que lo hace en español. Los gritos también tienen un lugar de origen. Al igual que el llanto.

Román se bebe la copa de un trago e invita a Jonás a que haga lo mismo con el té.

—Apurate, no querrás llegar tarde en tu primer día —le dice sonriendo.

La encargada de enseñarle sus funciones se llama Cándida. Tiene veintisiete años, aunque aparenta diez o incluso quince más, y es la responsable de personal. Jonás lo descubre al leerlo en su tarjeta identificativa. Todos los empleados tienen una: un rectángulo de cartón plastificado en el que figuran el nombre y el cargo de cada cual, sujeto con una pinza al bolsillo de la camisa del uniforme. La camisa es blanca con rayas verticales de color verde, y la tarjeta identificativa, roja, de modo que destaca sobre la ropa. En la de ella se lee: CÁNDIDA, y debajo: RESPONSABLE DE PERSONAL. En la de Jonás: ISMAEL, CAJERO.

Cándida es esférica, su cuerpo es una circunferencia sin fisuras. Jonás la mira con atención mientras ella le enseña cómo debe pasar el código de barras de los productos por el lector digital o cómo introducir a mano la numeración de los que den error, y él no puede evitar pensar que podría ser una matrioska en cuyo interior contiene decenas de Cándidas, cada una más pequeña que la anterior.

Es una mujer risueña con una curvatura en el puente de la nariz, como la de los malos boxeadores.

—¿Lo has entendido? —le dice al terminar su detallada explicación.

El trabajo es sencillo. Jonás cree haberlo comprendido todo.

—¿Son de carey? —le pregunta en referencia a las gafas que ella luce.

Cándida, sorprendida, se las quita y contempla con atención la montura, como si acabara de descubrirla. Después se limita a encogerse de hombros

—Antes se usaban las conchas de las tortugas para fabricarlas —le cuenta Jonás—, pero ahora ya no, ahora utilizan polímeros.

—¡Qué horror! —responde Cándida, y se las vuelve a poner.

Hay un descanso de diez minutos a mitad de turno y Jonás no sabe muy bien qué hacer. Algunos compañeros aprovechan para salir a fumar o para hablar por teléfono, pero él no fuma y tampoco tiene a quién llamar, así que se dirige al pasillo, donde se encuentra a Román, que está de pie colocando botes de cristal de tomate frito.

Jonás acomoda las muletas en una estantería y se sujeta apoyando el codo en una de las baldas. Hablan unos minutos durante los cuales Román no se detiene: primero extrae los botes de tomate antiguos, los deja en el suelo, introduce los más recientes al fondo y luego vuelve a poner delante los que ha sacado. Le explica que utiliza ese sistema porque, de lo contrario, la gente solo compraría productos nuevos y los más antiguos acabarían caducando y habría que tirarlos. También le dice que cuando un artículo está a punto de vencer hay que colocar las últimas unidades en primera fila aunque detrás no haya nada; de este modo el cliente nunca tiene la impresión de que en el supermercado falta género. *Frentear*, así es como Román define la acción de cubrir las baldas vacías con hileras de productos que simulan estanterías repletas de una mercancía inexistente.

El supermercado cierra a las nueve, y aún no han dado las nueve y media cuando Jonás está ya de regreso en su casa. A pesar de que ha pasado la mayor parte de la tarde sentado junto a la caja registradora, le duele la espalda y siente tensión en los hombros.

Abre el grifo y pone el tapón en la bañera, espera a que se llene y se mete en el agua. Pese a que no es muy alto, le cuesta acomodarse en el rectángulo de resina blanca, solo lo logra apretando mucho las rodillas contra su pecho. La imagen de su cuerpo desnudo con los muslos y la pierna recogidos le recuerda a la de las universitarias de las películas de sobremesa que han sido violadas por el capitán del equipo de rugby e intentan hacer desaparecer de su cuerpo los restos de sudor y de semen.

Se queda en el agua hasta que se entibia y ya no le resulta agradable la temperatura. Llegado este momento, se incorpora y se seca con una toalla; acto seguido, abre de nuevo el grifo, toma asiento sobre el inodoro y se queda un largo rato en silencio, contemplando el agua que va subiendo. Cuando llega al borde de la bañera no la cierra, deja que siga fluyendo hasta que moja los azulejos del suelo y la planta de su pie. Al notar el agua sus labios dibujan una mueca imperceptible que pronto se transforma en una estruendosa carcajada y acaba convirtiéndose en un desconsolado llanto. O quizá no, quizá hace justo lo contrario: primero llora y después rompe a reír. Lo cierto es que no importa demasiado, porque el orden en el que tienen lugar los acontecimientos no alterará lo que acabará ocurriendo.

9

Regresa al despacho del gerente cuando solo se han cumplido cinco de las siete jornadas del periodo formativo. La puerta principal continúa cerrada, como la última vez que estuvo allí y, como en aquella ocasión, la secretaria es la única persona que se encuentra en la estancia. Su mesa está situada en un espacio que no es más que un rectángulo de unos siete metros cuadrados ubicado entre el despacho del gerente y la sala en la que Jonás esperó su turno para la entrevista. Esa misma sala se utiliza como área de descanso del personal. Le sorprende no haberse fijado hasta ese momento en las tres máquinas expendedoras de café, refrescos y frutos secos, que ocupan toda una pared. Ahora, mientras espera a que la secretaria finalice una llamada, le parece incluso irritante el sonido eléctrico que emiten los aparatos para regular su temperatura interior.

Cuando entra en el cubículo descubre que la secretaria del gerente también lleva una tarjeta identificativa sobre una blusa lisa de color blanco —ella no viste de uniforme—. Jonás puede leer que se llama Abril. Antes de decir nada, se pregunta por qué hay personas que se llaman Abril y no las hay que se llamen Octubre o Mayo, por ejemplo.

—Buenos días, Abril —la saluda.

—Perdona por haberte hecho esperar, era un proveedor —se excusa, aunque, por el tono informal de la conversación, Jonás ha pensado que se trataba de una llamada personal—. Parece que Cándida está encantada contigo —dice mostrando una amplia sonrisa.

—Todo el mérito es suyo —contesta Jonás—, es muy buena en su trabajo y tiene mucha paciencia conmigo.

—Todavía quedan dos días para que finalice la semana de prueba, pero tengo buenas noticias para ti, Ismael: vamos a comenzar los trámites para que te incorpores a la plantilla de manera oficial. ¿Estás contento? —le pregunta como una madre que quiere saber si a su hijo le gusta la cena que le ha preparado.

Deja de hablar y estira el brazo para buscar un documento en una de las bandejas metálicas que tiene sobre la mesa.

—Aquí está —dice cuando lo encuentra—. Déjame tu DNI, necesito hacerle una fotocopia para adjuntarla al contrato.

Jonás sabe que no dispone de ningún documento que pueda identificarlo, pero aun así se palpa los bolsillos del uniforme con un gesto teatralizado.

—Debe de estar con la ropa de calle —se justifica—, dentro de la taquilla. O en casa —dice de pronto como si intentara ganar tiempo—. No suelo llevarlo encima y a veces olvido cogerlo.

—Tranquilo, tráemelo luego, o el lunes, no te preocupes. —El tono despreocupado de Abril contrasta con el rictus serio de Jonás—. También necesito tu número de afiliación a la seguridad social. Me sirve solo con el número, no te preocupes si no encuentras la tarjeta, todo el mundo la ha perdido —dice sonriendo—. Si no sabes dónde buscarlo, aparece en cualquier contrato de trabajo que hayas firmado, en la primera página, junto a tus datos personales.

Abril habla sin mirarlo, pasando las páginas del documento que tiene entre las manos para comprobar si necesita que le lleve algún documento más.

Jonás sí la mira, la observa fijamente, sin perderse detalle de sus movimientos. Nada de lo que está ocurriendo es una sorpresa para él, sabía que para llevar a cabo su plan necesitaría una nueva identidad completa, y también sabe lo que debe hacer para lograrlo. Está preparado para culminar su metamorfosis: convertirse en Ismael y enterrar definitivamente a Jonás. Pero para llevar a cabo esa transformación debe enfrentarse a su pasado, y justo eso es lo que ha estado evitando desde que se instaló en el apartamento.

—Lo busco todo y te lo traigo —dice Jonás fingiendo la misma despreocupación que muestra su interlocutora.

—Cuando puedas, pero intenta que sea la próxima semana como muy tarde. El gerente se pasará por aquí el martes y quiere dejarlo ya firmado para que lo podamos enviar a la gestoría.

—No hay problema —responde Jonás, quien, para cambiar de tema, extiende los brazos como si fuera un pájaro a punto de emprender el vuelo, con el fin de mostrarle su indumentaria sin que las muletas interfieran en el campo de visión de Abril—. El uniforme me queda grande —le dice—, lo he intentado ajustar con un cinturón, pero no es nada práctico, la bragueta se mueve de un lado a otro y tengo que estar todo el tiempo remangándome.

—Lo siento mucho, Ismael. Me lo tenías que haber dicho el primer día para que lo solucionásemos de inmediato.

—Abre una agenda o una libreta con tapas negras de cuerina y se dispone a escribir en ella—. ¿Qué talla usas? —le pregunta con un bolígrafo entre los dedos.

—Esta es la cuarenta y seis, supongo que una cuarenta y dos me vendría bien.

—Cuenta con ello. Mañana lo tendrás en tu taquilla. Puedes tirar ese que llevas cuando recibas el nuevo.

—Gracias —responde Jonás, y deja el final de la frase en el aire porque de pronto le parece ridículo volver a dirigirse a ella por su nombre de pila, así que en lugar de eso decide despedirse—: Mi turno comienza en cinco minutos, será mejor que me marche ya.

Se gira y comienza a alejarse. El contacto de las muletas con la superficie acolchada de la moqueta de color azul que cubre el suelo le resulta agradable.

10

Avisa a Cándida de su marcha unas horas antes de emprender el viaje en tren. Es miércoles, tiene turno de mañana y le pide que le permita ausentarse hasta el sábado, a cambio le ofrece completar el fin de semana las dos jornadas formativas que le quedan. Le cuenta que su padre tiene que ir al médico y le gustaría acompañarlo. Desde hace un par de años se encuentra ingresado en una residencia en Barcelona donde vive también su hermana, pero ella está de viaje por trabajo y no pueden dejarlo solo.

Eso es lo que Jonás le asegura a Cándida a modo de justificación, le dice lo de su padre y lo de la residencia y lo de su hermana y también lo del cambio de turno, y, antes de que ella pueda responder nada, le cuenta que su progenitor se ha descubierto una mancha en la espalda, junto a uno de sus omóplatos. No la acaba de descubrir, le confiesa, la vio por primera vez la semana pasada mientras se duchaba, pero desde hace un par de días le parece que la mancha ha crecido y se ha ido abultando: ahora, cuando posa la yema de los dedos sobre ella, la nota hinchada y gelatinosa, como si estuviera llena de un líquido viscoso; su aspecto es parecido al de las ampollas que salen en los pies después haber caminado durante horas.

Su padre se lo ha contado por teléfono y ha sido él mismo quien ha pedido una cita urgente a un dermatólogo. No será nada grave, le asegura para tranquilizarla, pero prefiere no arriesgarse y visitar a un especialista para que se lo confirme. Cándida lo escucha con atención, sin interrumpirlo ni una sola vez, y cuando termina su relato le confirma que puede ausentarse sin problema, que ella se encargará de cuadrar los turnos de trabajo del resto de los empleados. Después, con una amplia sonrisa y una mirada compasiva le desea que todo vaya bien. Tan compasiva es su mirada que al despedirse Jonás piensa en el acierto que tuvieron sus padres al elegir su nombre.

No prepara equipaje, solo una mochila con lo básico. Antes de salir abre la nevera y saca de ella una botella de plástico pequeña, de medio litro, llena de agua. Se la bebe casi toda de un trago y la vuelve a guardar sin rellenarla. Se coloca las muletas bajo las axilas, se dirige a la puerta y antes de abandonar el apartamento se detiene ante ella.

Duda. La idea que se le ha pasado por la cabeza es estúpida, lo que en psicología llaman «pensamiento mágico». Como cuando de pequeño miraba por la ventana y pensaba que si el siguiente vehículo que apareciera delante de sus ojos era blanco aprobaría el examen para el que se estaba preparando. Así es como se siente Jonás y, pese a que ya no es un niño, cede a sus impulsos más primarios y se dirige a la estantería del salón. Cuando está frente a ella, agarra el pequeño quemador para velas con forma de cáscara de huevo y lo guarda en el bolsillo externo de la mochila. Un acto ridículo, pero al realizarlo logra sentirse más seguro y por fin consigue salir a la calle.

Coge un taxi para ir a la estación y espera la llegada del tren sentado en un banco de madera del andén.

Un niño de unos seis años acompañado de una mujer viaja frente a él. Ella no debe de llegar a los treinta años. Por la forma en que ambos se comportan y los roles que desempeñan, Jonás supone que son madre e hijo, aunque si los hubiera visto caminando juntos por la calle tal vez habría pensado que eran hermanos. La mujer lleva el pelo suelto, una media melena que muere en sus hombros, pero nada más ponerse el tren en movimiento ella se la recoge con una pinza. El gesto deja a la vista unas gotas de sudor en el cuello, que se retira con la palma de la mano, para luego secarla en la tela de su falda. Jonás la observa y no puede evitar pensar que sus uñas son postizas, lo que no deja de ser un pensamiento irracional, puesto que no tiene nada en qué basarse para llegar a esta conclusión, salvo el color, un llamativo amarillo con una línea negra horizontal que las cruza dividiendo cada uña en dos. Algo que, en cualquier caso, no significa gran cosa.

Ellos viajan sentados en el sentido de la marcha y Jonás en el opuesto al movimiento del tren. Prefiere no mirar por la ventanilla para evitar que el paisaje le produzca náuseas. El niño lo observa, no a él, sino el lugar en el que debería ocupar la pierna. Cuando la madre lo descubre, le da un ligero golpecito con el codo para que deje de hacerlo, pero su hijo protesta, no entiende qué lo ha ocasionado.

La mujer abre su bolso, saca un espejo pequeño, del tamaño de una tarjeta de crédito, y mira su reflejo en él. Primero los ojos; se lo acerca a la cara y con el meñique de la mano izquierda se retira una legaña del lagrimal. Luego abre la boca, mostrando sus apretados dientes, y se pasa la lengua por ellos para retirarse unos restos de carmín. Cuando ha terminado, el niño le pide el espejo y repite los gestos de su madre en una recreación exagerada.

—No molestes al señor —le dice ella. Acto seguido le quita el espejo y lo vuelve a guardar en el bolso.

Jonás ha contemplado la escena en silencio.

Recorren una parte del trayecto de noche y, cuando amanece, el paisaje es otro. Ahora se ve el mar desde la ventanilla. El crío apoya la frente en el cristal y lo contempla sin mover la cabeza pero sí los ojos, de un lado a otro, tan rápido como puede, para no perderse nada. En un momento dado, se gira hacia Jonás y lo mira.

—No es tan bonito —dice de pronto.

Jonás no tiene del todo claro si se está dirigiendo a él. Tampoco sabe con exactitud a qué se refiere, pero instintivamente mira hacia el exterior y contempla el mar, que sigue allí, abarcando todo el horizonte con su inmensidad, y, aunque no dice nada, piensa que el niño está en lo cierto, quizá no sea tan bonito.

A las nueve y treinta y cuatro minutos de la mañana llegan a la estación de Santiago de Compostela. Ha debido de llover durante la noche, ya que el asfalto y los vehículos estacionados están mojados.

Jonás se ajusta la mochila a la espalda, se coloca las muletas bajo las axilas y comienza a caminar por la rúa do Hórreo en dirección a la parada de taxis. Mira a su alrededor y siente que la ciudad en la que ha pasado la mayor parte de su vida le resulta extraña, aunque tampoco cree que el lugar del que partió horas atrás sea su hogar.

Jonás ya no pertenece a ningún sitio. Ese pensamiento le confirma que todo marcha según lo previsto.

11

El taxi se detiene en el kilómetro 540 de la Nacional 634. Cuando ya se ha apeado, el conductor le desea que tenga un buen día antes de que el vehículo retome la marcha. Al abandonar el arcén para regresar al asfalto de la carretera levanta una nube de polvo a su alrededor y el sonido de los neumáticos girando sobre la grava le recuerda a Jonás el de un plato cocinándose a fuego lento.

Atraviesa el polígono industrial sin saludar a nadie, con la cabeza gacha y caminando tan rápido como las muletas se lo permiten. Al acceder al edificio en el que se encuentran las oficinas, le agrada descubrir que el ascensor está vacío, pero su suerte cambia enseguida, ya que se detiene en la segunda planta y entra una chica a la que Jonás reconoce, aunque no logra recordar su nombre. Clara, quizá, o tal vez Marisa. Cuando ambos coincidieron, ella era estudiante y cursaba las prácticas en la empresa, supone que su etapa de instrucción ya ha finalizado y se ha incorporado la organización como empleada. Ella también lo conoce a él, pese a que no compartieron un mismo espacio físico, ya que seis plantas de distancia separaban sus puestos de trabajo, pero para una historia tan morbosa como la suya, las seis plantas que los alejaban no eran nada, los rumores recorren distancias mucho más largas. Además, Jonás fue el encargado de realizarle la entrevista de selección de personal. No recuerda su nombre, pero sí que llevaba un reloj con orejas en la esfera; una esfera circular de la que sobresalían dos orejas plateadas como si fuera la cabeza en miniatura de un gato o de un perro. Se acuerda, porque cuando ella descubrió que Jonás lo miraba, avergonzada, se bajó las mangas del jersey, pues creyó que él la estaría juzgando por lucir un reloj más propio de una niña que de una estudiante universitaria. Se acuerda de este detalle porque su hija tenía uno igual; cuando encontraron su cadáver lo llevaba puesto.

Sus miradas se cruzan un segundo. Clara o Marisa baja enseguida la vista hacia el portafolio de cartón que sujeta entre sus manos, y Jonás descubre que la etiqueta del vestido cuelga en la parte exterior del cuello de la prenda. Siente deseos de advertírselo, o de devolver la etiqueta a su lugar, pero no hace ninguna de las dos cosas. El vestido es verde, del color de las aceitunas recién desprendidas del árbol, no está bien planchado y se le intuyen algunas arrugas en los pliegues del vientre. El ascensor se detiene y Clara o Marisa se despide de Jonás antes de bajarse: levanta la cabeza y le dice «Adiós» en voz baja, en un tono imperceptible y casi piadoso, como cuando se le entrega una moneda a un tullido que golpea el suelo con una lata vacía para llamar la atención de los transeúntes, en medio de una calle abarrotada.

Todo sigue igual, todo está en el mismo sitio, lo único que parece haber cambiado es él. Junto a la puerta hay una placa dorada y rectangular, la de siempre, pero el nombre serigrafiado en ella ahora es otro: ROBERTO SANTOS MENCÍA, RECURSOS HUMANOS. Lo lee en voz baja y golpea la puerta dos veces con sus nudillos, hasta que oye una voz que nace del interior: «Adelante». Al girar el pomo y entrar, Jonás siente que un ligero escalofrío le recorre la columna vertebral al tener que enfrentarse a su propio pasado. La persona que ocupa su puesto es más joven que él; viste un traje gris marengo, pero se ha quitado la americana, que cuelga del respaldo de la silla, se ha remangado la camisa hasta la altura de los codos y se ha aflojado el nudo de la corbata. Levanta la mirada de su escritorio y se sorprende al descubrir en el umbral de la puerta a un hombre que no forma parte de la plantilla.

—¿Puedo ayudarle en algo? —pregunta.

—Soy... —dice Jonás, pero no termina la frase, sino que improvisa una distinta sobre la marcha—: He venido a recoger mis cosas.

En este momento el chico que ocupa su puesto de trabajo comprende lo que está ocurriendo y se yergue en la silla. De pronto se siente ridículo usurpando un lugar que no le pertenece, como un niño al que su padre descubre jugando a ser adulto.

—Oh —dice ajustándose el nudo de la corbata en un acto reflejo—. Claro, claro —continúa—. Está todo ahí.

Señala una bolsa de papel que está sobre la moqueta, apoyada en un lateral de la estantería. Le han puesto precinto en la parte superior para que no pueda abrirse ni verse su contenido, y en uno de los laterales alguien ha escrito su nombre con rotulador negro. Le resulta extraño leer Jonás para referirse a él.

—Soy Roberto —dice el chico extendiendo la mano en el aire en espera de poder estrecharla con la de su interlocutor.

Jonás lo mira en silencio. Desde el lugar en el que se encuentra no llega a darle la mano y decide no avanzar los pasos necesarios para acercarse a ella. Roberto mantiene el brazo en tensión algo menos de medio minuto, después lo deja caer y continúa hablando, como si necesitara justificar su presencia en el despacho.

—Cuando usted se marchó, la empresa decidió que era mejor externalizar el departamento de recursos humanos; ahora somos tres miembros en el equipo. Creyeron que sería más objetivo que agentes independientes gestionaran los problemas de la plantilla, ya sabe —dice, aunque no haya nada que él pueda saber.

Jonás saca un sobre del bolsillo de su abrigo y se lo tiende. Roberto lo mira sin comprender nada, pero camina un par de pasos para cogerlo.

—Es una carta de renuncia —aclara Jonás—. Un simple formalismo, pero me aseguraron que debía firmarla y entregarla personalmente para que mi baja fuera oficial. ¿Podrías hacerme el favor de hacerlo tú por mí? Diles que he estado aquí y que te la he entregado, con eso será suficiente.

Su sustituto asiente servicialmente.

—¿Y no prefiere que avise a nadie? —le propone—. Le han echado mucho de menos en todo este tiempo, seguro que a sus compañeros les haría ilusión subir a saludarlo.

Dice «En todo este tiempo» porque «en todo este tiempo» suena mejor que «incapacidad laboral por depresión». Jonás lo sabe y su sustituto también, en el departamento de recursos humanos todos conocen la importancia de usar correctamente los eufemismos.

Se agacha y levanta la bolsa agarrándola por las asas. Es liviana, tanto que no puede evitar sorprenderse por lo poco que pesa toda una vida de trabajo.

—Tengo prisa —se justifica—. Simplemente diles que he estado aquí, que he recogido mis cosas y te he entregado la carta.

—Es un honor conocerlo —dice de pronto Roberto cambiando de tema. Por momentos parecen dos ancianos sordos incapaces de escucharse uno a otro para mantener una conversación coherente—. Retomar el trabajo donde usted lo dejó fue muy fácil, todo estaba muy bien documentado. No es habitual encontrar fichas de personal tan completas. Cuando llegué todo el mundo hablaba bien de usted, y no tardé en entender el motivo.

—Gracias —responde Jonás, que sigue hablando para que Roberto no pueda tomar la palabra—: Diles que estoy bien y que volveré un día con más calma para saludar a todo el mundo. Solo eso, por favor —le pide.

—¿Necesita ayuda con la bolsa? —pregunta Roberto.

Jonás da media vuelta y abandona el despacho sin contestar. Mientras recorre el pasillo en dirección al ascensor oye que su sustituto dice: «Claro, claro». Exactamente las mismas palabras que ha pronunciado cuando lo ha reconocido.

Al salir a la calle, antes incluso de llamar a un taxi para que vaya a recogerlo, se dirige al contenedor más cercano y deposita la bolsa en él. Ni siquiera le retira el precinto.

12

La recordaba azul. Por algún extraño motivo, la madera estaba pintada de azul, en su recuerdo, pero en realidad es verde. Todos los bungalós son verdes, como el uniforme del supermercado. Las tablas horizontales son más anchas y de un color crudo, una especie de blanco roto; las láminas verticales son verdes, también el tejado lo es.

Ha llegado al camping caminando: ha preferido no indicarle al taxista el lugar exacto al que se dirigía y se ha apeado en el centro comercial. No sabe muy bien por qué lo ha hecho, quizá porque el hombre le ha parecido un tipo desagradable que no paraba de hacerle preguntas. Por el espejo retrovisor interior le veía la frente perlada de sudor y el pelo rizado. Tampoco sus manos le gustaban, eran enormes, y los dedos, cortos, gruesos, muy peludos, parecían de simio, solo en los nudillos se distinguía algo de piel. Todo él era tan gordo que el muslo de su pierna derecha chocaba contra el freno de mano y la palanca de cambios. Primero ha querido saber si Jonás estaba de visita en la ciudad, y al negar este con la cabeza ha mostrado sorpresa por su falta de acento al hablar. «No pareces gallego», ha dicho, y por el tono que ha empleado no había forma de saber si eso era un elogio o un reproche. Durante el resto del trayecto Jonás ha simulado que estaba buscando algo en la mochila para evitar que la conversación continuara, y así se ha mantenido hasta llegar al centro comercial.

A Valeria le gustaba ir allí cuando lo inauguraron y sentarse en los sillones de cuero que había en los pasillos. «Vamos a hacernos un masaje, papi», le decía. Jonás cedía y conducía hasta el centro comercial, y los dos se sentaban en aquellos sillones marrones con reposabrazos que, cuando introducías una moneda, se expandían para que pudieras recostarte y comenzaban a vibrar. Al terminar el masaje solían tomar un helado, Jonás siempre lo pedía de chocolate belga, y su hija, de limón.

Ahora la cafetería en la que tomaban el helado ya no está, o sí está, pero parece otra. Es una cafetería distinta con una carta distinta y una decoración distinta. Jonás ha entrado tras bajarse del taxi, antes de dirigirse al camping. Le ha preguntado a la camarera si tenían helado de chocolate y ella ha respondido que sí, pero no ha sabido aclararle si era belga. «Nos lo traen ya así», le ha dicho como justificándose cuando le ha llevado la copa de plástico con una bola de helado y una galleta de barquillo incrustada. En la mesa de al lado había una familia con un niño pequeño que, al ver el helado de Jonás, ha dicho que él quería uno igual, pero sus padres se han negado y el crío se ha puesto a llorar. A Jonás le ha extrañado que no estuviera en el colegio siendo jueves por la mañana. Al cabo de un rato de escuchar la rabieta, sin levantarse de la silla, ha cogido su copa de plástico y la ha acercado a la otra mesa.

—Yo no me lo voy a tomar, no sé por qué lo he pedido. No me gusta el helado —ha dicho.

Como los padres lo han mirado con recelo y no han contestado nada, Jonás ha continuado hablando, como si convencerlos tuviera alguna relevancia para él.

—No lo he probado —ha puntualizado—. Antes tenían helado de chocolate belga, pero este no me gusta.

La escena se ha ido volviendo cada vez más extraña, pues el llanto del niño ha aumentado tras el ofrecimiento, y los padres han acabado mostrándose más molestos que agradecidos por su generosidad.

—No importa —ha dicho finalmente Jonás dejando el helado de nuevo sobre la mesa—, yo ya me marcho. Si lo queréis, podéis cogerlo.

Acto seguido se ha levantado, ha puesto un billete de cinco euros sobre la barra y ha regresado a la calle.

Solo había estado una vez en el camping. En su recuerdo, el camino era más corto, quizá su memoria le ha jugado una mala pasada, o tal vez transitar esas calles con una sola pierna es lo que le ha cambiado la perspectiva.

Tras abandonar el centro comercial, Jonás ha recorrido la rúa da Pena María hasta el cruce con la avenida Veinticinco de Julio, una calle empinada por la que ha tenido que subir unos quinientos metros hasta llegar al lugar en el que ahora se encuentra: el camino principal del camping. Junto a él hay alrededor de veinte autocaravanas, de diferentes tamaños, cada una de las cuales con un espacio propio frente a la puerta, donde caben sillas, tumbonas y una mesa para comer al aire libre. Delante de algunas de ellas se guardan bicicletas de montaña cuyas llantas y radios están llenas de barro. La mayoría de los vehículos están cerrados y algunos parecen abandonados, rodeados por las hojas muertas que el otoño ha ido desprendiendo de los árboles.

De camino a la zona de las casas prefabricadas solo se encuentra con una persona, una mujer de su edad. Está sentada en una silla de plástico, descalza, y con un pie sobre otra idéntica ubicada frente a ella. De lejos, Jonás tiene la impresión de que se está pintando las uñas, pero al acercarse más a ella descubre que se las está cortando con unas tijeras de cocina. Por el sonido que producen podría estar partiendo en dos un hueso de pollo, o doblando por la mitad los dedos de un niño pequeño. La mujer lo saluda con un ligero movimiento de la cabeza cuando pasa por su lado, y él le devuelve el saludo con el mismo gesto. La puerta de la autocaravana está abierta, pero no se ve el interior porque una cortina de yute lo impide.

Con la piscina le ocurre lo mismo que con los bungalós, también la recordaba azul, pero está verde. A pesar de que el agua alcanza solo hasta la mitad de su capacidad, no puede ver el fondo porque el color es tan opaco que parece una materia densa, como si fuera aceite. Sobre su superficie flotan algunas hojas marrones que la ligera brisa empuja.

En la rama de un árbol hay un salvavidas, debe de llevar tanto tiempo a la intemperie que el rojo original ha adquirido un tono pálido, casi rosado.

Todas las construcciones prefabricadas son idénticas, apartamentos de unos treinta metros cuadrados de forma rectangular y un pequeño porche con iluminación independiente; sin embargo, a Jonás no le cuesta encontrar la que busca. Sube los tres peldaños que lo separan de la puerta y la madera cruje bajo la presión que su cuerpo ejerce en las muletas. A modo de timbre hay una campanilla de hierro forjado con forma de cencerro colgada en la fachada. Jonás la hace sonar y espera. Aunque nadie abre la puerta, intuye que hay alguien dentro, pues se oye el crujir del suelo, que también es de madera, al ritmo de unas pisadas. Vuelve a llamar y acto seguido se oye una voz de mujer.

—¡No tengas tanta prisa!

Dos puertas separan a Jonás del interior del bungaló; en realidad, una puerta y una mosquitera. La primera es de madera lacada y tiene un pomo dorado. La segunda está formada por un marco metálico alrededor de una malla agujereada milimétricamente que permite ver a través de ella, pero impide que los insectos se cuelen. Cuando la primera se abre, Jonás descubre que la parte superior de la malla está descosida y se descuelga sobre sí misma, como los relojes que dibujaba Dalí.

—¿Qué haces tú aquí?

La mujer que ha abierto la puerta aparenta cinco, quizá diez años menos que Jonás. Viste un pantalón veraniego de tela vaquera que ha debido de acortar ella misma, puesto que la longitud a la altura de las piernas no es simétrica. También lleva una sudadera con capucha y el cuello algo dado de sí, remangada hasta los codos. Tiene acento mexicano. Fuma un cigarrillo agarrándolo entre los dedos índice y medio de la mano derecha, que no parece una mano. Tiene un color más oscuro que el del resto del cuerpo, un rojo sanguinolento, casi negro en algunas zonas, y la piel descarnada en otras, como en los nudillos, donde los huesos han logrado desgarrar el tejido y se muestran en forma de cuatro puntos blanquecinos del tamaño de la cabeza de un alfiler. Y tiene una sola uña, la del dedo anular; donde deberían estar las demás solo hay carne abrasada.

Después de la pregunta da una larga calada y exhala el humo hacia un lado. Jonás piensa al verla que su mano quemada le recuerda la de un niño que ha pasado demasiado tiempo jugando dentro del agua.

—Hola, Lucía —responde al cabo, aunque la pregunta de ella no ha sido precisamente un saludo—. No sabía si te encontraría aquí.

—¿No lo sabías? —pregunta ella con ironía y sonriendo—. ¿Dónde pensabas que podría estar? Eres tú quien paga el alquiler de esta *chante*. —Señala la cabaña de madera con la nuca y su cabeza queda envuelta en las volutas de humo del tabaco—. Si me hubiese ido, ya te habrían avisado.

—¿Cómo estás? —pregunta Jonás.

—¿No lo ves tú mismo?

—Te veo bien —responde.

—¡Chinga tu madre! —le recrimina Lucía.

Apura el cigarrillo y lo lanza afuera. Empujándola con un golpe seco abre la mosquitera, pero solo por un segundo, justo el tiempo necesario para tirarlo. Inmediatamente después se vuelve a cerrar y quedan otra vez separados por ella. La colilla coge altura, dibuja una circunferencia y cae en el porche, junto a la pierna de Jonás. Ambos miran en silencio, como en señal de respeto, cómo se consume y se apaga.

—¿Puedo pasar? —pregunta Jonás.

—Es tu casa, puedes hacer lo que quieras, pero preferiría que te quedaras donde estás —contesta Lucía.

—Lo siento.

—Si has venido para disculparte, ya puedes irte dando tus putos brincos y regresar al hoyo en el que hayas estado escondido.

—No estoy aquí para disculparme —aclara.

—¿Y a qué has venido entonces? —replica.

Agacha la cabeza y con la tapa de goma de una de sus muletas empuja la colilla para sacarla del porche, solo al tercer intento logra que esta caiga sobre el césped que rodea la casa.

—Quiero matar a Jonás —dice Jonás.

—Para mí ya estás muerto —responde ella.

—No me refiero a eso —insiste—. Tiene que dejar de existir.

—¿Y eso qué tiene que ver conmigo?

—Tú eres la única que puede ayudarme a empezar de cero. Un nombre nuevo, una nueva fecha de nacimiento, una nueva identidad…, una nueva vida. —Guarda silencio, como si estuviera pensando las palabras que va a decir a continuación, o como si deseara dar importancia a las que acaba de pronunciar—. Necesito que me ayudes a convertirme en otra persona —le pide.

Lucía sonríe y después rompe a reír. Una sonora carcajada rebosante de menosprecio.

—Mírate nomás —contesta clavando sus ojos en los de él—. No vales nada. No eres nadie. ¿Por qué debería ayudarte?

Jonás le sostiene la mirada, una mirada fría y desafiante, y finalmente responde:

—Porque no valgo nada. Porque no soy nadie.

ayer

13

A través de la ventana de la casa veía el coche estacionado, un Buick Regal de 1999 plateado. Uno de los espejos retrovisores debía de haber perdido el protector de plástico original y en su lugar habían colocado otro de color azul. Era un vehículo antiguo y extraño, Jonás no había visto nunca un modelo similar en España. Intentó recordar el nombre del tipo que lo conducía, pero no lo logró. Siempre le ocurría lo mismo, olvidaba los nombres de las personas que no le caían bien, y aquel tipo era una de ellos porque, al entregarles las llaves, los había mirado de una forma extraña, como si los estuviera juzgando o como si supiera que lo que hacían estaba mal.

Jonás cerró la cortina blanca de encaje con la mano, no para dejar de contemplar el exterior, sino para evitar que aquel hombre apareciera y los viera tumbados desnudos en la cama. Después se incorporó y se sentó a horcajadas sobre el vientre de Lucía, ajustando sus piernas a las caderas de ella. Primero le acarició los pechos, que eran pequeños y rosados, y luego le pellizcó los pezones, de un marrón oscuro y del tamaño de una almendra. Mientras los aprisionaba con los dedos de la mano izquierda, comenzó a masturbarse con los de la derecha. Lucía le acariciaba los muslos con delicadeza, intentando tocarle la piel solo con las yemas, para ascender unos segundos después hacia el nacimiento de su espalda clavándole las uñas con fuerza.

—Mírame —le pidió Jonás, cuya excitación crecía al sentir la presión en las dorsales.

Entonces Lucía, que había permanecido con los ojos cerrados todo el tiempo, los abrió y miró fijamente a Jonás. Sus iris eran grises, como el color del coche aparcado al otro lado de la ventana.

—No dejes de hacerlo —le volvió a pedir—. No cierres los ojos.

Ella intentó cumplir su deseo y evitó parpadear hasta tal punto que una capa acuosa le nubló la visión por el esfuerzo. Cuando Jonás creía que ya no podría aguantar más, eyaculó. El semen cayó sobre el pecho y el cuello de Lucía, algunas gotas le alcanzaron incluso la barbilla.

Jonás se sentía agotado tras el orgasmo, jadeaba tan ostentosamente que sus hombros subían y bajaban con cada respiración. En su mano derecha continuaba aprisionado su pene, que había menguado y parecía un gusano al que estuvieran aplastando. Abrió los dedos despacio y vio que algunos restos de fluido se habían quedado pegados en su índice, presionó con el pulgar sobre él y luego lo separó poco a poco: quería ver hasta dónde podía estirarse el líquido pegajoso sin romperse. Era como un tenedor extrayendo una porción caliente de lasaña. Lucía contemplaba en silencio su juego infantil. Al descubrirlo, Jonás le acercó la mano a los labios y ella pasó la lengua por sus dedos. Ambos sonrieron.

Al cabo de un rato, él se dejó caer bocarriba en la cama y ella se dirigió al baño para ducharse.

—Me gustan tus ojos —le dijo.

Ella se giró en el umbral y, sin decir nada, abrió los párpados todo lo que pudo y desapareció detrás de la puerta dejando tras de sí una escandalosa carcajada.

Cuando la risa se apaciguó, Jonás oyó el arranque del motor y las ruedas del Buick rodando por el camino de grava hacia el portón metálico de la entrada. Sin levantar la cabeza de la almohada, se preguntó cuánto tiempo llevaría aquel hombre al otro lado de la ventana.

El sonido que provenía del agua de la ducha lo relajó y se quedó dormido: un sueño ligero y breve de unos pocos minutos que terminó cuando una mano se posó sobre su hombro. Se despertó creyendo que era su esposa quien lo tocaba y se sobresaltó al descubrir a Lucía a su lado. Seguía desnuda, tenía el pelo mojado y su piel olía a jabón y a desodorante.

—¿Qué soñabas? —quiso saber.

—¿Por qué me lo preguntas? —contestó Jonás.

—Tu respiración era agitada, como si tuvieras una pesadilla.

—No lo sé, no me acuerdo.

—Yo siempre recuerdo mis sueños —dijo ella—. Anoche soñé con nosotros, estábamos en la playa y hacía calor, pero tú te empeñabas en tomar sopa, una sopa caliente. ¿Qué crees que significa?

—Quizá no signifique nada.

—Todos los sueños tienen un significado.

—¿De verdad?

—Sí, lo leí en algún sitio —aseguró y, acto seguido, miró al vacío, pensativa—, o quizá lo oí en la radio o en algún programa de televisión.

Regresó al cuarto de baño para coger una toalla y, secándose el pelo, volvió a la cama junto a Jonás.

—Te siguen gustando mis ojos? —le preguntó al tiempo que detenía el movimiento de sus manos y lo miraba fijamente.

—Claro —contestó él sin convicción—. ¿Cómo se llama el tipo que nos entregó las llaves? ¿Lo recuerdas? El hombre gordo que hace de jardinero.

—Eduardo —contestó Lucía—. Es simpático, ayer estuve hablando con él mientras limpiaba la alberca.

—No me cayó bien, me pareció extraño. Además creo que antes estaba en la ventana mirándonos.

—No digas mamadas.

—No son tonterías —se defendió—. ¿Por qué tiene que aparcar el coche delante de nuestra cabaña? Este sitio es enorme, podría hacerlo en cualquier otro lugar. Quiere verte desnuda —le aseguró.

—Mejor para él, entonces —contestó Lucía arrodillándose sobre el colchón de forma que la mitad de su torso quedara a la altura de la ventana y manoseándose los pechos como si fueran dos melocotones y quisiera comprobar su madurez.

—No seas idiota, deja de hacer eso —le pidió Jonás, y aunque lo hizo en un tono condescendiente, la besó en la parte externa del muslo para que comprendiera que estaba bromeando.

—Me encanta este lugar. —Se volvió a tumbar y apoyó la cabeza en el hombro de Jonás, a quien la humedad de su cabello le produjo un ligero escalofrío—. Ojalá pudiera vivir en un sitio así. ¿Te imaginas?

—¿Te gustaría vivir aquí?

—¿A ti no? —le preguntó, pero continuó hablando antes de que él pudiera responder—: Piénsalo, vivir en un camping como este para siempre. En un bungaló de madera, con jardín alrededor y una alberca. Sin preocuparte de tener que limpiarla o de cortar el pasto. Sería como estar de vacaciones todo el año.

—Quedémonos aquí —le propuso Jonás—. Aún faltan cuatro días para mi regreso a España. Mañana debería ir a Ciudad de México para asistir a una reunión, pero estamos a menos de una hora de distancia, puedo pedir que me vengan a buscar y me traigan de vuelta cuando termine.

—No, volvamos a mi casa. Prefiero estar allí contigo.

—Hace un momento decías que te gustaría quedarte aquí para siempre.

—No, no dije eso. Me gustaría vivir en una casa de madera con pasto alrededor y una alberca en la que nadar siempre que quisiera. Pero no aquí, en otro lugar.

Mientras Lucía hablaba, Jonás recorría su cintura con los dedos índice y corazón, los movía como si fueran un par de piernas diminutas escalando una montaña, y cuando alcanzaba su pubis retrocedía y volvía a empezar.

—¿Te refieres a otro camping? —le preguntó sin dejar de jugar con su mano.

—No —contestó ella—, me refiero a un lugar diferente, no quiero pasarme toda la vida en México.

—¿Y dónde te gustaría que estuviera tu casa de madera con piscina? —preguntó él con una media sonrisa burlona en el rostro.

—En España, para estar cerca de ti.

Tras estas palabras hubo un silencio que ninguno de los dos supo muy bien cómo romper.

—Debería llamar a casa —dijo finalmente Jonás incorporándose.

—No, no lo hagas —le pidió Lucía.

Jonás la miró extrañado y ella señaló el reloj de la mesilla, que marcaba las siete de la tarde.

—Allá son las dos de la madrugada, si llamas ahora creerán que te ha pasado algo. Vayamos caminando al pueblo —se le ocurrió decir a Lucía—, así podrás comprar un regalo para tu hija.

Jonás no respondió, pero asintió con la cabeza. De pronto Lucía se echó a reír tapándose la boca con una mano mientras lo señalaba con la otra.

—¿Qué ocurre? —quiso saber él.

—Mírate —le pidió ella—, te ves bien ridículo.

Jonás bajó la cabeza y descubrió lo que provocaba la risa de Lucía: al desnudarse solo se había quitado un calcetín, de modo que tenía un pie descalzo sobre el suelo y el otro oculto dentro de un calcetín negro de ejecutivo que le llegaba hasta la mitad de la pantorrilla.

14

El paseo hasta el pueblo les tomó unos de quince minutos, y lo que más llamó la atención de Jonás fueron los alienígenas. Aquellos seres verdes de cuerpos redondos, ojos saltones y antenas en la cabeza estaban por todas partes: pintados en las fachadas de las casas, también en los escaparates de las tiendas, y hasta los había pegados en las ventanillas de los coches. Eran recreaciones un tanto infantiles, como los dibujos que su hija solía hacer en las páginas de su cuaderno de ejercicios.

—Es por los avistamientos —dijo Lucía—, en ningún otro lugar del mundo ha habido tantos como en Tepoztlán. Aquí todo el mundo ha visto un ovni o conoce a alguien que haya sido abducido. Mira, ven —le sugirió con una sonrisa en los labios.

Lucía agarró a Jonás por la muñeca y, tirando de él, caminaron por una calle estrecha y empedrada que desembocaba en un mercado de artesanía al aire libre desde el que se podía ver el sendero que subía al yacimiento arqueológico del pueblo.

—Hay quien dice que tienen una base subterránea —le explicó señalando con su dedo índice la pirámide del Tepozteco—, supongo que por eso se la pasan sobrevolando el pueblo.

—¿Y qué hacen allí? —quiso saber Jonás—. ¿Es como una especie de área de servicio? ¿Paran a repostar?

—No —aclaró Lucía con una sonrisa, dando por supuesto que la pregunta no encerraba un interés real—. Viven allí.

—¿Los alienígenas están dentro de la pirámide?

—Bueno, no exactamente. La pirámide es solo un enlace para llegar al volcán Popocatépetl. Es allí donde viven en realidad.

Jonás guardó un segundo de silencio. Por el gesto de su cara, Lucía intuía que su siguiente comentario volvería a ser sarcástico.

—No deben de ser unos alienígenas muy listos —dijo finalmente—. Si lo fueran no recorrerían millones de kilómetros para acabar construyéndose una casa dentro de un volcán, ¿no te parece?

Lucía bajó la mano, con la que no había dejado de señalar la pirámide en ningún momento, y golpeó con ella el hombro de Jonás para empujarlo hacia un lado.

—Deja de burlarte —le pidió también riéndose—. Vamos a comer algo, tengo hambre.

No les resultó sencillo abrirse paso entre la muchedumbre que abarrotaba los estrechos pasillos de asfalto que se formaban entre las hileras de puestos enfrentados, en los que se vendían comida y productos artesanales. Cenaron en una mesa corrida que compartieron con otra media docena de comensales, y tomaron mole de pepita de calabaza, acompañado de tortillas itacates rellenas de requesón y tlaltequeadas de chía blanca. En medio de la mesa había dos cuencos de barro con condimento, uno con crema agria y el otro con chapulines tostados que a Jonás, que nunca había probado los insectos, le recordaron al sabor de las pipas de calabaza.

—¿Qué le gusta a tu hija? —le preguntó Lucía cuando terminaron de comer y emprendieron de nuevo la marcha.

La pregunta era sencilla pero incomodó a Jonás, que pensó en Valeria, a la que solía encontrar dormida cuando regresaba del trabajo.

—No lo sé, lo que le gusta a cualquier niña —terminó respondiendo.

Anduvieron al menos treinta minutos, deteniéndose cada pocos pasos, pero sin decidirse por nada. Los últimos puestos del mercado ya no se encontraban ubicados en las calles asfaltadas, sino en un camino de tierra que habían regado previamente para evitar que las pisadas de los turistas levantaran una polvareda. Por un instante Jonás perdió de vista a Lucía y, preocupado al encontrarse solo en un lugar desconocido, se detuvo para mirar atrás y buscarla. Entonces oyó una voz.

—¿Le duele la pierna, señor?

—¿Cómo? —respondió Jonás al aire, sin saber de dónde procedían aquellas palabras, buscando con la mirada e intentando descifrar quién le había hecho semejante pregunta.

Era una mujer quien le hablaba desde el puesto frente al que se había detenido. Una señora sexagenaria de pelo blanco que tenía una taza de cobre entre las manos, en las que destacaban unos dedos arrugados que parecían uno de esos manojos de cables que se ocultan detrás del televisor.

—El cobre cura las articulaciones —continuó diciendo la mujer—. Si bebe un vaso de agua en esta taza cada mañana no volverá a sentir dolor en las piernas ni en los brazos —le aseguró—. También es un conductor térmico natural, mantiene el café caliente y la *chela* fría —le explicó. Hablaba sin parar. Lanzaba un discurso memorizado que debía de repetir decenas de veces a lo largo de su jornada.

Lucía regresó junto a él, se situó a su espalda y le besó el cuello debajo del ángulo de la mandíbula.

—¿Viste algo? —se interesó.

En lugar de dirigirse a ella, Jonás le hizo una consulta a la mujer del puesto.

—¿Qué precio tiene? —quiso saber, pero no se refería a la taza de cobre que ella sujetaba, sino a algo que señalaba en la estantería que se encontraba a la espalda de la vendedora.

La mujer dejó la taza sobre la tabla de madera que hacía las veces de mostrador y, girándose, buscó lo que Jonás le indicaba.

—¿Esto? —le preguntó mientras agarraba con la mano un pequeño quemador para velas con la forma y el tamaño de una cáscara de huevo.

Jonás asintió sin hablar, moviendo su mentón de arriba abajo.

—Treinta pesitos si lo compra solo, cuarenta si quiere llevarse también un juego de velas.

—Me lo llevo —dijo Jonás.

—¿Lo quiere también con las velas?

—Sí, está bien, con todo —contestó él con cierta indiferencia.

—¿De qué aroma?

Jonás se giró y buscó a Lucía con la mirada esperando que ella respondiera por él.

—Toma las de vainilla —le aseguró con rotundidad—, a todas las niñas les gusta la vainilla.

—Ya lo ha oído —dijo Jonás volviéndose a dirigir a la vendedora y extendiendo las palmas de las manos hacia arriba, como para indicarle que ella había tomado la decisión por él y nada podía hacer para modificarla—: Vainilla.

15

De regreso a Ciudad de México asistieron a un espectáculo de lucha libre. La idea fue de Jonás: quería tomar algunas fotografías para enseñárselas a Valeria. Unos meses atrás había ido con su hija al circo y la niña había disfrutado con los acróbatas, que cruzaban la pista caminando sobre un hilo metálico sin perder el equilibrio o saltaban en el aire impulsados tan solo por la fuerza de sus propias extremidades. Entonces él le habló de los combates mexicanos, un espectáculo en el que dos hombres simulan una violenta pelea que no es más que una coreografía ensayada. Cada golpe, cada caída… forman parte de un baile orquestado con antelación.

Mientras esperaban a que las puertas del Arena México se abrieran, entraron en una taquería cercana desde la que se veía el estadio.

—¿Qué es eso que bebe todo el mundo? —le preguntó Jonás a Lucía cuando se sentaron. Ella se giró para mirar a los clientes del lugar y Jonás continuó hablando—: Lo que parece zumo de tomate —especificó.

—Es michelada —le respondió Lucía mirándolo nuevamente, sonriendo ante su desconocimiento—. Es el trago más famoso de México, se prepara con chela, jugo de limón, chiles y Clamato.

Cuando la camarera les tomó nota, pidieron una para cada uno.

—¿Cómo fue tu reunión?

—Bien —respondió Jonás—. Mi trabajo es el más sencillo del mundo, solo tengo que asistir y escuchar en silencio. Nos llaman asesores, pero nuestra función real no consiste en asesorar nada, sino en escuchar. Deberían llamarnos «aseguradores», pues eso es lo que hago: estar presente para asegurarme de que las cosas se desarrollan según lo acordado. —La camarera dejó las bebidas sobre la mesa—. Mi papel es puramente testimonial, pero si no estuviera presente, con toda probabilidad el protocolo no se respetaría. Mi función es intrascendente pero imprescindible.

Jonás dio un trago a la bebida.

—¿Te gusta?

—Sabe a zumo de tomate —contestó con una sonrisa.

—¿Y qué hace un gallego asistiendo a juntas en la otra punta del mundo? —le preguntó Lucía, regresando al tema inicial de su conversación.

—Esto —respondió Jonás al tiempo que agarraba firmemente el tablero de madera que los separaba y sobre el que reposaban sus cócteles.

—¿Mesas?

—Más o menos, MDF —le aclaró—. Tableros de fibra de densidad media. Con ellos se fabrica todo lo que usamos a diario, desde escritorios hasta suelos. Es un material casi tan robusto como la madera maciza, pero alrededor de diez veces más barato. Los mayores productores son Brasil, China y México. Tu país era nuestra mejor opción para negociar, ya que compartimos el mismo idioma y la misma cultura. Proteak fabrica el diez por ciento de la producción mundial, ellos querían expandirse y para nosotros era mucho más cómodo invertir en una empresa que montar nuestra propia planta de producción. Esa es la historia. —Dio otro trago—. Esto está horrible —dijo dejando la copa sobre la mesa.

—Pero eso no responde a mi pregunta.

—¿Qué hago yo aquí? —dijo Jonás.

Lucía asintió y él le explicó que su empresa había comprado una participación del quince por ciento del patrimonio de Proteak a cambio de ese mismo porcentaje de la producción. El acuerdo incluía nombrar a un intermediario entre ambas empresas, y su perfil como director de recursos humanos era el que mejor encajaba para ese puesto.

—Yo trabajo con personas, no con bloques de madera —aclaró Jonás—. Eso los tranquilizó porque asumieron que no me metería en su trabajo, y no lo hago. Me limito a asegurarme de que la producción que nos llega es la que nos corresponde y a velar por el buen funcionamiento del convenio. A nadie le gustaría que hubiera algún escándalo si se descubriera que la mesa en la que una familia come los domingos se ha fabricado con la madera de un bosque protegido, o que las condiciones de los operarios nativos no son las adecuadas. Ya sabes, ese tipo de cosas. Ellos cumplen su parte del trato y yo me dedico a beber zumo de tomate y a asistir a combates de lucha libre —concluyó sonriendo.

Lucía había apurado su bebida mientras escuchaba hablar a Jonás.

—¿Quieres tomar otra cosa? —le preguntó al comprobar que él solo había dado dos sorbos.

Antes de responder, Jonás se giró hacia la vidriera desde la que se podía ver la puerta principal del estadio.

—No, así está bien. Vámonos, ya han abierto.

La primera pelea de la noche la disputaron cuatro enanos, dos hombres y dos mujeres que no llegarían al metro de estatura, ataviados como verdaderos luchadores, con mallas de colores y máscaras cubriéndoles el rostro. Era ridículo verlos encaramarse a las cuerdas para saltar unos encima de otros, o correr por el ring con sus pequeñas y rechonchas piernas con las que apenas lograban alcanzar velocidad. Cuando el combate terminó, un micrófono descendió desde los focos hasta el centro del cuadrilátero y el presentador de la contienda lo agarró para anunciar el siguiente enfrentamiento. La entrada en escena de los luchadores fue la propia de unos gladiadores; bajaron por una escalera de cuyos peldaños nacían fuegos artificiales y la gente enloqueció, todos se levantaron de sus asientos para animarlos e insultarlos indistintamente.

—Es una locura —dijo Jonás con una mueca de satisfacción dibujada en el rostro y, como Lucía no lo oyó debido al bullicio de la muchedumbre, se acerco a ella cuanto pudo para repetírselo.

—Lo es —afirmó cuando logró oírlo—. En México las mujeres no pudimos votar hasta los años cincuenta —gritó para asegurarse de que Jonás la oía—, pero ya en los treinta había luchadoras, ¿no te parece increíble?

Mientras Lucía conducía de regreso a su apartamento, Jonás le comentó que lo que más le había llamado la atención del evento había sido la presencia de otros luchadores entre el público. Estaban allí sentados, como el resto de los asistentes, vestidos con ropa de calle, con traje o con pantalones vaqueros, pero la máscara les cubría el rostro. Le había sorprendido que no se la quitaran al bajarse del ring.

—No lo hacen nunca —le explicó ella—, eso es lo mejor de todo. Cargan toda la vida con su propio personaje, no pueden separarse de él jamás. Solo su familia conoce su verdadera identidad. Tienen una vida cuando están en casa, con su mujer y sus hijos, y otra diferente cuando son luchadores. Dos vidas que conviven en una misma persona sin solaparse. Por eso si van a ver pelear a sus compañeros llevan la máscara, lo mismo que si conceden una entrevista o participan en un evento promocional.

Entró en la glorieta de los Insurgentes e intentó girar para tomar la avenida Chapultepec, pero el coche que estaba en el carril contiguo no se lo permitió y se vio obligada a continuar recto por la calle Niza.

—¡Hijo de la chingada! —gritó, aunque con las ventanillas cerradas era improbable que el otro conductor lograra oírla—. No pasa nada, podemos ir por Reforma hasta Melchor Ocampo también; daremos algo más de vuelta, pero llegaremos en diez minutos. Algunos se vuelven locos, ¿sabes?

Jonás tardó un par de segundos en entender que había regresado a la conversación previa y se refería nuevamente a los luchadores.

—Al retirarse, cuando todo termina —continuó diciendo Lucía—, no saben qué hacer con todo el tiempo que les sobra, no son capaces de enterrar a sus personajes, han cargado durante tantos años con ellos que cuando les llega el momento de deshacerse de su máscara no lo soportan. No debe de ser sencillo conformarse con una sola vida cuando has pasado las últimas tres décadas viviendo dos al mismo tiempo —sentenció.

Lucía se calló y Jonás pensó en su propia máscara, en lo mucho que su historia le recordaba la de aquellos luchadores, en las dos vidas que convivían dentro de él, la que tenía junto a Camila y Valeria, y la que tenía lugar en ese momento, que solo existía cuando se encontraba a diez mil kilómetros de distancia de su hogar. Imaginó a aquellos luchadores que se volvían locos y acababan colgándose de una soga en el cuarto de baño o precipitándose al vacío desde lo alto de un edificio. Al pensarlo no pudo evitar preguntarse qué haría él cuando le tocara desprenderse de uno de sus personajes, a cuál de los dos elegiría y si podría continuar viviendo siendo una sola persona.

—Llegamos —dijo Lucía. Apagó el motor y extrajo la llave del contacto.

Jonás salió de golpe de su ensoñación.

Ya desde el portal, al comenzar a subir las escaleras, oyeron los ladridos de Rufián. Cuando abrieron la puerta, el perro se dirigió hacia ellos haciendo sonar sus uñas sobre la madera del suelo. Le faltaba una de las patas delanteras, lo que le restaba estabilidad, y al mover el rabo de alegría todo su cuerpo se balanceara de un lado a otro y daba la impresión de que estaba a punto de desplomarse. Lucía se agachó, le agarró cada oreja con una mano y besó con dulzura el espacio entre sus ojos.

Lo había encontrado en la calle meses atrás, tumbado

entre unos cartones; parecía estar a punto de morir, cosa que probablemente habría pasado si ella no se hubiera detenido junto a él. Quizá lo había atropellado un coche o algunos gamberros lo habían apaleado sin piedad. Estaba muy delgado y tenía heridas en el lomo y en el hocico. Solo cuando, al intentar cogerlo en brazos, el animal protestó, descubrió que el hueso de la pata se le había partido en dos y le atravesaba la piel como una astilla afilada. Tuvieron que amputársela, no pudieron hacer nada por salvársela. Intentar soldar el hueso conllevaba una intervención muy costosa y las probabilidades de éxito eran escasas, de modo que la amputación se reveló como la mejor opción: era mucho más económica y le permitiría seguir viviendo.

Al principio Lucía no tenía pensado quedárselo, solo quería que lo operaran y lo salvasen y luego darlo en adopción, pero cuando lo puso sobre la camilla la miró con aquellos ojos suyos de agradecimiento y ella no pudo resistirse. Tuvo claro que él sabía que se lo jugaba todo con aquella mirada compasiva, que su futuro dependía de ella, por eso la exageró. Y lo logró. Entonces decidió quedárselo, y en aquel mismo momento decidió también que se llamaría Rufián.

Jonás conoció al animal la primera vez que estuvo en el apartamento de Lucía, pero hasta esa noche ella nunca le había contado cómo lo había encontrado. Estaban ya en la cama y, desde el otro lado de la puerta, Rufián comenzó a aullar como si supiera que estaban hablando de él.

—Quiere entrar —dijo Lucía—. Cuando tú no estás duerme conmigo, así que ahorita está celoso.

—No sabía que los perros pudieran ponerse celosos.

—Rufián sí —contestó ella sonriendo.

Jonás se giró y, apoyando la cabeza en la almohada como si su comentario no tuviera la menor trascendencia, dijo:

—Si ya está recuperado, ¿por qué no te deshaces de él?

La sonrisa se congeló en el rostro de Lucía, que se incorporó para mirar a Jonás y que él la viera, ya que le daba la espalda.

—¿Y por qué haría eso? —respondió ella a la defensiva.

—Porque le falta una pata —dijo Jonás con ese tono que se emplea cuando uno está cargado de razón—, no puede saltar ni correr. Un perro con tres patas no sirve para nada.

—Mírame —le pidió. Y él, aunque a regañadientes, se incorporó. Ambos quedaron sentados en la cama—. ¿Eso es lo que harías si yo perdiera una pierna? —le preguntó.

—Por favor, Lucía, no digas bobadas, mañana tengo que tomar un vuelo a las siete de la mañana.

—Contéstame.

—¿Tú qué crees?

—No lo sé, dímelo tú.

—Esta conversación es ridícula. Es solo un perro, un perro callejero al que le falta una pata. No tiene sentido continuar hablando de esto.

—Yo no te abandonaría si te cortaran una pierna o un brazo.

Lucía intentó sonar convincente, quiso que sus palabras tuvieran un aire de solemnidad, pero al pronunciarlas en voz alta le sonaron tan ridículas que no pudo evitar estallar en una carcajada. Jonás también se echó a reír.

—Anda, abre la puerta —dijo él intentando controlar su risa—. Si no lo hacemos, el muy idiota se pasará toda la noche llorando en el pasillo y no habrá manera de dormir.

Cuando Lucía accedió a su petición, el perro entró en el cuarto, se subió a la cama y en menos de un minuto se quedó dormido con su cuerpo formando un ovillo entre las dos piernas de Jonás.

16

Lucía se ofreció a llevarlo al aeropuerto en su coche, pero Jonás declinó la propuesta besándola en la frente como si ella fuese una niña resfriada y él estuviera comprobando su temperatura corporal. Le aseguró que un conductor de la empresa lo esperaba en la calle y le aconsejó que siguiera durmiendo.

Como aún era de madrugada y las persianas estaban bajadas, a Jonás le costó encontrar los calcetines. Tuvo que palpar el suelo hasta dar con ellos.

—¿Cuándo vuelves? —preguntó Lucía.

—Ya lo sabes —respondió él. Su voz nació ahogada por el esfuerzo de inclinarse para atarse los cordones de los zapatos—. Estaré otra vez aquí dentro de tres meses.

—¿Hablaremos durante ese tiempo? —quiso saber ella.

—Claro —le aseguró Jonás, pero acto seguido se retractó—: Lo intentaré.

Hacía frío en la calle. Al caminar por la acera en dirección al Volkswagen negro estacionado en doble fila con las luces de emergencia encendidas se arrepintió de haber guardado el abrigo en la maleta.

El chófer era el mismo que lo había recogido a su llegada hacía nueve días. No recordaba su cara, pero supo que era él por la forma de conducir, por la manera particular en que cambiaba de marchas, solo con los dedos índice y corazón, para pasar de segunda a tercera, empujando la palanca de atrás hacia delante, como cuando se ayuda a un niño que está aprendiendo a montar en bicicleta.

No hablaron en todo el trayecto y, cuando llegaron a su destino, el chófer se bajó del coche para sacar la maleta del portaequipajes y se despidió de él llamándolo «señor». Jonás le estrechó la mano, le entregó veinte pesos de propina y caminó hacia las puertas acristaladas de apertura automática del aeropuerto preguntándose si se habría dirigido a él así por respeto o porque no recordaba su nombre.

Lo más incómodo de viajar solo es que nunca sabes cómo será la persona con la que compartirás asiento. Jonás siempre elegía pasillo para, al menos, no tener que pedir permiso a nadie cada vez que quisiera ir al servicio.

La chica que se encontraba a su lado no aparentaba más de veinte años. Era rubia y llevaba un libro en las manos, una novela de bolsillo con las tapas algo desgastadas que se enrollaban sobre sí mismas. Empezó a leerlo al tomar asiento, pero se quedó dormida nada más despegar y así permaneció la mayor parte del tiempo. No llevaba maleta, solo una voluminosa mochila que colocó debajo del asiento de delante, no en el compartimento superior, de modo que tuvo que viajar con las rodillas dobladas en exceso para acomodarse en el hueco que la bolsa dejaba para sus pies. Olía a clorofila, a esos caramelos que se toman cuando tienes la garganta irritada. Le costaba respirar y alternaba un ronquido leve con ráfagas de aire caliente que expulsaba por la boca. Llevaba un vestido ligero que le llegaba a la altura de las rodillas, pero la tela se le había enganchado con el cierre del cinturón de seguridad y, cada vez que se revolvía en busca de una posición más cómoda, sus piernas quedaban más al descubierto. Al menos en un par de ocasiones intentó bajarse el vestido, más por el frío que por pudor, pero, presa de un profundo sueño, sus dedos se movían con torpeza y flacidez por la tela, lo que dificultaba la tarea.

Jonás observó pequeñas heridas, algunas secas y otras enrojecidas, alrededor de las uñas, de lo que dedujo que se las mordía. Miró también sus muslos, en los que nacía un vello entre rubio y blanquecino, y sintió una extraña excitación. Sintió el deseo de acariciar sus rodillas y también de llevarse a la boca sus manos para lamerle los dedos cubriendo de saliva sus heridas.

Se levantó y se dirigió al aseo para masturbarse. No le resultó sencillo. Primero lo intentó sentado, pero finalmente decidió ponerse de pie, apoyar la espalda en la puerta y colocar la mano que le quedaba libre sobre el inodoro de plástico; a duras penas, consiguió que su cuerpo quedara encajado pese al balanceo del avión. Alguien intentó entrar y, aunque el seguro estaba echado, Jonás temió por un momento que la puerta se abriera y él cayera de espaldas en medio del pasillo. Estuvo a punto de dejarlo, pero logró eyacular concentrándose en las piernas de la chica rubia y en sus dedos llenos de heridas. Lo consiguió, pese a que la erección no era completa; en algunos momentos el pene se le dobló entre los dedos en varias de sus embestidas produciéndole más dolor que placer.

Cuando regresó a su asiento, la chica se había despertado y retomado la lectura. Aunque no era necesario que ella se moviera para que Jonás pudiera sentarse, le pidió disculpas por las molestias. Ella levantó la vista de las páginas del libro y esbozó una sonrisa.

No hablaron en todo el viaje. Al aterrizar, otro coche lo estaba esperando para llevarlo a casa.

A la hora de la cena, Valeria quiso saber si había comido insectos en México. Jonás le dijo que sí, que los había probado y le habían recordado las pipas de calabaza que compraban algunas tardes en el parque. Le prometió que en cuando volviera a México le traería una bolsa para que los probara. La niña se llevó la mano a la boca y simuló una arcada, los tres rieron de su ocurrencia.

—Apresúrate a comer lo que tienes en el plato —le pidió Camila a su hija—. Mañana hay clase y tienes que ir a la cama.

—Es pronto —protestó Valeria.

—No, no lo es —le aseguró su madre.

La niña movió con desdén el tenedor por el plato de loza produciendo un ligero chirrido. Al principio no le hicieron caso, y ella presionó más las puntas para aumentar el volumen.

—Para y come —le ordenó la madre.

La niña detuvo el movimiento y se llevó el cubierto a la boca.

—Además, no me gustan las judías.

—Hazle caso a tu madre —intervino Jonás, poniéndose del lado de su esposa.

Después de la cena, cuando la niña ya estaba acostada, con las sábanas a la altura de las axilas y los brazos encima de ellas, Jonás le entregó el regalo.

—Es mágico —le dijo colocando sobre sus palmas el quemador para velas con la forma y el tamaño de una cáscara de huevo—. Cada vez que estés triste o preocupada, puedes encenderlo y la llama de la vela hará desaparecer todos tus problemas.

—No es verdad —dijo la niña, aunque en el fondo quería estar equivocada.

—Te lo prometo —le aseguró el padre—. Ya lo verás. También he traído velas, están en el salón. Mañana antes de ir al colegio podemos encender una. —Le quitó de las manos el quemador y lo dejó sobre la mesilla de noche, junto al despertador—. ¿Quieres que te lea un cuento? —le propuso.

Valeria miró a su padre con una expresión extraña, como si quisiera decirle algo pero no se atreviera.

—¿Qué ocurre, cariño? —le preguntó él.

—Nada.

—¿Seguro que no me engañas?

La niña tenía la mirada gacha, perdida entre los pliegues de las mantas.

—Anda, no seas boba, cuéntame qué te pasa —insistió con dulzura su padre.

—Es que mamá pone voces.

—¿Qué quieres decir con que pone voces? —le preguntó Jonás, desconcertado.

—Al leer —le explicó la niña—, mamá pone voces. Una distinta para cada personaje. No te enfades, papá, por favor —le rogó.

Jonás sonrió, aunque eso era lo último que deseaba hacer en aquel momento.

—No pasa nada, no te preocupes, voy a buscarla para que te lo lea ella. Buenas noches, cariño. —Se puso en pie y le dio un beso en la frente, como había hecho con Lucía horas antes para despedirse de ella.

Mientras Camila le leía un cuento a su hija, él se encerró en el cuarto de baño. No sabía por qué estaba tan molesto, se sentía culpable por haberse enfadado con Valeria por algo tan insignificante, pero no podía evitarlo, estaba rabioso porque ella no había querido que le leyera el cuento.

Guardó silencio y pegó la cabeza a la puerta para oír a su mujer imitando la voz de un elefante primero y después la de un ratón. O quizá la de un oso y un pájaro, o la de un león y un gato, no podía saberlo. Solo lograba distinguir un tono grave seguido de otro agudo. Deseó gritar, lo deseó tanto que agarró una toalla y se la metió en la boca, a tanta profundidad que sintió ganas de vomitar. La mordió y aulló con todas sus fuerzas, pero no emitió sonido alguno porque el algodón amortiguaba su ira. Poder descargar su rabia en silencio lo alivió y lo animó a seguir haciéndolo: mordió más fuerte y gritó más profundamente, hasta que oyó un clic, un sonido ligero como el de una piedra pequeña golpeando el cristal de una ventana o el de la cáscara de una nuez al partirse por la mitad.

Asustado, se detuvo en seco y se sacó la toalla de la boca; le sorprendió ver cuánta se había introducido, casi un tercio de ella. Al extenderla descubrió en uno de sus extremos un círculo rojo del tamaño y la forma de una cereza. Se llevó los dedos a la boca y al sacarlos sus yemas también estaban rojas. Volvió a introducirlos, se palpó el interior de la boca con más calma y descubrió que una de sus muelas se movía como consecuencia de la presión que había ejercicio al morder, y que de allí donde se unía a la encía salía un hilo de sangre. No le dolía, pero le daba miedo que se le cayera y tuviera que improvisar una excusa para dar una explicación a su esposa. Se lavó las manos y abrió y cerró la mandíbula varias veces; tras comprobar que podía hacerlo sin riesgo de perder la pieza, se enjuagó la boca hasta que el agua escupida dejó de tener un color rosado y se dirigió al dormitorio.

Cuando Camila regresó de la habitación de Valeria, él ya estaba en la cama, esperándola, con la almohada en la espalda, apoyada contra el cabecero, que ejercía de respaldo.

—Se durmió antes de llegar al final —le dijo Camila caminando hacia él al tiempo que se quitaba los calcetines—, siempre le ocurre lo mismo. —Sonriendo satisfecha, enrolló un calcetín dentro del otro y los dejó con cuidado en el suelo, sobre la alfombra—. ¿Le ha gustado el regalo que le has traído? —preguntó.

—Mucho —le aseguró Jonás—. Le he dicho que es un quemador de velas mágico.

—Oh, no —protestó bromeando—, ahora la casa olerá a vainilla todo el día.

Camila se sentó en el borde de la cama, sobre las sábanas, sin taparse con ellas.

—¿Te has cortado el pelo? —le preguntó de pronto Jonás.

—Pensaba que no te habías dado cuenta.

—Es de que de frente no se nota. Date la vuelta —le pidió.

Ella se giró por completo y quedó de cara al armario. El corte era asimétrico, de forma que algunos mechones le sobrepasaban la barbilla pero por la parte de atrás el cabello dejaba el cuello a la vista.

—¿Te gusta? —preguntó ella, que no podía ver la expresión de su marido.

—Nunca te lo habías cortado así.

Esta fue la respuesta de Jonás, una respuesta que no acababa de ser un sí ni un no. Camila se giró y su mirada se cruzó con la de su marido. No había deseo en los ojos de ella, pero sí la expresión de cierta obligación por el hacer el amor después de haber pasado más de una semana separados.

—Estoy agotado —dijo Jonás como excusándose antes de que ella le hubiera pedido nada—. Voy a apagar la luz, ¿te importa?

—No, yo también estoy cansada —le aseguró Camila, ya a oscuras.

No sabía qué hora podría ser, pero todo a su alrededor estaba negro y en silencio. Encendió la lámpara de la mesilla y, aunque la luz de la bombilla era tenue, le molestó y tuvo que taparse los ojos con el antebrazo.

—¿Qué ocurre? —preguntó Jonás.

Camila estaba a su lado, se había incorporado, aunque no del todo; tenía el codo apoyado en el colchón y su torso se alzaba unos centímetros.

—No parabas de hablar —le comunicó ella.

—¿Yo? —preguntó Jonás sin comprender lo que decía.

—Sí, al principio creí que te dirigías a mí, por eso te he despertado.

Él se pasó las palmas de ambas manos por el rostro, frotándoselo con fuerza, y recordó haber estado soñando con Lucía un instante antes de que Camila lo despertara. De pronto sintió miedo de haber pronunciado su nombre en voz alta.

—Estaba durmiendo —dijo, excusándose.

—Lo sé, pero me asusté. Hablabas muy alto y te movías mucho, era como si estuvieras convulsionando, y repetías... —Camila no terminó la frase, guardó silencio y miró a su marido, del que solo lograba ver la silueta a contraluz.

—¿Qué decía? —preguntó Jonás casi como un acto reflejo, y nada más pronunciar las palabras se arrepintió de haberlo hecho. Ya no tenía ninguna duda, sabía que había dicho el nombre de Lucía y que por eso Camila lo había zarandeado hasta despertarlo.

—Decías... —repitió. Como la vez anterior no logró terminar la frase, aunque en esta ocasión no fue ella quien decidió guardar silencio, sino Jonás, que la interrumpió.

—Hay sangre en la toalla del baño —dijo abruptamente. Después se calló y acto seguido continuó—: La vi antes, mientras leías el cuento a Valeria. Será tuya o de la niña, no lo sé, pero es asqueroso —le recriminó—. Imagínate que hubiera venido alguien de visita y se hubiese encontrado el baño así. Te pasas todo el día en casa —dijo elevando el tono de voz—, lo único que tienes que hacer es ocuparte de que todo esté en orden, no creo que sea algo tan complicado.

Al terminar de hablar se notó la garganta seca. Tragó saliva y esperó la respuesta de su mujer.

—Iré a cambiarla —contestó Camila, que parecía desconcertada.

—No, es tarde, no importa, vuelve a dormirte, puedes hacerlo mañana.

Jonás se giró para darle la espalda a su mujer y volvió a apagar la lámpara de la mesilla de noche. La habitación se quedó de nuevo a oscuras.

Camila se levantó y caminando descalza por la habitación se dirigió al armario para coger una toalla limpia.

hoy

17

—¿Te vas a quedar ahí plantado todo el día como un pendejo? —le pregunta Lucía a Jonás, que la mira en silencio. No comprende lo que le ocurre, se siente cansado, ha caminado más de lo habitual y la piel de las axilas le arde por el contacto continuado con las muletas. También le molestan las palmas de las manos y las muñecas por el peso que han estado cargando.

Lucía se gira y entra en el bungaló; no vuelve a dirigirse a él pero deja la puerta abierta. A través de la malla mosquitera Jonás ve el contorno de su silueta, que se va haciendo más pequeña a cada paso.

Aunque es de día, dentro está oscuro y hay un ligero olor a humedad mezclado con el de un ambientador eléctrico de lavanda.

—No será barato —le dice Lucía sin girarse, aunque lo ha oído entrar—, nada barato —enfatiza.

—El dinero no es un problema —responde Jonás.

—Claro que no —replica ella con tanta rapidez que sus palabras casi se solapan con las de él—, para ti eso nunca fue un problema.

Solo una barra de madera lacada en blanco, que más

bien es una mesa alta con dos taburetes, uno a cada lado, separa la cocina del salón. Sobre la placa eléctrica hay una sartén usada y salpicaduras de aceite a su alrededor, y en el fregadero se acumulan platos y tazas sucios.

Lucía abre un cajón de la encimera y saca un paquete de tabaco. Como está lleno, tiene que golpear la cajetilla con los dedos índice y corazón para que un cigarrillo sobresalga, lo saca directamente con los labios y camina por el bungaló en busca de algo.

Jonás la observa en silencio; por un momento es como si ella lo hubiese olvidado y creyera que está sola. Encuentra una vela encendida junto al televisor y, girando el cuello para proteger la cara de la llama, lo enciende. No vuelve a dejar la vela en su lugar, sino que la mantiene en la mano izquierda y usa el vaso de cristal en el que se encuentra como recipiente para ir deshaciéndose de la ceniza.

—Tiene que ser hoy —le dice Jonás de pronto, y cuando ella lo mira se siente como si acabara de interrumpir a una bailarina en pleno ensayo de una coreografía.

Al oírlo, Lucía sonríe ligeramente en medio de una calada y una ligera tos la obliga a exhalar el humo, que sale de su boca dibujando pequeñas nubes de formas irregulares, como las de las locomotoras de las series de dibujos animados infantiles.

—¿De verdad crees que esto funciona así? —le pregunta con sarcasmo—. Te presentas aquí de pronto y el mundo se para por ti. ¿Eso es lo que pretendes? En el fondo tiene lógica, así fue siempre nuestra relación, ¿no? Yo esperando a que tú aparecieras para detenerlo todo y entregarme a ti.

—No es eso, Lucía. Sabes que no es así.

—No mames, Jonás.

—Tengo que volver. Es solo que tengo que regresar... Mañana es viernes y debo estar de vuelta.

La frase de Jonás nace entrecortada porque está a punto de decir que debe regresar a casa, pero le parece ridículo, de modo que se arrepiente y la reconstruye sobre la marcha.

—¿Dónde vives ahora? —pregunta Lucía, pero se retracta antes de que Jonás pueda responder—: No me lo digas, prefiero no saber nada.

—Créeme, es mejor que no lo sepas. Es mejor que no sepas nada de mí. Nadie sabe que estoy aquí y nadie debe saberlo. Si alguien te lo preguntara, no digas que me has visto. No te lo pido para que me hagas un favor, te lo pido para hacértelo yo a ti.

—¿Tanta bronca tienes?

—¿A qué te refieres? —le dice Jonás, que no logra entender su pregunta.

—Al problema en el que te has metido.

—No —contesta moviendo la cabeza de un lado a otro para afianzar su negativa—. No tengo problemas, no estoy metido en ningún lío, pero me he pasado la vida huyendo de ellos y ahora lo único que quiero es solucionar algunos de los que causé, aunque ya sea tarde, aunque ya no sirva de nada.

Lucía da una última calada y apaga el cigarrillo introduciendo la punta incandescente en la cera caliente, después arroja la colilla al cubo de la basura, situado debajo del fregadero. Justo a un lado hay una nevera pequeña, como las que suelen encontrarse en las habitaciones de los hoteles. La abre y saca una lata de ginger ale. Antes de preguntarle a Jonás si quiere tomar algo da un largo trago y, cuando termina, abre la boca y el gas del refresco le provoca una mueca extraña. Parece que esté a punto de eructar, pero no lo hace.

—Es la última —le dice balanceando la lata en su mano, y el líquido de su interior se mueve y suena—, pero la podemos compartir.

—No te preocupes —contesta Jonás.

Lucía se vuelve a agachar para abrir la nevera, durante unos segundos busca algo en su interior y se incorpora de nuevo sujetando un botellín de cerveza por el cuello. Lo agarra entre los dedos pulgar e índice y lo coloca en posición horizontal para ofrecérselo a Jonás.

—Prefiero agua —dice rechazando la bebida.

Ella la vuelve a introducir en el refrigerador mientras él toma asiento en uno de los taburetes. Como su altura es similar a la de la barra, no le resulta sencillo lograrlo.

Lucía abre las puertas del mueble que hay sobre el fregadero pero no encuentra ningún vaso dentro, así que busca uno entre los platos sucios hasta dar con el que le parece más limpio y lo enjuaga bajo el grifo sin usar jabón ni estropajo, solo frotándolo con los dedos.

—Voy a tener que hacer unas llamadas —le explica elevando la voz para que Jonás pueda oírla por encima del ruido del chorro de agua—, no va a ser fácil conseguirlo con tan poco margen.

—Diles que no puedo esperar más —insiste Jonás—. Díselo, y también que estoy dispuesto a pagar lo que quieran a cambio. Todo el tiempo que no tengo lo puedo compensar con dinero.

Cuando Lucía considera que el vaso está limpio, lo llena hasta arriba de agua y lo deja sobre la mesa con tal brusquedad que parte de su contenido se derrama. Jonás lo agarra con las dos manos, como si fuera un cáliz sagrado o como si pesara una tonelada, y de un trago lo vacía casi por completo. Cuando termina, no puede evitar fijarse en los dibujos que forma el agua derramada al dirigirse lentamente hacia el borde la mesa, cuyos extremos ya han perdido su forma lisa y muestran pequeños vientres de diferentes tamaños causados por la absorción de líquido. Casi como si de un acto reflejo se tratara, Jonás pasa con delicadeza la yema de los dedos por esos surcos deteniéndose en el craquelado que se ha ido produciendo en la pintura blanca.

Lucía toma asiento frente a él y lo contempla, le recuerda a un jinete acariciando el lomo de su caballo. Jonás levanta la cabeza y sus miradas se cruzan.

—Aglomerado —dice ella sonriendo.

Y su sonrisa es tan macabra que Jonás siente que un escalofrío le recorre la columna vertebral del mismo modo que una carrera recorre una media de nailon.

18

—Debí haberme echado unos tenis —dice Lucía en voz alta pero sin dirigirse a Jonás.

Al oírla, él baja la vista hacia los pies de la mujer, calzados con unas sandalias de color turquesa y adornos de plástico que simulan diamantes o piedras preciosas en las cintas de los dedos. Cuando cambia el pie del freno al acelerador, la suela se gira y le impide realizar el movimiento con comodidad, así que finalmente se las quita, dejándolas sobre la alfombrilla, y continúa conduciendo descalza.

Lleva la misma ropa, no se ha cambiado el pantalón vaquero ni tampoco la sudadera. Antes de salir, él ha visto cómo se hidrataba el brazo quemado con una crema espesa de un color crudo que le ha recordado a la mayonesa. Lucía conduce con las mangas subidas a la altura del codo y todavía se le ven restos grasientos que no ha extendido bien y no han sido absorbidos. Aunque el cielo está nublado y anuncia lluvia inminente, Lucía esconde sus ojos tras unas gafas de sol. Jonás le mira la mano porque cree que ella no puede verlo.

—A la mayoría le da asco, pero ni te imaginas la de pervertidos que hay por el mundo, algunos hasta me piden que les agarre la verga con ella —dice de pronto sin girar la cabeza, con la vista fija en el asfalto, cuyos extremos están mojados por agua de lluvia.

Jonás no dice nada, mira hacia delante primero y después contempla el paisaje. Recorren así la mayor parte del trayecto, ella mirando al frente, y Jonás, en el lado derecho, exactamente igual que la última vez que recorrió en coche esas mismas carreteras de Galicia, solo que en aquella ocasión era él quien conducía y su mujer la que ocupaba el asiento del copiloto.

—¿Te importa si enciendo la radio? —pregunta Jonás, incomodado por los recuerdos.

—No funciona —responde ella—, pero puedes escuchar música, si quieres. Hay un disco en el reproductor.

Lucía aparta una mano del volante para pulsar uno de los botones del frontal del salpicadero. Comienza a sonar una canción interpretada por una mujer acompañada por un piano. Puede que sea Nina Simone o tal vez Etta James.

Tardan alrededor de una hora en dejar atrás Santiago de Compostela y llegar a Ferrol. Circulan por la ciudad sin detenerse, y a Jonás, que lleva años sin pasar por ahí, le parece más gris de lo que la recordaba, repleta de edificios enormes que tiempo atrás albergaron cuarteles del ejército y ahora parecen casas gigantescas de una película de terror abandonadas.

Llegan a una zona residencial de chalets adosados con fachadas idénticas. Construcciones gemelas que se extienden a lo largo de varias calles, como esos adornos de papel que primero se recortan y luego se estiran creando cintas de figuras simétricas. Lucía se detiene frente a una vivienda, enciende las luces de emergencia y se quita las gafas de sol.

—No es un mal *vato*, ayudó a varios amigos míos para que pudieran quedarse aquí. Pero no tiene demasiada paciencia. No le interrumpas ni le hagas muchas preguntas. Y, sobre todo, no te quedes mirándolo —le advierte.

—¿No vienes conmigo? —se limita a decir Jonás por toda respuesta.

—No, yo te espero aquí, en su casa solo puede entrar una persona sin compañía.

—Pero a ti te conoce.

—No seas tan pendejito —le recrimina mirándolo con dulzura, con compasión, casi como mira una madre a su hijo cuando este pide que no apague la luz al salir de la habitación—. ¿Qué pasa, te da miedo ir solo? —pregunta en tono de burla.

Ofendido, Jonás agarra la manija de la puerta con la mano derecha antes de volver a hablar.

—¿Cuál es su casa?

—Ninguna de estas —contesta Lucía—, pero yo te espero aquí. No está lejos. Ve a la esquina, dobla a la derecha, camina hasta el final de la calle y vuelve a doblar a la derecha. Es ahí. El número trece. ¿Entendiste?

Jonás asiente.

—Todas las casas son iguales, así que no vayas a equivocarte, ¿oíste?

—No soy tan pendejito —responde Jonás antes de bajarse.

19

El tipo del que depende su futuro no mide más de un metro; juntos forman una pareja casi circense: uno cojo y el otro enano. Situado frente a él, en la cocina de la casa de este, Jonás tiene dos pensamientos: ahora entiende por qué Lucía le ha dicho que no lo mire fijamente y no sabe cómo dirigirse a él, ya que ha olvidado preguntarle su nombre. Con la primera palabra que pronuncia, su interlocutor logra que ambos pensamientos se esfumen.

—Sebastián —dice tendiéndole la mano. Una mano pequeña como la de un niño, que cuando Jonás la atrapa con la suya desaparece entre sus dedos—. Tú debes de ser Jonás. No esperaba que fueses tan viejo, los amigos de Lucía no suelen serlo. Ni son viejos ni son españoles, así que ahora entiendo por qué tanta prisa, ¿verdad? Una situación excepcional requiere de métodos excepcionales. Seguro que estás deseando salir de aquí para decirle a la gente que has conocido a un enano. Yo lo haría. Y lo haré contigo, nunca he conocido a nadie al que le faltase una extremidad. Casi podíamos montar un dúo cómico.

Sonríe. Una gota de saliva se le queda pegada entre los labios y se estira unos centímetros antes de romperse.

—Osteogénesis imperfecta, así es como se llama —continúa diciendo—. Ser enano es otra cosa. Para ti no, a ti te da lo mismo, pero como estás en mi casa y eres tú quien me necesita, no te queda más remedio que escucharme, ¿no te parece?

Jonás lo mira en silencio, sin responder nada.

—Los enanos son seres deformes, con cabeza y manos desproporcionadas, gigantes para su cuerpo. Mira las mías.

—Separan sus manos, que continuaban entrelazadas, y Sebastián extiende los dedos delante de Jonás—. Tienen el tamaño adecuado, unas manos que encajan en un cuerpo de un metro y trece centímetros. ¿Habías oído hablar de mi enfermedad? —le pregunta.

—No —responde, lacónico, Jonás.

—Yo tampoco lo habría hecho de no padecerla. Es una malformación ósea. Una compleja displasia esquelética que hace que los huesos se te rompan una y otra vez: una mala postura, una caída, un simple tropiezo…, y directo al hospital. La acumulación de fracturas impide que el hueso logre soldarse correctamente, por eso no se desarrolla y deja de crecer. Llegados a este punto de la historia es cuando le suelo preguntar a la gente si alguna vez han visto un hueso quebrarse, si lo han oído, si lo han sentido, si conocen la forma astillada con la que desgarra la piel, pero es evidente que tú sí sabes de qué estoy hablando. Mira, ven aquí —le pide.

Sebastián sale de la cocina y enfila el pasillo para dirigirse al salón; Jonás lo sigue a unos dos o tres metros de distancia, observando su indumentaria. Parece un niño disfrazado de mafioso a punto de acudir a la fiesta de fin de curso, con su traje azul muy claro, como el del algodón de azúcar. También él cojea ligeramente, se mueve como un péndulo, al caminar, y para mantener el equilibrio se sirve de un bastón con una cabeza de búfalo de porcelana en la empuñadura.

El televisor está encendido, emiten un programa en lo que parece un taller. Sebastián se acomoda en el sofá frente al aparato, se arrellana en él de tal forma que los pies no le llegan al suelo y muestra la suela de los zapatos. En una de ellas Jonás aprecia un chicle pegado; debe de llevar bastante tiempo allí, pues ha perdido su color rosado y es prácticamente negro. Siente un imperativo deseo de regresar a la cocina, coger un cuchillo y despegarlo con la punta, pero no lo hace, se limita a permanecer de pie frente a él.

—Siéntate, debes de estar agotado.

Jonás toma asiento en el extremo más alejado del sofá, dejando un espacio vacío entre ambos.

—Me encanta este programa, lo estaba viendo cuando has llegado. ¿Lo conoces? —Jonás niega con la cabeza y Sebastián continúa hablando—: Son artesanos, sopladores de vidrio, ni te imaginas las cosas que pueden hacer. Olvídate de vasos y jarrones, estos tipos son verdaderos genios, crean esculturas que podrían exhibirse en cualquier museo. Mira, fíjate en lo que está haciendo.

Sebastián señala con el dedo índice la pantalla, en la que un hombre está dando forma a lo que parece un folio arrugado en el que hubiera algo escrito. Quiere simular una de esas hojas que se arrancan de un cuaderno, se arrugan y se arrojan a la papelera. Para lograrlo introduce la pieza una y otra vez en una cámara de recocido y la sopla a través de un largo tubo metálico hueco.

—Trabajan a contrarreloj —continúa diciendo Sebastián—, esa es la gracia de la competición. Les proponen un reto y disponen de un tiempo limitado para lograrlo, por eso algunas veces se precipitan y la escultura en la que trabajan se cae al suelo y se rompe en pedazos. Es desolador cuando eso ocurre, aunque hace un par de programas, quizá tres, le pasó a uno de los concursantes y ¿sabes qué dijo?, que eso era justo lo que hacía del cristal algo tan especial: su fragilidad. Si se pudiera arrojar al suelo una y otra vez y rebotara como una pelota, a nadie le interesaría tener en su casa una escultura de vidrio, lo que le da valor es que pueda romperse en cualquier momento. Por eso mismo a mi enfermedad la llaman así: huesos de cristal.

»Yo estoy de acuerdo con la teoría del concursante, ¿sabes? Que me pueda romper en pedazos en cualquier momento me hace entender la vida de una manera distinta, supongo que por eso me la gano como me la gano. Mi trabajo consiste en ofrecerle a la gente la posibilidad de empezar una nueva escultura después de haber roto la primera; nadie llama a mi puerta si todo está en orden. Venís aquí cuando necesitáis empezar en un nuevo lugar, ser una persona distinta, cuando estáis huyendo de algo o de alguien. Y yo juego a ser Dios, barro los cristales rotos y os ofrezco un trozo de vidrio nuevo, inmaculado, con el que trabajar. Sé bien lo que es romperse por dentro, y mírate, está claro que tú también lo sabes, así que no creo que tengamos demasiados problemas para entendernos, ¿no crees?

Antes de responder, Jonás pasa los dedos por encima del bolsillo de su pantalón, quiere sentir el tacto del quemador con forma de cáscara de huevo. Lo ha sacado de la mochila al abandonar el camping porque creía que todo iría mejor si lo llevaba consigo, que le ayudaría a templar los nervios si la situación lo requería.

—Necesito una identidad concreta —dice finalmente a

modo de respuesta—. Todo lo demás no me importa. La fecha, el lugar de nacimiento, eso me da igual, pero necesito llamarme Ismael.

En lugar de contestar, Sebastián apaga el televisor y se baja del sofá, camina hacia el escritorio ubicado debajo de la única ventana del cuarto y de uno de los cajones saca un cuaderno de tapas negras. Mientras se acerca a donde está Jonás, va pasando páginas hasta que encuentra una en blanco.

—Escribe aquí tu nombre —le pide entregándole el cuaderno—, no tu nombre real, escribe el nombre y los dos apellidos de la persona en la que necesitas convertirte. Pon debajo una dirección y un número de teléfono que solo tú puedas descolgar. Dentro de tres días recibirás una llamada de alguien. Si no contestas, este alguien lo volverá a intentar una hora más tarde; si entonces tampoco respondes, si salta el buzón de voz, si el teléfono está apagado o no tienes cobertura, nuestro trato se habrá roto y yo no te deberé nada —le advierte—. Él se reunirá contigo en la dirección que hayas escrito —dice señalando con el índice la página en blanco del cuaderno—, te entregará un sobre y ahí se acabará todo, no volverás a saber nada de mí. Nunca. Ni yo volveré a saber de ti. Jamás le hablarás de mí a nadie ni darás a nadie la dirección de mi casa.

»Estas son mis reglas. Como puedes ver, son sencillas de seguir, pero es importante que no olvides algo: ese nuevo vidrio que vas a recibir y que te va a permitir empezar de cero lo he creado yo, y con la misma facilidad con la que lo he creado lo puedo destruir, así que es fundamental que entiendas bien todo lo que acabo de decirte.

Jonás sujeta entre sus dedos el cuaderno, pero no escribe en él.

—Ya no vivo en Galicia —responde.

—Me trae sin cuidado donde vivas, pero descuida, en mis honorarios está incluido el desplazamiento. —Sonríe.

—Tres días es demasiado tiempo, ¿no puedes conseguirlo antes? —pregunta.

Sebastián vuelve a sonreír, una risa exagerada propia de un actor sobreactuado.

—¿Crees que esto es un servicio de mensajería urgente? —Posa su mano sobre el hombro de Jonás, al que le sorprende la presión que pueden llegar a ejercer unos dedos tan pequeños—. La chica que te ha traído hasta aquí me cae bien, ¿sabes? Lo tuvo difícil, su situación era compleja, pero todo se complicó mucho más por culpa de un hijo de puta que la utilizó y luego la dejó tirada. ¿Te ha hablado de él? —le pregunta, pero continúa hablando y no deja que responda—. Ahora creo que está recibiendo su penitencia, su mujer se murió o asesinaron a su hija, no lo sé, supongo que da lo mismo. El caso es que ese hijo de puta recibió su merecido y ahora Lucía está bien, y yo me alegro por ella. No somos amigos, pero la aprecio y nuestra colaboración funciona. Es una buena chica, me consigue gente como tú para que yo pueda seguir trabajando y yo se lo agradezco con generosidad.

»Debes saber que si estás hoy aquí es por ella. Si te he recibido sin haber acordado un encuentro, es solo por ella. Si dentro de tres días vas a tener una nueva identidad, es única y exclusivamente por ella. Esto no es más que un favor que le hago, y ella lo sabe. Pero estaría bien que tú también lo supieras. Así que ahora vas a escribir un nombre, una dirección y un número de teléfono. Después yo diré una cifra y tú vas a colocar esa cantidad de dinero encima de la mesa. Luego desaparecerás de mi casa. ¿Quieres hacerme alguna pregunta más? —dice Sebastián, que, al terminar de hablar, libera la presión de sus dedos.

—Ninguna —se limita a responder Jonás, y acto seguido comienza a escribir.

Lucía lo espera en el sitio acordado fumando un cigarrillo. Jonás distingue su mano, que entra y sale de la ventanilla, y también el humo que sus labios expulsan. Cuando llega al coche, abre la puerta y toma asiento.

—¿Cómo fue? —quiere saber ella.

—No me habías dicho que es enano —se limita a responder Jonás.

—No te lo había dicho porque no lo es —lo corrige Lucía, que arroja la colilla lanzándola con fuerza con el pulgar y el índice, y pone el motor en marcha.

20

Lucía detiene el coche en una estación de servicio aunque no reposta. Jonás piensa que tal vez necesita ir al servicio, pero cuando regresa está mascando chicle. Antes de arrancar el motor, le ofrece el paquete a Jonás para que coja uno. Son esos chicles rectangulares y alargados que deben introducirse en la boca plegándolos sobre sí mismos con la lengua.

—Gracias —responde él, pero no coge ninguno—. No me gusta la menta.

Lucía mira sorprendida el paquete que él tiene en la mano como si alguien se lo hubiera colocado allí sin que ella se diera cuenta.

—Neta —dice palpándose el bolsillo frontal de la sudadera con la mano que le queda libre—, también compré de fresa.

Le ofrece el segundo paquete, que está cerrado, y Jonás lo agarra y lo abre en silencio. El gesto de Lucía, el hecho de que se haya acordado del sabor que a él le gusta y haya comprado otro paquete de chicles solo por eso, envuelve la escena de una cotidianidad que incomoda a ambos de tal manera que no vuelven a dirigirse la palabra en los siguientes treinta o cuarenta kilómetros, hasta que abandonan la autopista para regresar de nuevo a la ciudad.

—Déjame cerca de la estación —dice Jonás rompiendo el silencio—. El tren sale mañana a primera hora, pasaré la noche en uno de los hoteles que están junto a ella.

Ya ha oscurecido y las farolas de la rúa Clara Campoamor por la que circulan están encendidas; a pesar de ello, Lucía sigue ocultando sus ojos tras las gafas de sol.

—No mames —le contesta ella, y continúa conduciendo en dirección al camping.

No es un sofá cama lo que Lucía tiene en el bungaló, pero quitando los cojines del respaldo y de los laterales queda un espacio suficiente donde dormir. Prepara el lecho para Jonás con una sábana y una manta, y le dice que solo tiene una almohada y que se la quedará ella.

—Eso no es un problema —responde él.

—Pruébalo y dime si es cómodo —le ordena Lucía agarrando uno de los cojines que ha retirado.

Jonás se sienta en el catre, deja las muletas en el suelo en posición horizontal, lo suficientemente cerca del sofá para que pueda cogerlas sin necesidad de levantarse, y después se recuesta. Ella lo mira en silencio mientras él realiza todas estas operaciones.

—Es estupendo —le confirma—. Gracias —añade justo después con voz queda.

Lucía se va a su habitación sin decir nada y regresa unos segundos después con una camiseta negra entre las manos. No es de algodón, es de poliéster o de elastano, como las camisetas de entrenamiento de los jugadores de fútbol. Antes de entregársela a Jonás la extiende, estirándola en direcciones opuestas desde los hombros, para verificar el tamaño.

—No puedes dormir vestido —le dice, y le entrega la prenda—. Es de un amigo que se queda aquí algunas noches —añade, aunque no tiene necesidad de hacerlo—. Te quedará grande, pero es mejor que esa camisa que llevas.

Lucía se ha sentado en el sofá y no se mueve de él mientras Jonás va desabrochándose los botones. Lo mira y, por primera vez, le parece un hombre distinto. El vello del torso se le ha vuelto blanquecino, unas hebras finas brotan desordenadas y contrastan con la barba que ha comenzado a nacerle, negra y gruesa, y le cubre el mentón y parte del cuello. Está delgado, mucho más de lo que recordaba, tanto que parece enfermo. Tiene los hombros caídos hacia delante y junto a ellos las clavículas, que asoman al exterior formando dos cavidades en las que entrarían sin problema los dedos de una mano. Con la camiseta puesta no mejora su imagen, le queda tan grande que el corte de la manga le cubre gran parte del antebrazo.

—Creo que es de mi talla —dice sonriendo.

Al soltarse el cinturón y bajarse los pantalones, la camiseta le tapa los muslos. Lucía no puede evitar mirar el muñón, es la primera vez que lo ve. Sin saber por qué, había imaginado que lo llevaría vendado y le sorprende descubrir la cicatriz desnuda. Cuando levanta la vista, sus ojos se encuentran con los de Jonás. Ambos se observan mutuamente en silencio, y comprenden que ya no queda rastro del deseo que sintieron el uno por el otro. Ahora en sus miradas solo se aprecia una mezcla de lástima y vergüenza: lástima por lo que ven y vergüenza por aquello en lo que se han convertido.

—¿Puedo tocarlo? —pregunta de pronto Lucía.

Él no responde, aprieta la espalda contra el cojín y el muslo se despega unos centímetros de la sábana, dejando el muñón al aire. Lucía lo rodea con ambas manos, pero al cabo de unos segundos retira una de ellas y con la yema de los dedos que no están quemados, los de mayor sensibilidad, recorre las grietas de la piel que envuelve la rodilla de Jonás y esboza una sonrisa, una mueca casi imperceptible.

—Es ridículo —dice.

—¿El qué? —pregunta Jonás.

—Si cierro los ojos —responde ella—, es como si estuviera tocando un bizcocho recién salido del horno.

21

Al principio cree que es el sonido de la lluvia lo que lo despierta, pero es la cisterna del váter. Lucía está dentro. Tarda varios minutos en salir y, cuando lo hace, ya está vestida, preparada para marcharse.

—¿Qué hora es? —pregunta Jonás, desorientado.

—La hora de levantarte, si no quieres perder el tren —responde ella.

Jonás mira a su alrededor, le sorprende haber dormido tanto y también que ya sea de día, puesto que el salón continúa envuelto en una penumbra. Lucía descorre las cortinas, aunque con ello no logra dar demasiada claridad a la estancia ya que fuera está nublado y, aunque no llueve, el ambiente es húmedo.

—No soy yo quien nací aquí —dice sonriendo—. ¿Ya olvidaste cómo es el clima en tu tierra? —Se dirige a la cocina, llena un filtro con café molido y enciende la cafetera eléctrica, que en unos segundos comienza a emitir su sonido característico y, gota negra a gota negra, se va llenando la jarra de cristal—. Solo, ¿cierto? —le pregunta, aunque es más bien un comentario retórico que no necesita respuesta.

—Por favor —se limita a contestar Jonás.

Toman el café en el porche. Ella está de pie, con un hombro apoyado en la mosquitera de la puerta, y él sentado, aún con la camiseta de manga corta con la que ha dormido, aunque, para proporcionarse algo de calor extra, se ha puesto su chaqueta por encima. Es viernes, no ha pasado tanto tiempo, pero Jonás siente que un abismo lo separa del miércoles, del momento en que le pidió permiso a Cándida para ausentarse dos días del trabajo con la excusa de acompañar a su padre a una visita médica.

La indumentaria de Lucía es parecida a la del día anterior, solo que la sudadera que lleva hoy es verde y no tiene capucha.

—No debería tomar café —dice ella cuando ya se lo ha terminado—, me deja los dientes amarillos.

Tras pronunciar esta frase regresa al bungaló dejando a Jonás solo en el porche, donde se queda durante un par de minutos más, hasta que también vacía su taza. Al entrar para ponerla en el fregadero, todo huele a colutorio de menta. Lucía está en su habitación, sentada sobre la cama aún deshecha, hidratándose los dedos de la mano quemada.

—¿Necesitas ayuda? —pregunta Jonás.

Al escucharlo se sobresalta. No le ha oído entrar, quizá porque la goma de las muletas amortigua sus pasos.

—Estoy acostumbrada a hacerlo sola —contesta.

A pesar de la respuesta, Jonás se dirige a la cama, apoya las muletas en el colchón y toma asiento junto a ella. Sin pronunciar una palabra más, Lucía le entrega el tubo de la crema para que él continúe la tarea. Lo hace con sumo cuidado, deteniéndose largo tiempo en cada dedo hasta que no queda rastro de la loción en ninguna de las falanges, masajeando con fuerza la palma para ascender desde la muñeca hasta el codo y después realizar el movimiento en sentido inverso. Así una y otra vez. Ninguno de los dos dice nada hasta que, dando por finalizado su cometido, Jonás enrosca el tapón del bote.

—Yo también debería hacerlo, pero prefiero sentir que la piel se agrieta y se rompe —dice.

No tardan demasiado, el tráfico es fluido y en unos veinte minutos ya están llegando a la estación. Aunque es el mismo trayecto que hizo en taxi, a Jonás le parece, como suele ocurrir siempre al regresar, que el viaje es mucho más largo.

Al abandonar la Nacional 634 ambos sienten alivio al saber que ya no se cruzarán con más camiones madereros con remolques llenos de troncos de diferentes tamaños.

No saben muy bien cómo despedirse. Antes de detenerse frente a las puertas de cristal de la estación, Lucía enciende un cigarrillo y baja la ventanilla para que salga el humo.

—La mochila está en la cajuela —dice, solo por romper la tensión del momento.

Jonás asiente y, cuando ella enciende las luces de emergencia y apaga el motor, abre la puerta tan rápido como puede. Intenta ser ágil, pero no lo logra. Le cuesta bajarse y cuando apoya las muletas en la carrocería para sacar su equipaje, una de ellas resbala y cae sobre el asfalto. Lucía se baja para ayudarlo, aunque él intenta impedírselo.

—Tranquila —dice—, yo puedo.

Ella se agacha de todos modos. Hace aire y, al incorporarse, todo el viento de la mañana pasa por su pelo y le recorta su cara blanca y sombría. Espera a que Jonás se coloque la mochila en la espalda para entregarle la muleta que acaba de recoger.

—Gracias —dice él finalmente. Es un agradecimiento por muchas cosas más que lo que ella acaba de hacer.

—Dime una cosa —inquiere Lucía de pronto. Con estas palabras logra que Jonás, que ya se estaba dando media vuelta para alejarse, se detenga—. ¿Tuviste algo que ver en lo que pasó?

Él observa la mano con la que ella sostiene el cigarro antes de responder. La mano que no parece una mano, con la piel abrasada y los huesos intentando abrirse paso a través de los nudillos.

—No —le asegura de forma tajante—. Nada.

Se da la vuelta y se aleja sin girarse hacia ella ni una sola vez, sin el menor remordimiento. Siente que ha dicho la verdad, que él no es responsable de nada de lo que le ocurrió a Lucía. Él ya no es Jonás.

22

Todo ocurre como Sebastián le había anunciado: tres días después del encuentro suena su teléfono móvil y desde el otro extremo de la línea le indican una dirección y una hora. No está lejos, queda con él en un cruce situado a unos quinientos metros de su apartamento.

La cita tiene lugar quince minutos antes de la medianoche. Una hora tardía, pero Jonás lo prefiere porque así no tiene que volver a pedirle permiso a Cándida.

En la esquina en la que se han citado hay un locutorio, todavía está abierto y en su interior hay varios hombres sentados frente a ordenadores conectados a internet. Los equipos son antiguos con pantallas catódicas de baja resolución.

Jonás llega con antelación y espera bajo una farola con la espalda apoyada en la fachada de un edificio, hasta que una motocicleta detiene la marcha al acercarse a él. No puede verle la cara al piloto porque este no se quita el casco, pero por su cuerpo le parece un adolescente. Lleva una camiseta de tirantes de color amarillo y un pantalón de chándal de acetato que le queda grande, le ha doblado varias veces el bajo para no pisárselo.

—¿Ismael? —le pregunta sin bajarse de la motocicleta y

sin apagar el motor. A Jonás le gusta que Sebastián no le haya dado su verdadero nombre.

—Sí —responde.

El chico se apea para abrir el compartimento que se encuentra bajo el asiento.

Jonás se fija en la motocicleta. Debe de tener una cilindrada pequeña, no más de 125 cc, y no puede evitar preguntarse si la habrá utilizado para desplazarse desde Ferrol hasta Madrid, o si él solo es un enlace y ha sido otra la persona responsable de transportar la documentación.

—Esto es para ti —dice el motorista, y le entrega un sobre de papel de estraza del tamaño de un folio, con las esquinas dobladas para que cupiera en un espacio reducido.

No se despiden, pero el chico tarda un rato en marcharse porque no logra volver a cerrar el asiento en el primer, ni en el segundo ni en el tercer intento. Le lleva un buen rato conseguir que encaje, lo que resta seriedad a la situación. Algunos clientes del locutorio se giran para mirarlos, puesto que en cada uno de sus intentos el chico sube el nivel de fuerza que emplea y, con él, el ruido. Cuando por fin lo logra, se monta de nuevo en la motocicleta y se marcha sin decir nada.

Jonás se introduce el sobre en la cintura del pantalón para que no se le caiga y regresa a casa. En ese momento descubre que ha perdido el quemador para velas con forma de cáscara de huevo. No lo encuentra en la mochila, tampoco en ninguno de los bolsillos de las prendas que llevó en su viaje a Galicia. Recuerda que lo palpó en casa de Sebastián mientras veían el concurso de sopladores de vidrio en la televisión. Imagina que se le debió de caer allí. Lo más probable, piensa, es que se le saliera del bolsillo del pantalón al incorporarse antes de marcharse. Jonás sabe que se trata de algo anecdótico, que no es más que un objeto inanimado que en nada puede condicionar su futuro, pero dado que sentirlo junto a él cuando negociaba su nueva identidad le había permitido mantener la tranquilidad y sentirse seguro de sí mismo, no puede evitar ahora tener un mal presentimiento por haberlo perdido.

Deja el sobre de estraza en la encimera de la cocina y se va a la cama intentando no pensar demasiado en lo ocurrido ni en sus posibles consecuencias.

A la mañana siguiente le entrega toda la documentación a la secretaria del gerente y esa misma tarde firma su contrato de trabajo. Aunque siente que una parte fundamental de su plan ya se ha completado, ahora es cuando comienza lo más difícil.

Poner en marcha la siguiente fase le lleva varias semanas en las que dedica todo el tiempo libre que tiene a indagar en la vida de sus vecinos sin que ellos puedan intuir que los está observando.

Como en el bajo hay dos viviendas que comparten el patio central del edificio descarta de inmediato a sus moradores, puesto que la comunicación tan directa entre ellas duplica el riesgo de ser descubierto.

En el primero A vive Ernesto; está jubilado y es viudo, lo que le convierte en un posible candidato. Comparte su piso con un perro pequeño y gordo al que le cuesta respirar y jadea cuando lo saca a pasear; una chica va dos días a la semana a limpiar, planchar y cocinar. Jonás lo sabe porque el olor de la comida llega al rellano. Trabaja los lunes y los jueves, y pasa allí toda la mañana. Cuando llega llama a la puerta, Ernesto abre, se saludan, charlan un rato y luego él sale a la calle con el perro y la deja sola, trabajando. A Ernesto lo descarta por sus hijos; tiene dos, un chico y una chica, y viven cerca. El hijo tiene alrededor de cuarenta años y visita poco a su padre, una vez cada dos semanas más o menos. La hija es más joven, pero no mucho, cuatro o cinco años. Tiene su propio juego de llaves y al menos dos o tres tardes por semana se pasa a ver a su padre. Algunos sábados, incluso, se queda a dormir con él.

En el primero B viven dos chicos de la edad de la hija de Ernesto. Uno de ellos trabaja desde casa, el otro no; sale cada mañana a las siete y cuarto y no regresa hasta las cinco de la tarde. A decir verdad, da lo mismo su horario; Jonás sabe que elegir un apartamento en el que haya más de una persona lo vuelve todo demasiado complejo. La chica del segundo B sí vive sola. Es rumana o polaca, Jonás no ha logrado identificar con claridad su acento, tampoco le ha prestado demasiada atención: no puede decantarse por la vecina que vive frente a la casa de Fausto puesto que él no debe intuir nada y, teniéndola delante de su puerta, podría comenzar a sospechar.

El cuarto A está vacío, pero no siempre. La propietaria es una anciana que vive en una residencia desde hace tres años; ahora el piso lo gestiona uno de sus nietos y lo alquila como vivienda turística. Los días de diario no es habitual que esté ocupado, pero los viernes suelen instalarse parejas que vienen a pasar el fin de semana en Madrid. La vivienda no es céntrica ni está reformada, pero tiene buena comunicación y es una alternativa más económica que los hoteles convencionales.

En el cuarto B vive el único niño de todo el bloque, se llama Gabriel y tiene siete años. Su padre no trabaja y se encarga de llevarlo al colegio y de recogerlo a mediodía. Su madre es enfermera y tiene turnos rotativos; al menos un par de noches al mes le toca hacer guardia en el hospital. Si dos ocupantes son un riesgo, tres hacen inviable la realización del plan.

Jonás no cree en las casualidades, piensa que todo pasa por algún motivo, que cada cosa que nos ocurre tiene un sentido concreto. Por eso cuando su trabajo de investigación termina y comprueba los resultados, no puede evitar sonreír de satisfacción al descubrir que, de todas las personas que viven en el edificio, la única que cumple todos y cada uno de los requisitos es la más sencilla de vigilar: la mujer que vive en el mismo rellano que él.

23

Su vecina de enfrente se llama Kira; no se lo ha dicho ella, pero Jonás lo sabe. Ha visto a mensajeros entregándole cartas certificadas y paquetes de compras realizadas por internet. También conoce a varias de sus amigas y ha escuchado algunas de sus conversaciones telefónicas, lo que le ha llevado a pensar que trabaja en televisión. Ha llegado a la conclusión de que forma parte de un equipo de producción que realiza programas de entretenimiento para canales temáticos. Vive sola, no tiene pareja y sus padres, aunque están vivos, residen en otra ciudad, a cientos de kilómetros de la capital. Lo cierto es que nunca han hablado, ni siquiera han coincidido en el portal; aun así, Jonás sabe todas esas cosas de Kira, y es que es increíble lo mucho que se puede llegar a descubrir de una persona cuando dedicas todo tu tiempo libre a observarla.

Hablan por primera vez en el supermercado, al que Kira suele acudir una o dos veces por semana para hacer la compra.

—Los salmones poseen un sexto sentido del que carecemos los humanos —le dice Jonás de pronto, sin presentarse y sin previo aviso.

Kira está de pie en el pasillo de los lácteos y lo mira sorprendida, sin comprender nada, pero él continúa hablando.

—Se llama magnetorrecepción, y no solo les ocurre a los salmones, también a las palomas, por ejemplo, por eso nunca se pierden. Pueden percibir el campo magnético que las rodea y por eso saben en qué lugar exacto se encuentran y la ruta que deben seguir para llegar a su destino; es algo así como un mapa de navegación interno. Por ese motivo antiguamente se usaban palomas para enviar mensajes —aclara.

»Los salmones nacen en el río, luego emigran a mar abierto y es allí donde pasan toda su vida, pero cuando el final se acerca sienten la necesidad de regresar a casa, sienten que todavía les queda algo por hacer y que no pueden morir hasta lograrlo. Por eso regresan, pero lo curioso es que no vuelven a un río cualquiera, sino al mismo río en el que nacieron. Justo a ese lugar, aunque se encuentren a miles de kilómetros. Siempre consiguen encontrar el camino de vuelta y logran recorrerlo a pesar de todas las adversidades, ya que deben nadar a contracorriente y huir de los osos que quieren comérselos y de los humanos que intentan pescarlos. Sin embargo, nada los detiene, hacen lo que sea necesario para llevar a cabo su misión.

Kira no lo interrumpe, se limita a guardar silencio mientras él habla, aunque no entiende nada de lo que está ocurriendo. Cuando Jonás termina su discurso, señala con el dedo índice la cesta de la compra que ella sujeta, en cuyo interior se ven dos rodajas de salmón envueltas en papel parafinado. Kira sonríe.

—Me llamo Ismael —dice Jonás—. Vivimos en el mismo edificio, uno frente al otro, y, además, trabajo aquí. —Señala la placa identificativa sujeta al bolsillo de su camisa—. Acompáñame —le pide en tono amable—, te cobro yo.

Kira tiene cuarenta y un años, es rubia y, con el pelo cortado en una media melena, parece sacada de una película de bajo presupuesto de los años noventa. Le gusta leer por la noche, antes de quedarse dormida; sus géneros favoritos son el policíaco y la novela histórica. Parece más joven de lo que es cuando sonríe y mucho mayor cuando observa algo con atención. Tras el primer encuentro, en el que él le habló del sentido de la orientación de las palomas y los salmones, ella sigue yendo a comprar con asiduidad al supermercado, y tras haber charlado un par de veces han quedado para tomar un café juntos.

Cuando Jonás llega a la cafetería, Kira ya está allí, lo espera leyendo un libro que deja sobre la mesa al ver que se le acerca. Antes de tomar asiento, Jonás mira la portada y lee su título: *Escupiré sobre vuestra tumba*. Aunque no lo ha leído, cree haber visto una película que se llama igual.

Se saludan besándose en las mejillas y ella le pregunta si lleva mucho tiempo instalado en el barrio.

—No —contesta él negando a la vez con la cabeza—, solo un par de meses.

Después de decir aquello ya no vuelve a hablar, ni siquiera tiene ocasión de intentarlo; Kira acapara toda la conversación. Permanecen en la cafetería unos treinta y cinco minutos durante los cuales ella no detiene la verborrea ni un instante. Le cuenta que el piso en el que vive está a su nombre, pero no es de su propiedad, se lo compró su padre. Le compró uno a ella y otro a su hermana pequeña, que se llama Adela, tiene cuatro años menos y es bailarina. En cuanto lo dice saca su teléfono móvil del bolso y le muestra varias fotografías, imágenes en las que se ve a una chica bailando en un teatro o en un escenario al aire libre, girando sobre su propio eje o agarrada a la cintura de otro bailarín. Jonás no sabe qué decir, se queda un rato en silencio mirando la pantalla. Está a punto de hacer un comentario condescendiente, algo así como que le parece muy buena bailarina, pero Kira continúa hablando y él agradece no tener que decir nada.

Cuando es el momento de marcharse, ambos quieren pagar la cuenta.

—Tranquila —dice Jonás mientras deja unas monedas sobre el plato de loza—, tú puedes invitar la próxima vez.

—De acuerdo —acepta Kira—, ¿el próximo martes te parece bien?

La cita acaba volviéndose una rutina. Comenzó siendo semanal, pero en poco tiempo pasa a ser en un encuentro programado cada dos o tres días. Jonás le dice a Kira que no tiene teléfono móvil, pero apunta el de ella en un trozo de papel por si en algún momento necesitara llamarla desde el fijo, aunque no cree, dice bromeando, ya que viviendo uno frente al otro no tendrán demasiados problemas para localizarse.

—Eres la primera persona que conozco sin móvil —le dice Kira.

—Seguro que también soy la primera persona que conoces a la que le falta una pierna —responde Jonás—. ¡Soy una caja de sorpresas!

Las tardes de café se alargan cada vez más, y en ellas Jonás se limita a escuchar y a asentir mientras Kira le habla de sus amigas; no las conoce, pero las ha observado con atención por la mirilla cuando entran y salen de su apartamento. También le confirma que trabaja en una productora, pero no tiene un puesto creativo como él había imaginado, se encarga de la contabilidad. Le gusta lo que hace, aunque su sueño sería convertirse en escritora de novelas de misterio. Todavía no se ve preparada para abordar un texto largo y complejo, de momento se conforma con escribir cuentos breves. Sin preguntarle si desea escuchar uno, le recita de memoria su preferido, que narra un encuentro entre un hombre y una mujer. A Jonás no le queda del todo claro, pero le parece una especie de cita a ciegas, ya que no se conocen ni se han visto previamente. Cuando la chica llega al bar en el que han acordado encontrarse, él ya está allí, fumando un cigarrillo y con la cabeza envuelta en volutas de humo que salen de sus labios. Se saludan, hablan un poco y no ocurre mucho más.

—Me gustan así —le confiesa Kira a Jonás cuando termina la recitación—. Cuentos en los que no llega a pasar nada, que son como pedazos de realidad.

A Jonás el relato le parece aburrido y el comentario posterior pretencioso, pero no se lo dice. Tampoco le dice que si su deseo es convertirse en escritora de novelas de misterio, no considera que vaya por el mejor camino para lograrlo. No lo hace porque sabe que podría molestarla, y eso es lo último que desea. Y es que, aunque Kira no pueda ni siquiera imaginarlo, ella es una parte fundamental para que el plan que ha ideado Jonás pueda llevarse a cabo. Si no logra ganarse su confianza, todas las demás piezas se desplomarán como un castillo de naipes cuando alguien abre una ventana.

Por ese motivo, en lugar de confesarle lo que piensa, dice:

—Me ha encantado, me gustaría escuchar más.

Kira sonríe de satisfacción. Acto seguido se ruboriza e intenta contener su reacción por pudor, lo que le da a su rostro una expresión extraña que a Jonás le recuerda a la de las hienas de los documentales.

—Es el único que me sé de memoria —le explica—, los demás los tengo en casa, me gusta escribir a mano. —Guarda silencio. En toda la tarde es la primera vez que se calla y se para a pensar lo que va a decir a continuación, hasta que se anima a hacerlo—: Podrías pasarte un día y te leo otro. Si quieres, claro.

—Me encantaría —contesta él rotundo.

Kira sonríe al escuchar su respuesta. Jonás también. Ambos sonríen, aunque por motivos diferentes.

24

Acaba de regresar del supermercado y todavía lleva el uniforme puesto. Le sorprende que llamen a la puerta, pues no suele recibir visitas; aun así, se dirige a la mirilla saltando sobre su única pierna. La persona que se encuentra al otro lado oye que se acerca y decide anunciar su presencia.

—Soy Fausto —dice en un tono de voz lo suficientemente alto para que su nombre se oiga con claridad desde el interior del apartamento.

Cuando llega a la puerta, Jonás se detiene y se agarra con una mano al pomo, espera unos segundos para recuperar el aliento y abre.

—Soy Fausto —vuelve a decir cuando están el uno frente al otro—, el vecino de abajo.

—Sí, lo sé —responde Jonás.

Aunque hace frío, Fausto lleva un pantalón corto y sandalias. En el gemelo de la pierna izquierda luce el tatuaje de una serpiente; por el grosor que muestra el cuello, Jonás deduce que se trata de una cobra. Todo el dibujo está realizado con tinta negra a excepción de los ojos, que son de un llamativo tono rojo. Jonás mira la pierna de Fausto y no puede evitar un pensamiento ridículo, casi infantil: se acuerda del tatuaje de la jugadora de tenis que le hizo perder veinte euros a Román y se pregunta cuál de los dos ganaría en un combate a muerte, el tigre del brazo de la tenista o la serpiente de la pierna de Fausto.

—Es tarde, perdona que te moleste a esta hora —dice sacando a Jonás de su ensoñación.

Fausto apoya un codo en el marco de la puerta y carga todo el peso de su cuerpo sobre el brazo. Lleva una camiseta blanca de manga corta y bajo la axila se le dibuja una circunferencia de un color anaranjado, como el de la manzanilla diluida en agua caliente.

—Creo que hay una filtración en alguna tubería de tu baño —continúa—, porque acaba de aparecer una mancha de humedad en el techo del mío.

Jonás intenta simular sorpresa.

—No he notado nada —se justifica.

—Tranquilo —responde Fausto en tono amable—, estas cosas ocurren. Quizá es debido al tiempo que el piso llevaba vacío, las cañerías se estropean si no se usan. Pero no te preocupes, de verdad. Estas cosas ocurren —repite.

—Aun así, lo siento mucho. —Mira su reloj de pulsera—. Ya es un poco tarde para hacerlo ahora, pero mañana a primera hora llamaré a la propietaria para que avise a la aseguradora. Cuanto antes solucionen el problema mejor para todos.

Guardan silencio un instante, pero, aunque la conversación ya ha llegado a su fin, Fausto siente la necesidad de ser amable con su nuevo vecino y continúa hablando.

—¿Acostumbrado ya a tu nueva casa?

—Sí, ya está todo en su sitio —responde Jonás señalando hacia atrás y moviendo el brazo horizontalmente, como haría el presentador de un concurso de la televisión al mostrar el premio que pueden llevarse los participantes si responden con acierto a todas las preguntas—. Hasta encontré trabajo en el supermercado de la esquina —concluye sonriendo.

Fausto también sonríe, dejando a la vista sus encías rosadas.

—Me alegro. Cuenta conmigo si necesitas cualquier cosa.

—Gracias, lo mismo digo. Te tendré al corriente de lo que digan los del seguro, yo me encargo.

Fausto da media vuelta y se encamina hacia las escaleras, pero se detiene al oír que Jonás vuelve a hablar.

—Lo más probable es que pidan una fotografía para evaluar los daños antes de la visita. Los del seguro, digo. Supongo que querrán ver la mancha de humedad. Si te parece, puedo bajar ahora y hacer un par de fotos, no tardaré nada y así adelantaremos tiempo.

Fausto se encoge de hombros.

—Claro, como quieras, baja conmigo y hazlas —dice.

Jonás va a buscar las muletas y el teléfono móvil. Como está de espaldas a él, Fausto no puede ver su sonrisa de niño malicioso y consentido que siempre logra salirse con la suya. Cuando regresa al rellano descubre que su vecino ya ha bajado y ha entrado en casa, dejando la puerta abierta para él.

Ambas viviendas son idénticas, lo único que las diferencia son pequeños detalles, como que en la cocina de Fausto sí hay horno, que el salón no tiene una estantería de obra o que sobre la cama de Fausto no hay rastro de la recreación de *Judit y Holofernes*, de Caravaggio.

—Estás en tu casa —dice Fausto señalando la puerta del cuarto de baño.

Jonás la atraviesa y la entorna con disimulo para que

Fausto no pueda verlo desde fuera. No mira el techo, no parece interesarle la mancha de humedad. Primero se fija en la bañera y después dirige la vista hacia el lavabo. Busca algo con cierta desesperación y se enfada al no encontrarlo. Disgustado, se apoya en la tapa del inodoro, se agacha hasta que su cabeza casi toca el suelo, y comienza a recorrer con los ojos las juntas selladas de la bañera.

—Es grande, ¿verdad, Ismael? —oye decir a Fausto.

Se incorpora tan rápido como puede y saca del bolsillo del pantalón el teléfono móvil, que casi se le cae de las manos. Toma dos fotografías del techo. Está pintado de blanco y en él se destaca la mancha; tiene el tamaño de la cabeza de un bebé y una forma imprecisa. Las fotos quedan desenfocadas. Sale del cuarto de baño sin responder a la pregunta de su vecino, de modo que este le vuelve a hablar.

—Era Ismael, ¿verdad?

—¿Cómo? —responde Jonás, sin saber muy bien si se siente más nervioso o más desconcertado.

—Tu nombre —le aclara Fausto—, era Ismael, ¿no es así?

—Sí, así es —consigue responder, y acto seguido se marcha.

25

A Diego Schwartzman lo llaman «Peque» porque es pequeño, no de edad, sino de estatura. Es el tenista más bajo de
todo el circuito, y también el que más rápido se mueve por
la pista, resta bien y corre como una gacela o como un lince,
pero le cuesta sacar porque mide diez o quince centímetros
menos que la mayoría de sus oponentes y a él la red le parece la muralla de una fortaleza.

Diego Schwartzman es el tenista más rápido de todo el
circuito y Juan Martín del Potro tiene la mejor derecha, o
si no es la mejor, al menos un golpe de derecha tan bueno
como el de Roger Federer. Además, Del Potro mide alrededor de dos metros y eso le permite sacar a más de doscientos
kilómetros por hora: se lanza la pelota por encima de su cabeza y la golpea con la punta de la raqueta, y parece un fran-
cotirador disparando desde la azotea de un edificio. A decir
verdad, eso lo hacía antes, ahora ya no, ahora tiene la cadera y las rodillas destrozadas porque no debe de ser sencillo
agacharse continuamente para un tipo con la estatura de un
abedul.

Todo eso es lo que le ha estado contando Román a Jonás
durante el trayecto que han compartido en coche. A ambos

les ha tocado el turno de mañana en el supermercado y, al terminar, Román le ha preguntado a Jonás si quería acompañarlo a visitar la parcela en la que tenía previsto construirse una casa. No le ha dado mayores explicaciones, pero Jonás ha decidido aceptar la invitación porque le sigue gustando pasar tiempo con su compañero, escucharlo lo aleja de todo por un momento. Han recorrido alrededor de cincuenta kilómetros por la A1, hasta tomar la salida hacia La Cabrera, han atravesado el pueblo, no se han detenido hasta cruzarlo por completo y han estacionado unos metros antes de la incorporación a la autovía.

—El tenista argentino perfecto —dice Román, y remarca la palabra argentino como si la nacionalidad fuese también un requisito fundamental para la creación del deportista total— sería el que sacase como Del Potro y se moviera por la cancha como Schwartzman. Pero es que si la vida fuera perfecta, sería todo demasiado aburrido —concluye.

Detiene el motor frente a una parcela que parece en ruinas: las malas hierbas han crecido sin control, y hay varios sacos de cemento y de arena de construcción esparcidos por el suelo, algunos abiertos y con el contenido derramado y otros sin abrir.

Al fondo puede verse una casa con la fachada pintada de un blanco que ha comenzado a verdear por las zonas inferiores. Los marcos de aluminio de las ventanas están encajados, pero no hay cristales en ellos.

—La compramos hará unos siete años. Mi mujer y yo —le aclara Román—. Queríamos venir a pasar los fines de semana y los veranos, y luego, cuando me jubilase, instalarnos acá. Yo mismo me fui encargando de la reforma, le dedicaba los domingos y las tardes que tenía libres en el supermercado. Casi todo lo que ves lo hice solo, aunque para algunas cosas, las más pesadas, le pedía una mano a mi sobrino. Vení —le pide a Jonás—, apoyá las muletas con cuidado, no vayas a caerte.

Román se dirige a la parte trasera y Jonás lo sigue. La hierba está tan alta que en algunas zonas les llega casi a la cintura, de modo que, a simple vista, no parece que Jonás sea un tullido.

—Acá pensábamos armar un huertito, con tomates y lechugas, y también con patatas y algunas frutas.

Mientras le relata lo que la pareja había imaginado, dibuja un rectángulo con el dedo índice en el aire. El espacio que señala no se diferencia en nada del resto del jardín.

—¿Y qué pasó? —pregunta Jonás.

Román detiene el movimiento del brazo e introduce ambas manos en los bolsillos de la chaqueta antes de responder.

—El sueño de Carmela siempre fue tener una casa blanca y grande de dos plantas, ¿me entendés? —pregunta, y aunque hasta ahora no le había hablado de ella, Jonás supone que Carmela era su esposa—. Con un lindo jardín a ambos lados, un huerto y una pileta para que nuestros nietos chapotearan. Ese era el futuro que siempre imaginó, abandonar la casucha en la que vivíamos, en la que yo sigo viviendo —puntualiza.

Jonás siente que sus palabras no han sido realmente una respuesta, así que vuelve a insistir, aunque al momento de haber realizado la nueva pregunta se arrepiente y teme que a Román le parezca que es un entrometido.

—¿Os separasteis?

—Más o menos… La mató un cáncer, ¿no te parece una boludez? Tener cáncer es como tener un gato o un perro, todo el mundo ha tenido uno o conoce a alguien que lo tiene. A nadie le importa un carajo la gente que se muere de cáncer, flaco. No sabés la suerte que tenés, a ti te falta una *gamba* y eso no es lo habitual, lo habitual es tener dos piernas y un tumor. Sos un afortunado.

Jonás no sabe qué responder, así que no dice nada, se queda un rato más allí, contemplando un huerto que no existe, hasta que un coche se detiene delante de la parcela y Román mira su reloj de pulsera.

—Puntuales —dice, y se dirige hacia él.

No conoce a sus ocupantes, pero los saluda con amabilidad. Se trata de una pareja joven, más que Román y más que Jonás. Tienen dos hijos, un niño y una niña que parecen gemelos. Pasean por la parcela y toman fotografías con sus teléfonos móviles. Buscan un hogar en el que desconectar de la ciudad los fines de semana y también en Navidad. Le preguntan por el precio e intentan regatear; el hombre le explica que para rehabilitar la vivienda deberán hacer una gran inversión y que debería ajustar el precio.

Román lo deja hablar y muestra una cálida sonrisa, pero cuando termina le dice que el precio es innegociable. No se quedan mucho más tiempo después de oír estas palabras, hacen algunas fotografías más y regresan al coche.

Jonás observa toda la escena sin moverse del lugar, junto a la casa idílica que Carmela imaginó para su jubilación y que ahora parece sacada de una película de terror. Cuando el matrimonio y los niños han desaparecido, Román le pregunta si quiere ir al bar del pueblo a tomar una cerveza. Jonás mira la hora en su reloj antes de responder.

—No puedo, son las siete y tengo cosas que hacer esta noche, preferiría que regresáramos ya.

26

El piso de Kira es más grande que los de Fausto y Jonás. El edificio es asimétrico, y las viviendas de la parte izquierda del bloque son exteriores y disponen de unos veinte metros cuadrados más de superficie. Jonás se ha puesto una camisa azul, se mira en el espejo antes de salir y, aunque duda, decide dejársela por fuera del pantalón, como los chicos con los que compartió la entrevista de trabajo. Quiere parecer más joven, aunque se siente algo extraño y ridículo.

Sale al rellano, llama al timbre y espera. Kira abre la puerta, lleva el pelo recogido en un moño improvisado que sujeta con un bolígrafo.

—No te esperaba tan pronto —dice, aunque habían quedado justo a esa hora—, me has pillado cocinando.

—Si quieres, puedo volver en un rato —responde Jonás señalando con el pulgar la puerta de su apartamento.

—No seas bobo —le recrimina ella en tono dulce y se gira dejando la puerta abierta para que Jonás pueda seguirla.

Ya en la cocina, Kira descorcha una botella de vino blanco y sirve dos copas.

—Por nosotros —dice al entregarle una de ellas a Jonás.

Hacen chocar el vidrio y beben. Jonás da un solo sorbo, pero ella se lleva la copa a los labios varias veces mientras cocina, tantas que antes de terminar de elaborar los platos tiene que volver a servirse.

La cena consiste en una ensalada de espinacas con langostinos y granada, acompañada de un pastel frío de puerros, nata y queso pecorino, todo regado con vino tinto. Cuando acaban de comer, continúan sentados hasta que se beben la botella entera, entonces Kira se levanta y se dirige al sofá.

—Ven —le pide—, te quiero enseñar una cosa.

El sofá está tapado con una tela que lo cubre por completo y, cuando Kira toma asiento, una de las esquinas se descuelga dejando a la vista parte del respaldo. Es rojo. Por alguna extraña razón, Jonás lo había imaginado azul.

Él apoya las muletas en la mesa baja de centro y se acomoda junto a Kira, que tiene en las manos una caja de madera del tamaño de un libro de bolsillo. La abre y le muestra su contenido: entradas de conciertos y festivales de música. Las va pasando entre sus dedos, una a una, indicándole a Jonás el grupo y el lugar al que pertenecen. Para cada entrada tiene una anécdota diferente y le lleva un buen rato vaciar la caja. Lo que más le sorprende a Jonás es que todas ellas están plastificadas.

—Mi ex trabajaba en una imprenta —le aclara Kira ante su interés por el formato de las entradas mientras vuelve a guardarlas y deja la caja en el suelo con delicadeza. Después se coloca a horcajadas sobre Jonás y le agarra el cuello con los dedos sin presionar demasiado. Al hacerlo se muerde el labio inferior—. Fóllame —le pide.

Jonás le desabrocha los botones de la blusa dejando a la

vista un sujetador negro de encaje. No se lo quita, pero con las manos lo fuerza hacia abajo para dejar sus pechos al descubierto. Son más pequeños de lo que parecía cuando estaba vestida.

—Aquí no —le pide Kira—, vamos a la habitación.

Al bajarse del sofá, sin querer empuja con el pie una muleta, que cae al suelo.

—Déjala —dice él poniéndole la mano en la cintura para que no se agache a recogerla—, puedo ir con una.

Kira le ofrece la que no se ha caído y se pone al otro lado, para que pueda apoyarse en su hombro al caminar. Su camisa sigue abierta, el sujetador a la altura de las costillas y los pechos fuera. La imagen de ambos dirigiéndose al cuarto es algo extraña.

Se tumban sobre la cama sin retirar el edredón, el uno junto al otro. Están un rato así, en silencio, mirando al techo, hasta que Kira se lame la palma de la mano y la introduce en el pantalón de Jonás. Lo hace varias veces y es así como lo masturba, humedeciendo su pene cada pocos segundos, hasta que consigue provocarle una erección.

Es la primera vez que Jonás tiene una relación sexual desde la muerte de Camila.

Con torpeza y precipitación se quitan la ropa, algunas prendas caen al suelo y otras se quedan a los pies de la cama. Cuando ambos están desnudos, Jonás se tumba sobre Kira y la penetra. Lo hace despacio, mirándola a los ojos, hasta que, transcurridos poco menos de diez minutos, ella se muerde los nudillos de la mano izquierda mientras se acaricia el clítoris con los dedos de la derecha y llega al orgasmo. Jonás, en cambio, no consigue eyacular; lo intenta durante un rato que a los dos les acaba pareciendo demasiado largo, y cuando el sudor se vuelve denso y el olor a látex desgastado del preservativo lo inunda todo, decide parar. Se deja caer en la cama, bocarriba, ella se acurruca a su lado formando un ovillo con su cuerpo y le acaricia el pecho. Lo intenta hacer de forma suave y delicada, pero el vello blanquecino se enreda en sus dedos y le produce a Jonás unos tirones desagradables. Luego acerca la cabeza a su vientre, se introduce el pene en la boca y sube y baja la cabeza acompasadamente. El pene está flácido y no le resulta sencillo hacerlo sin que se doble o se le escape de los labios.

—Está bien así —dice él apoyando la mano abierta sobre su cabeza—. Está bien —repite—. No te preocupes, es solo que estoy cansado.

No se visten, se quedan desnudos en la cama mientras Kira habla de su expareja. Cuenta, por ejemplo, que trabajaba en una empresa de reprografía, aunque su verdadera pasión siempre fue la música. Es saxofonista y se tatuó la clave de sol en un hombro. Jonás no lo conoce, no sabe nada de él más allá de lo que le está contando Kira, pero le parece estúpido de inmediato.

—¿Tenía un grupo? —pregunta.

Una pregunta huera, casi infantil, pero es la única que se le ocurre.

Kira chasquea la lengua antes de responder, tiene la boca seca. Alarga el brazo para coger el vaso de agua que se encuentra sobre la mesilla de noche y de un largo trago se bebe casi la mitad. Jonás la observa y se pregunta cuánto tiempo llevaba el agua allí.

—No, no tenía un grupo propio —responde ella tras hidratarse—, pero colaboraba con varios siempre que se lo proponían. Amaba la música. La amaba tanto que no le im-

portaba recorrer cien o doscientos kilómetros para ir al lugar donde se celebraba el concierto, si alguna banda se lo
solicitaba.

Cuando termina de hablar vuelve a beber hasta dejar el
vaso vacío.

—El pastel estaba muy salado —se justifica ante Jonás
mientras se incorpora—, me muero de sed.

Sale de la habitación dejándolo solo, y él, desde la cama,
oye cómo entra en la cocina y abre el grifo. Regresa con el
vaso lleno, lo deja en la mesilla con cuidado, evitando derramar su contenido, y vuelve a tumbarse junto a Jonás, enca-
jando su cabeza entre el pecho y el hombro de él. Solo tarda
un par de minutos en quedarse dormida.

27

Un tipo roba en el supermercado; no se trata de un atraco ni nada similar, es simplemente un hurto. Para Jonás la situación es nueva, pero Cándida —que ya lleva más de cinco años como responsable de personal— le dice que se trata de algo habitual. Le explica que el ladrón es un hombre que vive en la calle y que está loco, lo dice como si ambas cosas formaran parte de una misma unidad y no pudieran separarse. También le cuenta que le da pena, aunque no le aclara si siente lástima por él porque vive en la calle, porque está loco o por ambas cosas. Algunas veces lo deja salir con la mercancía, pero otras no le queda más remedio que avisar al vigilante de seguridad para que lo detenga y le quite los productos que ha robado; siempre son cosas pequeñas que le caben en los bolsillos: yogures, barritas energéticas o piezas de fruta. Le da pena, por eso simula no haber visto nada, y le sugiere a Jonás que haga lo mismo.

—Avísame si ves que entra —le dice—, pero no siempre, hazlo una vez de cada tres más o menos.

Jonás asiente porque Cándida es su jefa, no porque sienta la menor lástima por el individuo; para él no es más que un hombre con aspecto desaliñado cuya ropa huele a urea.

—¿Por qué sabes que está loco? —le pregunta.

Cándida se acerca a él para responderle desde una distancia más corta, tanto que solo unos centímetros separan sus cabezas, como si alguien los estuviera espiando e intentara evitar que la oyeran.

—Oye voces —aclara en un tono de voz bajo, acorde con la distancia a la que se encuentran—. Algunas veces, cuando atraviesa un pasillo, va hablando solo. Le he visto hacerlo, oye voces dentro de su cabeza —repite—. ¿No te parece que escuchar voces de personas que no existen es una muestra evidente de locura?

—No —contesta tajante Jonás—. Creo que la locura radica justo en lo contrario, en dejar de escuchar la voz de una persona a la que quieres solo porque ya no existe.

28

Kira le habla por primera vez de Fausto a Jonás porque este saca el tema. Están en la cocina, él sentado en un taburete bebiendo una cerveza directamente de la lata y ella de pie picando cebolla sobre una tabla de madera. Siguiendo el consejo de un programa de cocina que vio en la televisión, corta un trozo del tamaño de un gajo de naranja y se lo coloca sobre la cabeza para evitar el picor de ojos. Cuando termina, lo vierte todo en una sartén que ya está en el fuego y, con la ayuda de una cuchara de madera, reparte el contenido de forma homogénea por la superficie antiadherente, lo remueve varias veces y se gira hacia Jonás. Aunque el trozo de cebolla continúa sobre su cuero cabelludo, sus ojos están llenos de lágrimas. Kira sonríe al constatar la nula efectividad del truco. Jonás le devuelve la sonrisa y, como si fuera un comentario improvisado, dice:

—Le he hecho una gotera al vecino de abajo.

—¿A Fausto? —pregunta ella, y sin esperar respuesta añade—: Que se joda.

La sonrisa se le borra y de pronto se siente ridícula, así que coge el trozo de cebolla y lo tira a la basura.

—¿Por qué dices eso? —quiere saber Jonás—. Ha sido

muy amable conmigo, ni siquiera se ha molestado por la avería.

Antes de responder, Kira remueve el sofrito con la cuchara para que no se le queme.

—La gente como Fausto es la que da mala fama al barrio —dice con la vista fija en la sartén y la cabeza envuelta en humo, como el protagonista del relato que recitó de memoria semanas atrás en la cafetería—. Debería estar en la cárcel. Ni se te ocurra acercarte a él, si no quieres acabar metido en líos.

Jonás asiente, pero no dice nada. Sabe que no es necesario porque Kira siempre habla, lo hace a todas horas, solo es cuestión de tiempo que retome el tema sin que él tenga que insistir.

Comen pasta fresca con *finocchiona*, salsa de tomate y cebolla caramelizada. Apenas hablan hasta que sus platos están vacíos.

—Estaba muy bueno —la felicita Jonás.

—Cuando estoy sola no suelo guisar —contesta Kira con cierta falsa modestia—, es aburrido cocinar para uno.

Al terminar de comer, recoge los platos y se dirige a la cocina. Jonás le ofrece su ayuda, pero ella la rechaza.

—Tranquilo, puedo sola —asegura—. Voy a ir preparando café mientras recojo.

Lo mete todo en el lavavajillas y mientras llena la cafetera con agua del grifo le habla de la anterior inquilina del piso de Jonás.

—¿La propietaria no te habló de la chica que vivía en el apartamento antes de que tú llegaras? —le pregunta alzando la voz para que pueda oírla con claridad.

Jonás siente que sus palabras son como trozos de hielo

que alguien le pasara por su nuca y agradece que cada uno se encuentre en un espacio diferente de la casa, así ella no puede ver cómo ha cambiado la expresión de su rostro. Respira hondo y, antes de contestar, alisa con las manos las arrugas del mantel.

—No —responde lacónico.

Kira regresa al salón, deja un azucarero de bambú y dos cucharillas sobre la mesa, y vuelve a la cocina.

—Lo cierto es que yo no la conocía mucho, coincidíamos alguna vez al recoger la ropa tendida, pero nada más. Era una cría. No sé, tendría unos veinte años. Estaba estudiando y no trabajaba. Imagino que el alquiler se lo pagarían sus padres, o no sé cómo conseguiría el dinero. Vivía con una amiga, tenían más o menos la misma edad. Fue ella quien la encontró. Estaba sentada sobre la taza del váter, rígida como un trozo de madera seca.

Kira detiene su relato y aparece en el marco de la puerta. Con una mano agarra la cafetera, que desprende un hilo de humo por su boquilla, y con la otra sujeta dos tazas de porcelana por las asas.

—Qué idiota soy —se recrimina—, me he dejado el salvamanteles en la encimera.

—Tranquila, ya voy yo por él.

Jonás agarra sus muletas, que estaban apoyadas en el respaldo de la silla, y sale del salón. Cuando ambos se cruzan en el umbral de la puerta, Kira le da un beso en el cuello y él intenta reaccionar con una sonrisa, pero no lo logra.

—¿Y ya te ha contado lo del hotel? —le pregunta cuando lo ve regresar con el salvamanteles bajo la axila.

Jonás lo coloca sobre la mesa y Kira deja encima de él la cafetera.

—¿Fausto? —responde él, extrañado por el cambio repentino de tema.

—Ahora va por ahí contando esa historia a todo el mundo, dice que trabaja en un hotel. ¿Qué hotel iba a contratar a un tipo como él? Por el amor de Dios, si ni siquiera tiene dientes.

En las tazas hay leche, unos dos dedos en cada una, y Kira reparte el café hasta que la cafetera queda vacía.

—Lo que pasa —continúa diciendo— es que tiene miedo porque cuando la chica murió vino la policía y estuvo haciendo preguntas. A la cría se le fue la mano, eso es lo que dijeron, pero ella no sabía la mierda que se estaba metiendo. Fausto sí sabe la mierda que vende, pero no le importa, le da lo mismo. Por eso ahora va por ahí diciendo que trabaja en un hotel, y nadie le objeta nada porque la gente no quiere meterse en líos, eso es lo que pasa. Y seguirá haciendo lo mismo hasta que alguien le pare los pies. La escoria me revuelve las tripas.

Da un sorbo al café y luego se limpia los labios con una servilleta.

—¿Conoces a Ernesto? —le pregunta a Jonás, que niega con la cabeza sin pronunciar una sola palabra, aunque sabe perfectamente de quién le está hablando—. Es el señor que vive en el primero, tiene un perro, un bulldog francés, creo, uno de esos pequeños y gordos a los que les cuesta respirar. Dice que él estuvo consolando a la chiquilla, a la compañera de piso que descubrió el cadáver. Estaba aterrorizada y al principio no quería hablar, pero luego se lo contó todo.

»Cuando abrió la puerta del baño se la encontró sentada en el retrete, pero no se había bajado los pantalones ni las bragas. Se había cagado encima y había mierda por todas partes porque se le había salido por encima del pantalón, por la parte de atrás, como les pasa a los bebés con los pañales. Su espalda estaba manchada y también la pared y el suelo. Pero lo peor de todo no es eso, sino que tenía la boca y los ojos abiertos. Joder, era como una puta muñeca hinchable repleta de mierda.

A Kira el comentario le parece tan gracioso que no puede evitar reír a carcajadas, aunque pronto comprende que no es apropiado y se tapa la boca con las manos. Jonás ya no la ve sonreír, pero el sonido de la risa persiste. Tarda tanto tiempo en lograr contenerse que, cuando por fin lo consigue, tiene que secarse las lágrimas con una servilleta. Durante unos segundos ambos guardan silencio, pero de pronto Kira cae en la cuenta.

—Como yo no tomo —dice llevándose una mano a la cabeza evidenciando su despiste—, se me ha olvidado ofrecértela. ¿Quieres azúcar?

Jonás baja la vista hacia el azucarero de bambú y lo observa durante un segundo, después alza la mirada y la dirige de nuevo hacia Kira.

—No, gracias —responde—. Lo prefiero amargo.

ayer

29

Lo primero que intentó recordar Jonás al atravesar a toda velocidad las puertas acristaladas del hospital fue la última vez que estuvo allí, pero no lo logró. Sabía que en ese mismo lugar había nacido Valeria, pero de eso hacía ya dieciocho años y en todo ese tiempo creía haber vuelto en repetidas ocasiones, aunque los nervios le impedían pensar con claridad. Solo lograba recordar algunos momentos aislados del nacimiento de su hija, y de las setenta y dos horas posteriores que su mujer y la pequeña estuvieron ingresadas. Estaba previsto que el parto fuera natural, pero se alargó tanto que tuvieron que hacerle una cesárea a Camila. Mientras se dirigían al quirófano, él le agarraba la mano. Ella estaba tan agotada por el esfuerzo que daba la impresión de que se quedaría dormida o perdería el conocimiento en cualquier momento.

Un celador le indicó el lugar donde debía detenerse y la sala en la que tendría que esperar hasta que terminara la intervención. Todo fue muy rápido y salió bien. Camila se quedó unas horas en observación y un médico le llevó a Valeria. Estaba dentro de una especie de caja de plástico transparente con ruedas para que pudieran transportarla de un lugar a otro. Era tan pequeña que casi no se la veía entre las mantas de algodón que la envolvían. Estaba desnuda, pero le habían puesto un gorro blanco en la cabeza en el que había unas manchas rojas. Jonás pensó que serían restos de sangre y fluidos de la madre que se habían adherido a la piel de la pequeña.

Recordaba todo eso y también la primera vez que salió a comer tras su nacimiento: los padres de Camila fueron al hospital y le dijeron que se marchara a casa a descansar, que ellos se quedarían allí. Les hizo caso, pero no quiso ausentarse demasiado tiempo, así que bajó a la cafetería del hospital y tomó un plato combinado de huevos fritos con pechuga de pollo empanada y ensalada. El borde de los huevos estaba quemado y lo separó de la parte blanca de la clara con un cuchillo.

La memoria es así de caprichosa; mientras Jonás recorría los pasillos del hospital a toda velocidad, se acordó de lo que comió el día que nació su hija, pero no era capaz de recordar las horas que pasó Camila en observación tras dar a luz.

En ese momento estaba otra vez allí, corriendo desesperado por los pasillos del hospital cargando una maleta que se bamboleaba de un lado a otro y chocaba continuamente con las paredes. Su mujer le había llamado por teléfono para contárselo: intoxicación etílica, eso era lo que le había dicho. Valeria estaba con unas amigas y había perdido el conocimiento.

Habían estado bebiendo en un parque cercano a su casa sin comer nada, todo parecía ir bien, pero de pronto la chica había empezado a sentirse mareada, decía que estaba muy cansada y que iba a perder el conocimiento. Inmediatamente después se había desplomado en el suelo. Sus amigas intentaron agarrarla, pero no lo lograron y se golpeó la cabeza con una piedra. Nada grave, pero le habían tenido que dar tres puntos de sutura justo encima de una ceja. Una ambulancia había ido a recogerla y un miembro del personal sanitario había llamado por teléfono a Camila para avisarla.

Cuando la madre llegó a urgencias algunas de sus amigas estaban allí y le contaron lo ocurrido. De aquello hacía dos días, o quizá no tanto, tal vez uno y medio, a Jonás le costaba calcularlo porque él se encontraba en México cuando el incidente tuvo lugar, y las siete horas de diferencia horaria más las diez del viaje le impedían calcular el tiempo con exactitud. Durante el vuelo no había podido comunicarse con su mujer y, al aterrizar, ella no había respondido a sus llamadas, pero le había enviado un mensaje con el número de habitación en el que se encontraba Valeria tras abandonar la planta de urgencias.

Al oír el sonido de las ruedas de la maleta que recorría el pasillo a toda velocidad, los familiares de las personas ingresadas se giraban para mirarlo, pero a Jonás no le importaba lo más mínimo.

Cuando entró en la habitación, lo primero que vio fue a Camila. Estaba sentada en una silla junto a la ventana; la persiana estaba bajada casi del todo y apenas había luz en el cuarto. Le pareció que estaba dormida en una posición extraña, con los codos apoyados en las rodillas y la cara oculta entre sus manos, como si estuviera cargando todo el peso de la cabeza en ellas. El esmalte de las uñas estaba descascarillado, eran las manos de una mujer mucho mayor que Camila. Eso fue lo primero en lo que se fijó; lo segundo fue el anillo de oro de su dedo anular. Al verlo, miró sus propias manos para descubrir que él no lo llevaba puesto. Siempre se lo quitaba para dormir y casi lo pudo visualizar, en ese mismo momento, a más de diez mil kilómetros de distancia, sobre la mesilla de noche de la habitación de Lucía. Antes de hablarle a su esposa, pensó en la excusa que le daría cuando ella lo descubriera, luego posó una mano sobre el hombro de su mujer y la besó en el pelo con delicadeza. En un primer momento Camila se sobresaltó, pero cuando vio que era Jonás lo abrazó y rompió a llorar.

—Ya está —dijo él—. Tranquila, todo va a ir bien —la consoló, como si dispusiera de una información que solo él conociera.

Camila no respondió, continuó llorando sobre su hombro durante un buen rato sin decir nada. En ese momento Jonás descubrió a su hija en la cama, que ocupaba el espacio central de la habitación. Estaba tumbada de lado, dándoles la espalda, y parecía tranquila, como si no hubiera pasado nada.

—Está dormida —dijo Camila secándose las lágrimas con un pañuelo de celulosa.

Jonás se acercó a los pies de la cama, se sentó sobre el colchón y acarició el cuerpo de su hija por encima de las mantas.

—¿Has podido hablar con ella?

—Sí, pero muy poco, dice que no se acuerda de nada. Creo que está avergonzada.

Aunque en ese momento no le estaban suministrando suero, conservaba la vía en el antebrazo, sujeta con esparadrapo.

Jonás solo llevaba unos pocos minutos allí cuando el médico entró en el cuarto. Valeria no se despertó, pero aun así él les pidió que salieran al pasillo para hablar. Les dijo que lo más aparatoso había sido el golpe que se había dado al caer, les contó cómo debían limpiar los puntos de sutura y les informó de cuándo tenían que regresar al hospital para retirárselos. También les dijo que al menos estaría un día más ingresada y que continuaría recibiendo suero y vitamina B1 por vía intravenosa para recuperar la hidratación natural del cuerpo y regular los niveles de electrolitos. No tenían que preocuparse, era el proceso habitual ante un coma etílico. Antes de despedirse de ellos, quiso saber si en los últimos meses su hija había sufrido algún tipo de intoxicación alcohólica similar o de alguna otra sustancia alucinógena. A Jonás la pregunta le pareció ofensiva y se sintió atacado, así que, en lugar de responder, se limitó a decir:

—¿Qué tipo de padres cree usted que somos?

—Solo hago mi trabajo, caballero —respondió el doctor sin mirarlo, con la vista fija en la carpeta metálica que sostenía entre las manos—. ¿Qué tipo de médico cree usted que soy?

No hablaron mucho más. Camila y Jonás regresaron junto a Valeria y recuperaron sus antiguas posiciones, ella sentada en la silla al lado de la ventana y él sobre el colchón. Estuvieron un rato en silencio, tal vez para no despertarla o quizá porque no tenían nada de qué hablar.

—¿Cuánto tiempo lleva durmiendo? —preguntó Jonás al cabo de un rato.

—No lo sé —respondió Camila—, horas. Llevo dos días enteros aquí y estoy algo confundida.

—Es normal, tranquila.

—¿Dónde está tu anillo? —le preguntó ella de pronto.

Jonás se miró las manos simulando sorpresa.

—Ni idea, siempre me lo quito para dormir, ya lo sabes.

Lo habré dejado en el hotel. —Se puso de pie y se acercó a su esposa—. Más tarde llamaré, seguro que lo han encontrado y me lo guardan, no hay de qué preocuparse.

Volvió a besarla en la cabeza, notó que las raíces de su cabello tenían un color distinto que el resto del pelo y sintió la tentación de sugerirle que fuera a la peluquería a teñírselo, pero se contuvo.

—Vete a casa —dijo simplemente—, debes de estar agotada, yo me quedo aquí. Te llamaré cuando se despierte.

Camila sabía que era su pregunta la que había provocado la reacción de su marido, pero decidió hacerle caso, se levantó y se puso el abrigo. Así funcionaba su matrimonio, y esa forma de actuar por parte de ambos era la que los había mantenido juntos durante más de dos décadas. Se colgó el bolso del hombro y dirigió a la puerta.

—Camila —la llamó Jonás.

Cuando ella se giró hacia él ambos sintieron que el ambiente se volvía denso, como si estuviera a punto de producirse un cambio en sus vidas o una confesión. Mantuvieron la mirada fija en el otro durante unos segundos hasta que Jonás volvió a hablar.

—¿Puedes llevarte la maleta? —le preguntó—. Llevo todo el día cargando con ella. Déjala en casa, por favor. En el bolsillo pequeño hay dinero, cógelo para pagar el taxi.

Camila no respondió, agarró con fuerza el asa de la maleta y salió de la habitación arrastrándola. A Jonás le sorprendió el ruido que hacían las ruedas y, al sentarse en la silla en la que había estado su mujer, comprendió el porqué de las miradas de las personas con las que se había cruzado hasta llegar a la habitación en la que se encontraba Valeria.

30

Un par de horas más tarde Valeria se despertó. Lo primero que vio fue a su padre sentado en la silla, con su teléfono móvil en las manos respondiendo mensajes. Él tardó unos segundos en descubrir que su hija había abierto los ojos; cuando lo hizo se guardó el teléfono en el bolsillo del pantalón y le dedicó una amplia sonrisa.

—Hola, cariño —dijo Jonás sin dejar de sonreír.

—¿Qué haces aquí? —preguntó ella desconcertada—. ¿Y mamá?

Antes de responder, Jonás se puso de pie y se acercó a la cama.

—Está en casa. Tu madre me llamó y regresé antes de lo previsto. Llevo aquí unas tres horas —le comunicó mientras apoyaba una almohada en el respaldo para que pudiera incorporarse—. ¿Lo has hecho para imitarme? —preguntó sonriendo y señalándose una cicatriz antigua en la sien derecha, consecuencia de una herida que se hizo de niño al chocar contra una columna de cemento cuando estaba jugando con unos amigos en el patio del colegio.

Valeria lo miró y acto seguido abrió y cerró los ojos varias veces. Por su expresión, era evidente que le dolía. Con mucha delicadeza, se llevó la yema de los dedos índice y corazón a la ceja y se tocó, se acarició, los tres puntos de sutura. Intentó sonreír, sabía que la broma de su padre era el modo en que él se enfrentaba a los problemas, usando el humor o la ironía para no abordar directamente la situación, pero no logró complacerlo y a punto estuvo de romper a llorar.

Al percibirlo, Jonás acercó la mesa flotante que se encontraba arrimada a la pared junto a la cama, sobre la que había una naranja y un vaso de plástico lleno de agua.

—Come algo —le sugirió—, te sentará bien.

—No tengo hambre. —A pesar de su negativa, Jonás comenzó a pelar la naranja—. De verdad, papá, no quiero comer.

—Solo un poco —insistió él—. Odio las pegatinas —comentó mientras despegaba con la uña el adhesivo circular con la marca de la fruta—. Nunca sé qué hacer con ellas cuando las quito.

Jonás no había dejado de sonreír en ningún momento y continuaba haciéndolo al mostrarle una pegatina del tamaño de una moneda de un céntimo pegada a su dedo meñique.

—¿Recuerdas cuando te las ponías en las uñas y desfilabas para tu madre y para mí como si fueras una modelo profesional? —le preguntó, y acto seguido le acercó un gajo para que lo comiera.

—No quiero, ya te lo he dicho. ¿No me oyes cuando hablo? ¡No soy una niña, joder! —protestó.

El tono de Valeria borró la sonrisa del rostro de Jonás, que intentó restarle importancia comiéndose el gajo.

—Tú te lo pierdes —le aseguró intentando ser amable mientras masticaba—. Está ácida, y esas son las mejores.

Dejó la naranja ya pelada y los trozos de piel sobre la mesa flotante, y tomó asiento a los pies de la cama, en el lugar en que estaba sentado mientras ella dormía.

De pronto Valeria sintió que los torpes intentos de su padre por mostrarse atento y cercano, por ejercer un papel al que no estaba acostumbrado y en el que no sabía desenvolverse con comodidad, eran lo más parecido a una muestra de afecto que había recibido por su parte en mucho tiempo, y el llanto que un momento antes había logrado contener estalló sin control. Un llanto aparatoso, acompañado de mocos y tos, propio de una adolescente muerta de miedo y de vergüenza.

—Lo siento, papá —dijo.

A Jonás no le resultó sencillo entender lo que decía porque el hipo impedía a la chica vocalizar con normalidad. Luego Valeria lo abrazó agarrándolo por los hombros, impidiéndole a él devolverle el abrazo, apretó a su padre con toda la fuerza de la que disponía, que en ese momento y en su situación no era demasiada, y Jonás notó cómo las lágrimas de su hija mojaban su camisa a la altura del hombro. No recordaba la última vez que se habían abrazado, quizá cuando de niña la acostaba y desde la cama —en la misma posición en la que se encontraban entonces— lo abrazaba y lo besaba y le decía que lo quería mientras él le deseaba dulces sueños.

El abrazo no duró más que unos pocos segundos, tal vez medio minuto, pero para Jonás fue como si el tiempo se hubiera detenido. Con los brazos apretados contra su torso, envueltos por los de Valeria, pensó en el viaje que le había llevado a México y en el anillo en la mesilla de noche de la habitación de Lucía. Le había contado a Camila que permanecería allí cuatro días para asistir a una reunión en la que presentarían la estrategia comercial del próximo año, que conllevaba una ampliación de capital, a la que era imprescindible que asistiera debido a su papel de mediador. Eso era lo que le había dicho a Camila, pero no era cierto: el único motivo por el que fue a México era Lucía.

Durante los primeros dos o tres años solo la visitaba cuando el trabajo lo obligaba a desplazarse, pero eso cambió el día en que en una reunión interna le concedieron varios días libres como compensación por los viajes al extranjero. Lo primero que pensó Jonás fue que podría aprovecharlos para estar con Camila y Valeria. Le gustaba la idea de imaginarse como una de esas familias de las películas que viajan a Disney World o visitan el castillo de Drácula en Transilvania, pero la atracción que sentía por Lucía era más grande que sus ganas de ser un padre y un marido ejemplar. Pensó que nada cambiaría si la visitaba aunque no tuviera un motivo real para ir a Ciudad de México. Solo lo haría en esa ocasión, de forma excepcional, el resto de los días de descanso los aprovecharía para estar junto a su familia.

Aunque él disponía de una cuenta propia y tenían otra común para los gastos de la casa y los generados por Valeria, lo pagó todo en efectivo para evitar que Camila pudiera encontrar en algún extracto algo que él no fuera capaz de justificar, teniendo en cuenta que los gastos ocasionados durante sus desplazamientos los asumía la empresa. Una sola vez, eso fue lo que pensó antes de montarse en el avión, pero cuando se encontraba allí, en el apartamento de Lucía, desnudo, sentado en el sofá de su salón, con ella a horcajadas sobre él, mientras la penetraba y le besaba el cuello, supo que no sería la última, y tampoco la única: supo que aquel viaje inventado sería solo el primero de todos los que realizaría.

Y así fue como ocurrió. Al regresar abrió una cuenta en otro banco, pidió una tarjeta, la guardó en el primer cajón del escritorio de su despacho —el único que se cerraba con llave— y solicitó en el departamento de contabilidad que los abonos regulares, como el ingreso de la nómina, los siguieran realizando en su cuenta habitual, pero los pagos extraordinarios, como los dividendos o las comisiones de venta, los ingresaran en su nueva cuenta, a la que no tenía acceso Camila y de la que ella ni siquiera conocía la existencia.

Tuvo tiempo de pensar en todo eso mientras Valeria lo apretaba con fuerza contra sí misma y le pedía perdón sin poder controlar su llanto adolescente. También la visualizó de niña, con siete u ocho años, cuando ambos jugaban a inventar canciones. Lo hacían tocando el teclado eléctrico que le habían regalado por su cumpleaños, lo ponían sobre la mesa del comedor y, mientras Jonás interpretaba una melodía improvisada, su hija se inventaba una letra. La niña solía usar una cuchara de madera como micrófono y se ponía unas gafas de sol y gomas de colores en el pelo. Camila no acostumbraba a participar, pero algunas veces los había grabado con una cámara de vídeo, y por las noches, cuando Valeria ya se había dormido, la conectaban al televisor y reían a carcajadas viendo a su hija danzando sobre el parquet.

El abrazo llegó a su fin y la voz de Valeria lo llevó de nuevo a la habitación del hospital en la que se encontraba.

—Lo siento, papá, lo siento —continuaba repitiendo la

joven, ya de una forma más pausada y con el llanto controlado.

—Tranquila, no es culpa tuya —le contestó él. No lo dijo para consolarla, sino porque realmente lo pensaba.

Ella no era la responsable de lo que había ocurrido. Que aquella niña que se disfrazaba de estrella del pop y jugaba a inventar canciones hubiera acabado con más de cinco gramos de alcohol por litro de sangre y al borde de una parada cardiorrespiratoria irreversible era responsabilidad suya. Era Jonás quien lo había provocado por no saber proteger a su familia, por no haber estado a su lado cuando lo necesitaban. Las decisiones que él había tomado eran lo que lo habían precipitado todo. A esta conclusión llegó Jonás aquel día, sentado en la cama de la habitación del hospital, con la camisa mojada por las lágrimas de su hija, y se prometió que nunca más permitiría que algo así volviera a ocurrir.

31

La rutina se instaló en sus vidas de forma paulatina. Dos días después del precipitado regreso de Jonás, Valeria recibió el alta y volvió a casa junto a sus padres. Allí estuvo otros tres días más en reposo y luego retomó los estudios: solo le quedaban un par de meses para los exámenes de selectividad y quería recuperar el tiempo perdido cuanto antes.

Jonás, por su parte, sentía que solo sería capaz de cumplir la promesa que se había hecho a sí mismo si la verbalizaba, de modo que decidió contarle sus intenciones a Camila la primera noche que Valeria durmió en casa tras la intoxicación.

Estaban sentados en el sofá, cada uno en un extremo y casi a oscuras, solo había una pequeña luz de lectura encendida. Camila ojeaba un libro que no le interesaba demasiado, una novela negra que leía en diagonal, saltándose frases enteras, sin que eso le impidiera seguir la trama, repleta de giros tan previsibles como inverosímiles. Jonás vio un programa en la televisión el tiempo que consideró necesario para que su hija se durmiera, aunque en el fondo no le importaba que ella escuchara la conversación que iban a tener.

Cuando decidió hablar no apagó el televisor, solo desactivó el sonido.

—Se acabó México —dijo en voz alta, y su frase sonó más como un desahogo que como el inicio de una conversación.

Antes de responder nada, Camila colocó el tíquet de una tienda de ropa que usaba como marcapáginas y dejó el libro cerrado sobre su regazo.

—Creía que os estabais planteando una ampliación de capital, ¿ha ocurrido algo?

—No, nada —contestó—, todo va bien con Proteak, pero no hablo de ellos, se acabó México para mí —le aseguró.

—No te entiendo.

—No hay mucho que entender. Llevo casi una década siendo el enlace entre ambas empresas y necesito parar.

—¿Y por qué ahora? ¿Es por Valeria?

—Sí, por ella y por esto —contestó mirando a su alrededor, como si quisiera atrapar todo el salón en su retina—. He pasado demasiado tiempo lejos de vosotras.

—Tú no eres el responsable de lo que le ha ocurrido a Valeria —puntualizó Camila.

Aunque pensaba que lo que decía era cierto, en su interior se sintió molesta por ser siempre tan condescendiente con su marido.

—Tenía que haber estado aquí —se limitó a responder él.

—No digas eso, tú no podías saber lo que iba a ocurrir.

—Pensé que mi decisión te alegraría.

La forma en que pronunció la frase enfrió el tono de la conversación.

—Sabes que no es eso, Jonás. Pero no quiero que te precipites.

—Es la decisión más meditada que he tomado nunca —le aseguró con el aplomo con el que solo se asegura algo que no es cierto.

Camila puso el libro en el sofá, junto a sus pies. Al incorporarse para hacerlo, por un momento pareció que iba a besar a su marido o a contarle un secreto al oído, pero no hizo ninguna de las dos cosas.

—El jueves se celebra una reunión de dirección y pediré que busquen un sustituto para la gestión con Proteak. Cuando acepté sabían que sería algo temporal y han pasado casi diez años. No pueden negármelo —dijo como si intentara reafirmarse en su propia decisión.

Tras escucharlo, Camila colocó sus manos sobre las de Jonás, pero no entrelazó los dedos, simplemente dejó las palmas sobre el dorso de las de él, como si fueran un par de niños practicando sus reflejos jugando a intentar golpeárselas. Estuvieron un rato así, hasta que Jonás decidió liberarse para volver a activar el sonido del televisor, y así, acompañado por las voces que salían del aparato, que facilitaban su disculpa, dijo:

—No lo he hecho bien, Camila. Perdóname.

Ella continuaba con las manos en el mismo lugar, pero, como ya no atrapaban las de él, decidió retirarlas. No sabía muy bien qué hacer con ellas, así que volvió a agarrar el libro y lo colocó sobre sus muslos.

—¿Por qué me estás pidiendo perdón, Jonás? —preguntó asumiendo la magnitud que podría tener su posible respuesta.

—Por todas las heridas que aún continúan abiertas —respondió él.

Camila rompió a llorar antes incluso de que él terminara

de pronunciar la frase. Fue un llanto tan repentino que hasta a ella le sorprendieron sus lágrimas. Se cubrió la cara con las palmas de las manos, las mismas manos que un momento antes se habían posado sobre las de su marido.

Jonás intentó abrazarla, cubrirla por completo con sus brazos, como había hecho Valeria con él en el hospital, pero Camila se lo impidió zafándose de él. Se levantó, corrió hacia el cuarto de baño y una vez dentro echó el cerrojo para que nadie pudiera entrar.

Jonás la siguió y se quedó un rato de pie, en el pasillo, escuchando cómo ella intentaba controlar su llanto sin lograrlo y tratando de adivinar qué lo había provocado. Por su mente pasaron diferentes posibilidades: alegría por la vida en común que les esperaba, preocupación por lo que le había ocurrido a Valeria o incluso tristeza al comprender la confesión que encerraba su disculpa. Pero lo cierto es que, aunque hubiese pasado varias horas frente al cuarto de baño en el que estaba encerrada su mujer, nunca habría sido capaz de adivinar que el verdadero motivo por el que ella lloraba era su propio sentimiento de culpa.

32

Jonás estaba en lo cierto: no podían negarse, y no lo hicieron. Pero lo intentaron. Antes de comunicarlo de manera oficial, le transmitió la decisión que había tomado al gerente —con el que le unía una amistad personal—, que lo escuchó en silencio mientras desdoblaba un clip tras otro y los dejaba destrozados en un cenicero de cristal.

El despacho era amplio y luminoso. Desde la ventana se veía un parque donde la gente iba a correr y a pasear a su perro, y no el aparcamiento para directivos, que era lo que se podía contemplar desde el suyo. Cuando terminó de hablar, su jefe le ofreció más dinero.

—¿Cuánto quieres? —le preguntó.

—Se trata de una decisión personal, ya te lo he dicho, y nada tiene que ver con la remuneración. He pasado demasiado tiempo alejado de casa —insistió Jonás, y no fue necesario añadir nada más porque el hombre que tenía enfrente supo comprender todo lo que encerraba esa frase.

Él realizaría un último viaje, eso fue lo que acordaron. Una decisión que satisfacía a ambas partes: en lo profesional, serviría para presentar a su sustituto a sus socios mexicanos, y en lo personal, para poner punto final a su relación con Lucía. Fue una conversación cordial que se inició con el gerente interesándose por la salud de su hija y terminó con un apretón de manos.

No tuvo que esperar demasiado, unas tres semanas después de la comunicación oficial le pidieron que realizara su último desplazamiento a Ciudad de México. Los días anteriores, mientras preparaba el viaje, se sintió deseoso de deshacerse de la máscara de luchador que lo había acompañado durante los últimos nueve años. Por primera vez partía queriendo regresar junto a Valeria y Camila, queriendo terminar de una vez por todas con su doble vida, causante de todo lo que le estaba ocurriendo a su familia: del ingreso de su hija en el hospital y de las lágrimas de su mujer, que desde la noche en que se encerró en el baño se habían vuelto frecuentes.

Lucía le había escrito en varias ocasiones desde su abrupta marcha; estaba preocupada por él, y quería saber si todo iba bien y cómo se encontraba Valeria. Las respuestas de Jonás habían sido lacónicas, frases del tipo: «Todo va mejor» o «Ya está en casa», a las que Lucía respondía asegurándole que lo echaba de menos.

Él le escribió dos días antes de montarse en el avión, un mensaje breve en el que no le especificaba la hora en la que aterrizaría, puesto que le incomodaba que pudiera presentarse en el aeropuerto para recogerlo y que su sustituto la viera. Al final del mensaje agregó: «Tengo que hablar contigo». Esa frase serviría para ponerla en preaviso de lo que iba a suceder. Para él, esas palabras eran suficientes para hacerle comprender que había llegado el momento de poner fin a su relación, pero la respuesta de Lucía no fue en la dirección que él esperaba: «Yo también necesito contarte algo. Estoy deseando verte. Te quiero». Estuvo a punto de soltar el móvil cuando lo leyó, como si el aparato quemara o fuera el culpable de lo que ocurría.

No era la primera vez que Lucía le decía «Te quiero», pero sí la primera que lo escribía. Las ocasiones en las que había pronunciado esas palabras estaban justificadas por la pasión del momento, siempre mientras hacían el amor. Recordaba la primera vez, él estaba tumbado en la cama y ella sobre su cintura, moviéndose con fuerza, realizando movimientos circulares y agarrándose el pelo con ambas manos, apartándoselo de la cara como si quisiera hacerse una coleta. Cuando llegó al orgasmo se dejó caer sobre el cuerpo de Jonás y sus torsos se pegaron; ambos sentían la respiración agitada del otro y el sudor que los unía como una capa de pegamento o silicona. «Te quiero», le susurró ella al oído, entre jadeos, y Jonás notó en su oreja la humedad de las palabras de Lucía. Todo su cuerpo estaba húmedo. Su pecho, su vagina, sus labios. «Yo también», eso fue lo que él contestó en aquella ocasión y esa fue la respuesta que le dio una y otra vez. Cada vez que ella le decía que lo quería Jonás respondía «Yo también». Nunca le había dicho «Te quiero» a Lucía. Él no la quería y sentía que no la había engañado. Cualquier persona, por muy estúpida que sea, sabe que responder «Yo también» no es amor, sino solo condescendencia. Responder «Yo también» es una forma educada de dejarle claro a la otra persona que tus sentimientos son diferentes a los suyos. Jonás lo sabía y había actuado de forma consecuente; si ella no había sido capaz de comprenderlo, no era culpa de él.

No había vuelos directos de Santiago de Compostela a Ciudad de México. Habitualmente realizaba un primer vuelo de cincuenta minutos hasta Madrid, para dirigirse después a la Terminal 4 y embarcar rumbo al aeropuerto internacional Benito Juárez. La peor parte para Jonás siempre era el tiempo muerto entre ambos aviones. No le importaban las nueve horas de viaje entre Madrid y México, lo que le resultaba agotador era la espera, sentado en una silla de plástico junto a la puerta de embarque, rodeado por las filas eternas que se formaban con una antelación que a él le resultaba obscena de personas excitadas, que no estaban acostumbradas a viajar y para quienes un vuelo a México representaba lo más emocionante que les había ocurrido en la vida en décadas.

Cuando embarcaba y tomaba asiento, el tiempo volvía a correr a una velocidad normal. Nunca leía y tampoco solía dormir; prefería mantenerse despierto para ajustar su sueño al horario del país al que se dirigía, así sentía que no le afectaba el *jet lag*.

Para matar el tiempo veía películas y series, al principio en un ordenador portátil que colocaba sobre la mesa plegable oculta en el respaldo del asiento delantero, y después en una tablet que Camila le había regalado por su cumpleaños. Solía elegir con cierta antelación el catálogo de visualizaciones, y si alguien le recomendaba una buena película apuntaba el título en su agenda para verla en el siguiente viaje. Después, al regresar, tachaba de la lista aquellas que había visionado en el aire.

Antes de partir repasó la lista de títulos pendientes. Era

demasiado larga para terminarla en su último vuelo; además, temía que su sustituto no parara de hablarle, ya que le había adelantado que sería bueno aprovechar las largas horas de trayecto para que le resumiera todo lo que debía saber del trabajo con Proteak. La simple idea de mantener una conversación le producía náuseas a Jonás. Antes de guardar su agenda en el maletín, tachó con bolígrafo rojo la última parte del encabezado de la lista: «Películas para ver en el avión», de forma que solo podía leerse «Películas para ver». Estuvo a punto de añadir «en familia», pero se autocensuró al pensar que si tachar la primera frase ya era ridículo, añadir aquellas palabras sería pueril.

Caminó por el pasillo intentando no hacer ruido para no despertar a Camila y a Valeria. Eran las seis menos veinte de la mañana cuando se sentó en el sofá del salón y se quedó allí, a oscuras y en silencio, con el teléfono móvil en la mano, esperando el aviso del chófer de la empresa que debía llevarlo al aeropuerto, pero con la primera vibración llegó un mensaje de Lucía: «Ya no queda nada, nos vemos en unas horas». Lo leyó varias veces e intentó diferentes respuestas que borró antes de enviarlas. Finalmente contestó con una cara amarilla sonriente y otra que, en lugar de ojos, tenía dos pequeños corazones rojos. Nada más hacerlo se arrepintió de la segunda, pero no tuvo tiempo de borrar el mensaje, Lucía ya lo había leído.

—No te he oído salir de la cama.

Jonás levantó la vista del aparato. Su mujer estaba de pie, en el umbral de la puerta. Se había puesto una bata encima del pijama y no se la había anudado, la cogía con ambas manos y había cruzado los brazos para proporcionarse calor.

—Es muy pronto —respondió Jonás—, no quería despertaros.

En ese momento su teléfono volvió a vibrar, Jonás bajó la mirada temiendo que fuese una respuesta de Lucía, pero era el mensaje chófer. Le indicaba que ya estaba estacionado a la puerta de su casa, a punto para recogerlo.

—Le dije que no llamara al timbre —se excusó Jonás mostrándole el teléfono a su esposa, como si una acción tan cotidiana como recibir un mensaje necesitara una explicación—. Por la hora —añadió, y acto seguido se puso de pie para marcharse.

Camila lo siguió por el pasillo, a unos pasos de distancia. Se besaron al despedirse; un beso leve, más bien como parte de un protocolo que como una despedida real. Jonás notó los labios de su mujer secos y agrietados.

—Te quiero —le dijo antes de salir.

Camila observó en silencio cómo se dirigía al ascensor y pulsaba el botón para que subiera. En ese momento, mientras Jonás esperaba de pie con una mano agarrada al asa de su maleta y la otra sosteniendo el maletín, ella se limitó a responder:

—Yo también.

33

En Proteak no tuvieron problemas en comprender que tras casi una década de desplazamientos constantes Jonás hubiera decidido hacer una pausa, pero volvieron a solicitar que la persona que lo sustituyera cumpliera los mismos requisitos por los que le habían elegido a él: querían que fuera alguien con responsabilidad en la empresa, cuyas funciones no tuvieran una relación directa con los procesos de fabricación. Tras la conversación con el gerente, este convocó a Jonás a la reunión en la que el equipo directivo elegiría a la persona que ocuparía su lugar, ya que nadie como él conocía el funcionamiento interno de Proteak y su criterio era fundamental para acertar en la elección. A la hora de la verdad, no tuvieron en cuenta su opinión y se decantaron por Pablo Aruso, el director financiero. Aunque quizá sería más adecuado decir que cuando el nombre de Pablo fue propuesto, Jonás no encontró demasiados argumentos para rebatir su nombramiento, puesto que los dos motivos principales por los que recelaba de él no podían exponerse en una reunión con los miembros del patronato.

Pablo fue la persona a la que Jonás se dirigió años atrás para solicitarle que las pagas extraordinarias que recibía se le ingresaran en una cuenta corriente distinta de la de la nómina, y aunque el contable se limitó a cumplir su petición sin preguntarle nada, desde el mismo momento en que le explicó que quería tener una cuenta de ahorro donde guardar el dinero para pagar en el futuro los estudios universitarios de Valeria, Jonás siempre pensó que Pablo sospechaba de él e intuía el motivo real que se escondía tras su petición.

También había otra razón aún más pueril, y es que Jonás, a pesar de cargar con el nombre de un profeta, pensaba que no era razonable fiarse de una persona que se llamara como un apóstol.

Pablo tenía cuarenta y cinco años y se estaba quedando calvo. Cuando Jonás llegó al aeropuerto, él lo estaba esperando en la puerta de acceso, llevaba una maleta del tamaño de un niño de doce años y a Jonás le molestó que por su culpa tuvieran que guardar cola en el mostrador de la compañía aérea para facturar su equipaje. El hombre le dedicó una sonrisa de oreja a oreja al verlo bajar del coche y corrió hacia él tendiéndole la mano. Jonás se la estrechó, aunque le pareció una acción estúpida teniendo en cuenta que trabajaban en la misma empresa y se veían casi a diario. Tenía la mano blanda y húmeda, y un pelo que no parecía real, era más bien como la clara de un huevo a punto de nieve.

Tomaron un café antes de embarcar. Pablo pidió un cruasán y cuando se lo sirvieron lo abrió por la mitad para untarlo con mantequilla y mermelada. Era como un niño de cuarenta y cinco años que se estaba quedando calvo; a Jonás le pareció insólito que un hombre así pudiera ser el responsable de las cuentas de una empresa con más de trescientos empleados y una facturación de quince millones de euros.

—Estoy nervioso —le confesó a Jonás mientras tomaban el desayuno—, espero estar a la altura —dijo sonriendo. Una sonrisa tan pretenciosa como estúpida.

Jonás lo miró en silencio. Sabía que Pablo esperaba alguna palabra condescendiente por su parte, pero él solo podía mirar su cara, redonda y blanca como la luna de Georges Méliès. Entre sus dientes podían verse trozos de cruasán a medio masticar.

—Lo harás bien —dijo Jonás alentando sus expectativas, y añadió—: pero intenta no hablar con la boca llena cuando estés reunido con ellos.

Infringiendo sus propias reglas, Jonás durmió la mayor parte del vuelo. Sabía que eso significaba que pasaría en vela la primera noche en suelo mexicano, un precio que le parecía ínfimo en comparación con seguir oyendo la voz de Pablo.

Al aterrizar, un chófer de Proteak les estaba esperando con una carpeta de cartón y un folio pegado a ella en el que se leía «Pablo Aruso». Por primera vez no era su nombre el que figuraba en él, y aunque no hizo ningún comentario al respecto, se sintió molesto.

Cuando el vehículo se puso en marcha rumbo al hotel, Jonás se apresuró a comunicarle a Pablo que no se encontraba demasiado bien, se sentía mareado y no bajaría al restaurante a comer, aunque lo animó a hacerlo, ya que la comida era deliciosa. Él se quedaría descansando para estar fresco al día siguiente para la reunión.

Lo que realmente hizo nada más instalarse en la habitación fue dejar la maleta sin deshacer junto a la cama y dirigirse a un supermercado cercano, donde compró una lata de ginger ale. Después, en el camino de regreso al hotel, se detuvo en un puesto callejero para pedir un vaso de esquites. Le gustaba mirar cómo lo preparaban, tostando los granos de maíz en un cazo con mantequilla y añadiéndoles lima, chile y sal. Se lo comió recostado en la cama con la misma ropa con la que había viajado, solo se quitó los zapatos y los calcetines, que dejó caer sobre la moqueta, junto a la maleta cerrada.

Encendió el televisor para entretenerse mientras comía y fue pasando canales hasta dar con uno en el que emitían lucha libre. Solo entonces decidió escribir a Lucía para decirle que ya había llegado, pero que a primera hora del día siguiente tenía una reunión y debía quedarse en el hotel trabajando. Acompañó el texto con otra cara amarilla, similar a las que le había enviado antes de partir, pero en esta ocasión el emoticono lloraba copiosamente. Ella le contestó un par de minutos después con una fotografía en la que no se le veía la cara, pero sí el resto del cuerpo: llevaba un conjunto de lencería negro y las uñas de los pies estaban pintadas de ese mismo color. Un instante después le llegó un segundo mensaje como complemento de la imagen en el que podía leerse: «¿Estás seguro?». Antes de responder, Jonás estiró el brazo para agarrar su maletín, extrajo de él su ordenador portátil y lo encendió. Estuvo buscando entre varias carpetas hasta encontrar un documento de Excel repleto de datos y porcentajes, tomó una fotografía de la pantalla y se la envió a Lucía. Al igual que había hecho ella, escribió un texto a modo de complemento: «Ojalá no lo estuviera». Nada más hacerlo cerró el ordenador, lo volvió a guardar en el maletín y dejó el teléfono móvil sobre el colchón, con la pantalla bocabajo para no prestarle atención.

En la televisión ofrecían el combate estelar de la velada: Místico —el más famoso de los luchadores mexicanos— tenía que enfrentarse solo, en una batalla injusta, contra tres hombres. En un momento dado de la pelea dos de ellos lo acorralaron agarrándolo por los hombros y el tercero le intentó quitar la máscara mientras él se revolvía desesperado para evitarlo.

Antes de que la contienda llegara a su fin, Jonás apagó el televisor, volvió a coger su teléfono móvil y, aunque había estado intentando evitarlo desde que recibió el mensaje de Lucía, se masturbó mirando su fotografía.

34

A la tarde siguiente, de camino al apartamento de Lucía, estuvo pensando cómo le diría que no regresaría a México y que su relación debía terminar. Temía una reacción impulsiva por su parte, que lo amenazara de alguna forma, que quisiera ponerse en contacto con su mujer para contarle lo que había ocurrido durante la última década. Pensó en toda la información personal de la que ella disponía. No era demasiada: conocía la identidad de Valeria y Camila, y la ciudad en la que vivían, pero eso no significaba gran cosa; también sabía el nombre de la empresa en la que trabajaba Jonás y su ubicación, y eso sí era peligroso. Por ese motivo decidió dulcificar su versión, le diría que el acuerdo con Proteak se iba a romper y que ya no podría justificar más viajes a México, que quizá podría escaparse una o dos veces al año inventándose algún viaje de negocios a otro lugar, y que lo mejor sería que ambos asumieran que se verían menos. Mucho menos. A Jonás le pareció un argumento sólido y se sintió orgulloso de la versión que había ideado, hasta tal punto que, cuando se detuvo frente a la puerta de su apartamento, lucía una enorme sonrisa de satisfacción.

Una sonrisa que no tardó más de un minuto en desaparecer.

Lucía parecía agitada, caminaba de un lado a otro como si estuviera buscando algo, besó a Jonás en los labios casi de pasada mientras cruzaba el salón y se dirigía de nuevo a la habitación. Llevaba una falda vaquera y una camiseta negra muy ceñidas. Se puso unos zapatos de cordones que parecían de hombre y, entonces sí, se detuvo frente a Jonás, que continuaba en el umbral de la puerta, y extendió los brazos para que él pudiera observarla.

—¿Cómo estoy? —le preguntó—. ¿Te *laten* los zapatos? ¿Van bien con esta falda o son muy serios?

Jonás asintió, un gesto que a decir verdad no servía como respuesta a ninguna de sus tres preguntas.

—Estoy nerviosa —le confesó de pronto, y él creyó que el motivo de sus nervios era la conversación pendiente que le había anticipado desde Madrid antes de embarcar—: ¿A qué distancia está Ferrol de tu casa? ¿A un par de horas en coche?

Esa pregunta desconcertó por completo a Jonás. En ese momento comprendió lo equivocado que estaba, no entendía nada de lo que estaba ocurriendo y, aun así, la respondió como un autómata.

—Menos —dijo—, a unos cien kilómetros. No mucho más de una hora. ¿Por qué quieres saberlo?

Al preguntarlo bajó el tono, fue casi un susurro.

Entonces ella le habló por primera vez de Sebastián. Un amigo lo había conocido en España; era amigo de un amigo, en realidad. Vivía allí, en Ferrol, en una casita con jardín desde la que se dedicaba a ayudar a gente como ella. Podía conseguirle todo lo que necesitaba: un pasaporte español, un DNI, una tarjeta de la seguridad social... Toda la documentación tendría validez y con ella podría buscar un trabajo o alquilar una casa. Estaba tan feliz mientras se lo contaba que Jonás temió que el brillo de sus ojos se acabara convirtiendo en llanto.

—Esas cosas no son baratas —fue todo lo que se le ocurrió responder.

—Eso es lo mejor —dijo ella—. Ven —le pidió entonces agarrándolo por la muñeca.

Entraron en el cuarto de baño, Lucía abrió una de las puertas de cristal del mueble que estaba anclado a la pared sobre el lavabo y de su interior sacó un bote de gel del tamaño de una botella grande de agua. Desenroscó el tapón y volcó el contenido sobre la palma de su mano, pero no fue jabón líquido lo que cayó, sino tres fajos de billetes enrollados y sujetos con gomas elásticas de colores.

—Ciento noventa mil pesos —le dijo acercándoselos para que los viera. No podía dejar de sonreír—. La documentación cuesta diez mil euros, solo faltan unos setecientos. Eso y el pasaje de avión. Adiós a México —concluyó, y entonces sí que no pudo reprimir las lágrimas. Volvió a introducir el dinero en el bote vacío de gel de ducha, enroscó el tapón, lo guardó en el mueble y cerró la puerta de cristal.

—Vayamos a celebrarlo —dijo Jonás, pero más que una petición honesta fue una forma de intentar huir de la casa, ya que se sentía como si aquellas paredes lo estuvieran devorando.

Lucía lo abrazó y apoyó la cabeza en su hombro. Sus lágrimas le mojaron la camisa, como las de Valeria cuando se derrumbó en el hospital y le pidió perdón.

El ambiente durante la cena fue extraño. Aunque Jonás intentó aparentar normalidad, Lucía notó algo raro en su semblante y quiso saber qué le ocurría. Él le contó parte de la historia que había preparado como justificación del fin de su relación: el acuerdo con Proteak se tambaleaba, no era grave, pero tendría repercusiones en la empresa. Su relato sonaba huero y se sintió estúpido al contárselo.

Lucía intuyó que era otro el motivo de su preocupación e intentó calmarlo; colocó su mano derecha sobre la izquierda de él y le dijo que no debía preocuparse, que nada cambiaría. Ella conocía la vida que él llevaba y no la pondría en riesgo, nunca le había pedido nada y seguiría siendo así. Solo quería estar con él, que no les separaran diez mil kilómetros de distancia, comenzar una nueva vida fuera de México y tenerlo cerca para que pudieran verse con asiduidad, sin compromisos, sin sacrificios.

Cuando terminó de hablar retiró la mano y le propuso un brindis. Jonás alzó su copa de vino, las chocaron y, tras beber un trago, volvió a asentir como había hecho cuando ella le había preguntado si los zapatos le quedaban bien con la falda. Al igual que entonces, su gesto no sirvió como respuesta de nada.

Lo normal habría sido regresar en coche, pedir un Uber que los recogiera en la puerta del restaurante y los llevara al apartamento de Lucía, pero ambos prefirieron ir caminando, ni siquiera necesitaron decirlo. La noche no estaba saliendo como ninguno de los dos esperaba y creyeron que un poco de aire fresco les iría bien.

Cruzaron a pie el parque de Coyoacán, dejaron atrás la universidad y el museo de Frida Kahlo, y cuando llegaron a Tres Cruces, pocos metros antes de atravesar la avenida de Miguel Ángel de Quevedo, Lucía se detuvo en un puesto ambulante a comprar un vaso de mango, ya pelado y cortado en trozos. Al principio Jonás se negó a probarlo, pero cuando accedió le sorprendió lo dulce que estaba, así que decidieron volver y comprar otro para él.

Justo después se encontraron con tres chicos. Solo uno de ellos parecía mayor de edad, los otros dos eran un par de críos de catorce o dieciséis años como mucho. El mayor sujetaba un perro, no tenía correa pero llevaba collar, y el chico conseguía contenerlo introduciendo los dedos en el cuero y tirando de él con fuerza. Logró que el animal no saltara sobre Jonás cuando pasó por su lado, pero las patas le rozaron el brazo y el vaso de fruta estuvo a punto de caérsele de la mano; consiguió evitarlo, pero varios pedazos de mango se derramaron por el brusco movimiento que hizo. El chico soltó al perro, que corrió a comerse los trozos del asfalto.

—Lo siento —dijo—, no hace nada, pero es muy nervioso.

Tendió la mano, la misma que momentos antes sujetaba al animal, para estrechar la de Jonás. Mientras tanto, los otros dos, que se escondían detrás de su líder, intentaban apaciguar unas risas nerviosas.

—Tranquilo, no pasa nada —respondió Jonás, pero en lugar de darle la mano, clavó el tenedor de plástico en un trozo de mango y se lo llevó a la boca.

El que parecía el más joven de los tres dejó de sonreír y dio un paso al frente; era mucho más bajo que Jonás, alrededor de una cabeza menos. Llevaba una camiseta blanca de manga corta que contrastaba con la indumentaria de sus dos amigos —quienes se cubrían el torso con sudaderas y anoraks con capucha—, unos pantalones vaqueros varias tallas grandes y unas zapatillas deportivas; los bajos del pantalón estaban ennegrecidos y rotos porque se los pisaba al caminar. De su cuello colgaba un cordón que parecía sacado directamente de un zapato del que pendía una cruz de madera. El cordón era muy largo y la cruz le llegaba al vientre, casi le rozaba el cinturón.

—Te pidió perdón, compadre. ¿No escuchaste? —preguntó el crío.

Jonás continuó masticando y no habló hasta haber tragado. Creía que esa actitud le daba cierto aplomo ante ellos.

—Claro —respondió—, y yo le he dicho que no tenía importancia.

El perro terminó de comer los trozos de fruta del asfalto y se sentó junto a su dueño sin dejar de mirar fijamente los vasos que Jonás y Lucía agarraban.

—¿Y por qué no le has querido dar la mano, culero?

—Dejen de chingar —dijo el tercero, que hasta ese momento había guardado silencio, sin moverse del lugar en el que se encontraba, sin dar un paso al frente.

Aun así, al oírlo, Jonás se fijó en él con más detenimiento. Tenía una sombra de bigote sobre su labio superior, una fina línea translúcida de un castaño claro, casi rubio. También en algunas zonas del cuello y del mentón, incluso debajo de los ojos, le nacían pelos salteados del mismo color; era como si se hubiera afeitado con un cortacésped estropeado.

—Tú cállate y agarra al perro —le ordenó el mayor, que ya había bajado la mano y las tenía en sendos bolsillos de su anorak.

—¿Cómo se llama? —intervino de pronto Lucía, que intuía que la situación podía volverse más violenta y pensó que era mejor intentar atajarla.

—No tiene nombre —se apresuró a contestar el de la camiseta blanca. Acto seguido fue corregido por el que se encontraba a su espalda.

—Titán —dijo.

—Es un rottweiler, ¿verdad? —preguntó Lucía.

—Un dogo argentino —puntualizó el líder del grupo.

Jonás se fijó en el animal. Respiraba con la boca abierta y de su lengua y de los laterales de su hocico colgaban babas amarillentas que caían en forma de gotas sobre las zapatillas del chico que acababa de hablar. Su lomo estaba repleto de heridas, algunas ya cicatrizadas y otras abiertas, quizá debidas a mordiscos de otros perros.

—Yo también tenía uno —les contó Lucía a los tres chicos. Se agachó y acarició sin miedo al animal entre las orejas—. Se llamaba Rufián y le faltaba una pata, era muy torpe; a veces, cuando quería subirse a la cama de un salto no lo lograba y se caía al suelo. Se murió el año pasado —les dijo, y después, mostrándoles el vaso de mango, les preguntó—: ¿Puedo?

Antes de darles tiempo a responder nada, lo volcó en el suelo para que Titán se comiera los trozos de fruta.

—Buenas noches —añadió.

Tras despedirse de ellos se incorporó rápidamente y agarrando a Jonás del hombro lo obligó a caminar para alejarse de ellos.

No se encontraban lejos, solo a tres calles de distancia de su apartamento, y aceleraron el paso para llegar cuanto antes. Al doblar la primera esquina, Jonás volvió la cabeza atrás y vio que el perro ya había terminado de comer y los tres chicos habían retomado la marcha en la misma dirección que ellos.

—Nos siguen —le dijo a Lucía.

—¿Están cerca? —preguntó ella sin girarse.

—No demasiado. ¿Tendríamos que preocuparnos?

—Seguramente no —contestó sacando las llaves del bolso—, pero apúrate.

Cuando entraron en casa, Lucía se dirigió a la habitación para quitarse la ropa y ponerse algo más cómodo. Lo hizo con despreocupación, como si ya hubiera olvidado el encuentro que habían tenido minutos atrás con los tres jóvenes. Jonás, en cambio, se asomó a la terraza y los vio allí, charlando distendidamente a la luz de una farola. Daba la impresión de que se habían detenido justo en aquel lugar para que se les viera con claridad desde cualquier punto de la calle. Aunque el apartamento de Lucía era un segundo piso, estaba a la altura de un primero, lo que volvía más incómoda la situación. Jonás los observaba y no podía evitar pensar que, si apoyara la cintura en la barandilla e inclinara su torso hacia fuera, casi podría tocarles el hombro.

El de la camiseta blanca se giró y miró en dirección a la terraza, como si intuyera que alguien los estaba observando, y Jonás se dejó caer de golpe al suelo para que no lo vieran. Acurrucado sobre las baldosas, a través de la tela de su pantalón notó lo frías que estaban. Regresó al salón gateando y, cuando todo su cuerpo ya estaba dentro de la casa, se levantó y se dirigió a la habitación. Lucía se había quitado la camiseta y el sujetador, pero seguía con la falda vaquera y los zapatos puestos.

—Están abajo —le informó Jonás intentando disimular lo asustado que estaba.

—¿Quiénes? —respondió ella mientras se ponía una camiseta blanca de tirantes.

—Los chicos, los del perro —aclaró Jonás percatándose de lo mucho que le molestaba que ella le restara importancia al asunto.

—Olvídate de ellos, solo nos han seguido para asustar-nos y ahora no tienen adónde ir. Estarán un rato dando vueltas por la colonia hasta que encuentren a otro turista al que molestar —contestó mostrando una amplia sonrisa para que Jonás se tranquilizara.

Se quitó los zapatos sin agacharse, pisando el talón de un pie con la punta del otro. Llevaba unos calcetines azules con rayas verticales de color rosa.

En ese momento llamaron a la puerta. El sonido del tim-bre sobresaltó a Jonás, que intentó detener a Lucía cuando caminaba por el pasillo.

—No abras —le pidió.

—No seas tan miedoso —contestó ella—. ¿Qué onda? —preguntó en voz alta para que pudiera escucharla la per-sona que se encontraba al otro lado, pero nadie respondió, así que se acercó más para ver quién había a través de la mirilla.

Jonás estaba a su lado, mirándola expectante.

—Qué raro —dijo Lucía—, no veo a nadie.

Acto seguido abrió la puerta, pero no del todo, con la cadena echada.

—Pinches escuincles —dijo.

—¿Qué ocurre? —quiso saber Jonás.

—Esto.

Lucía abrió del todo para que Jonás pudiera ver a Titán, que estaba sentado sobre el felpudo, manchándolo con las babas amarillentas que caían de su lengua y de las comisu-ras de su hocico.

—Cierra —le pidió Jonás.

—Son unos niños —intentó calmarlo Lucía—, solo nos quieren asustar, eso es todo.

Aunque una sonrisa se dibujaba en su rostro al comenzar la frase, su expresión ya había cambiado antes de pronunciar la última palabra.

Jonás se giró para ver lo que ella estaba mirando y descubrió que el más joven de los tres estaba encaramándose por la barandilla y colándose en la casa por la terraza, que había quedado abierta. Caminó hacia ellos despacio. A cada paso que daba, la cruz de madera se balanceaba golpeándole el estómago.

—Bonita casa, pendejo —dijo.

Acto seguido el perro se abalanzó con violencia sobre la espalda de Jonás, que notó las uñas del animal en sus hombros y le dolía. También sentía su aliento en el cuello y un olor agrio que salía de sus fauces. Intentó zafarse, pero no resultaba sencillo. Los dientes del perro se abrían y se cerraban sobre él. Pensó que solo estaba mordiendo la ropa, y únicamente cuando apareció el chico del bigote translúcido y se lo quitó de encima sujetándolo por el collar de cuero descubrió que los dientes habían penetrado en su piel. Entonces se llevó los dedos al cuello y vio que estaban manchados de un rojo tan oscuro que, aunque la situación no invitaba a ello, le llevó a pensar en el sirope de caramelo que pedía su hija cuando merendaban tortitas juntos.

El mayor de los tres, que se había quitado el anorak y lo había dejado sobre el sofá, como si se encontrara en su propia casa, se puso frente a Lucía y sonrió. Aunque le faltaban varios dientes, era mucho más atractivo de lo que parecía con la capucha puesta.

—Ponte de rodillas —le ordenó.

—Chinga tu madre —respondió Lucía.

Sin inmutarse, el chico se giró hacia atrás, hacia el lugar

en el que se encontraba el de la camiseta blanca y la cruz de madera, y, dirigiéndose a él, dijo:

—Saca todo, los cajones, el clóset… Agarra lo que valga dinero.

Se volvió de nuevo hacia ella, pero no le dijo nada. Tenía un refresco de cola en la mano, una botella de cristal de la que bebió hasta dejarla vacía. Lucía seguía de pie, sin obedecerle.

—Ponte de rodillas —le volvió a ordenar.

Esta vez, a modo de respuesta, Lucía le dio una bofetada y Titán se puso a ladrar.

—Tengo dinero —intervino Jonás desde el suelo, con el cuello y la camisa cada vez más teñidos de rojo—. Quédatelo, quédatelo todo —le dijo mientras sacaba la cartera del bolsillo y la arrojaba hacia sus pies.

—¿De verdad no has encontrado nada mejor? —le preguntó el chico a Lucía sin prestar atención a Jonás—. Con esa carita que tienes podrías estar cogiéndote a un vato de verdad —le espetó, y acto seguido le golpeó la cabeza violentamente con la botella de cristal.

Lucía intentó protegerse con el antebrazo, pero no lo logró y se cayó al suelo.

—¡Suéltalo! —gritó el chico después, refiriéndose al perro.

Titán saltó sobre ella aprisionándole el cabello entre sus mandíbulas, con tanta violencia que la fue arrastrando por el suelo de un lado a otro del salón. Lucía parecía una muñeca de trapo entre sus dientes; Jonás la observaba en silencio viendo cómo, a su paso, el animal y ella iban dejando un rastro de sangre, babas y pelo.

—Coge el dinero, por favor, coge el dinero —repetía Jonás.

—Llévalo a la cocina —ordenó el líder al chico del bigote, que en ese momento volvía a tener las manos libres.

El joven se acercó a Jonás y lo levantó agarrándolo de las axilas con cierta delicadeza, como si se hubiera tropezado y quisiera ayudarlo. Ambos se metieron en la cocina y el chico cerró la puerta; desde allí seguían escuchando al perro gruñendo y a Lucía, que había dejado de gritar y ahora lloraba de dolor y pánico.

—Va a ser rápido —le dijo el del bigote en voz baja, casi un susurro—. No hagas nada y será rápido.

Mientras hablaba, la puerta de la cocina se abrió y apareció el crío de la camiseta blanca. Traía una percha de madera en la mano y sin mediar palabra golpeó con ella a Jonás en la cabeza, una vez tras otra, hasta que lo obligó a arrodillarse.

—Para, por favor, para —le pedía él mientras intentaba cubrirse la cabeza con ambas manos.

El joven respondió con puntapiés en los costados hasta que una patada hizo vomitar a Jonás. Un vómito de un color extraño porque el chico le había dado un golpe en la mandíbula con la percha y la encía sangrante había teñido la saliva de un tono pardo.

—¡Qué asco! —dijo el chico deteniendo los golpes—. Además se meó el pinche pendejo.

Jonás se había orinado y todo su cuerpo estaba lleno de fluidos: sangre en la camisa, orina en los pantalones y vómito en los labios.

—Mira —le dijo el de la camiseta blanca al del bigote señalando el vómito y sin parar de reírse—. Hay trozos de fruta, el maricón vomitó todo el mango. —Se acuclilló para que su cabeza quedara más cerca de la de Jonás, quien, aterrorizado, se cubría la cara con ambas manos—. Cómetelo —le ordenó.

—Te lo suplico —se limitó a responder Jonás, que por el tono de voz parecía que estaba llorando.

—Cómetelo, hijo de tu pinche madre, o te reviento a madrazos aquí mismo hasta sacarte las tripas.

Para que comprendiera que estaba hablando en serio, le golpeó tres veces en la espalda con la punta de la percha, que se le clavaba en las costillas. Jonás se tumbó en el suelo y comenzó a lamer.

—Así no —le indicó—, no chupes el piso, cómete los pinches pedazos enteros, cabrón.

Jonás obedeció, comenzó a masticar pedazos de mango, y el chico se aupó sobre su espalda posando los dos pies en ella.

—¿Viste la alfombra que me compré? —le dijo a su amigo. El comentario le pareció tan gracioso que tuvo que bajarse porque la risa le hizo perder el equilibrio.

Cuando el mayor entró en la cocina, la primera reacción que tuvo fue llevarse una mano a la nariz.

—¿A qué huele? —preguntó.

Lucía estaba con él, la sujetaba por el pelo. No había tenido tiempo de quitarse el maquillaje al llegar a la casa y tenía rímel y pintalabios por toda la cara. La arrastró hasta la encimera y, sin soltarla en ningún momento, encendió la freidora.

—Ve bajando todo lo que hayas encontrado —le ordenó al de la camiseta blanca—, en dos minutos estamos fuera.

Antes de obedecer, el crío se acercó a Jonás, que continuaba tumbado en el suelo de la cocina encima de su propio vómito, y primero le lanzó un beso y luego le escupió en la cara.

—Adiós, menso —soltó para despedirse de él.

Cuando se hubo marchado todo quedó en silencio durante un segundo, hasta que comenzó a oírse el aceite hirviendo.

—Siéntalo contra la pared.

El chico de la barba mal recortada incorporó a Jonás; no sabía muy bien de dónde asirlo, todo su cuerpo estaba sucio.

—Dile que pare —le suplicó Jonás, pero esta vez no hubo respuesta.

Daba la impresión de que Lucía estaba inconsciente, tenía los ojos abiertos, pero no miraban a ninguna parte, no miraban nada. Los que sí estaban fijos sobre Jonás eran los de Titán, que estaba a solo unos centímetros de su rostro, gruñendo en su oído.

—¡Órale, cabrón! ¿Así que no te gusta dar la mano, no es así? —preguntó el que agarraba a Lucía levantándole el brazo que le sujetaba por el codo.

—No le hagas nada.

—¿Y quién me va a detener? ¿Tú?

—Por favor...

—Tienes dos opciones, o te quedas ahí como un pinche cobarde viendo lo que va a pasar, o intentas levantarte para impedírmelo y Titán te arrancará la cara. Tú decides.

Al escuchar su nombre, los gruñidos del perro arreciaron. Jonás ni siquiera se planteó moverse; se quedó quieto, petrificado, mientras el chico introducía en el aceite hirviendo la mano de Lucía, que de pronto recuperó la consciencia y comenzó a gritar de dolor y a convulsionar. Unos alaridos sin parangón con los que ninguno de los presentes había oído nunca.

—Vámonos, ya estuvo, güey —dijo el chico del bigote.

Solo fueron unos segundos, tal vez diez, no más de quince, pero era como si toda una eternidad hubiera tenido lugar en ellos. En un movimiento desesperado por zafarse, Lucía logró volcar la freidora y parte del aceite cayó al suelo. Los dos jóvenes salieron corriendo entonces, abandonaron el apartamento a toda velocidad bajando las escaleras a grandes zancadas. El perro los siguió. Durante un rato se escuchó la algarabía de los chicos huyendo y luego nada, solo silencio. Un silencio ensordecedor.

Primero llegó la policía y pocos minutos después una ambulancia. Un agente les pidió a Jonás y a Lucía que salieran para que los médicos curaran sus heridas y ellos pudieran hacer su trabajo en el apartamento. Ese mismo agente cubrió a Lucía poniéndole un abrigo sobre los hombros para protegerla del frío. Cuando ya estaban dentro de la ambulancia ella descubrió que la chaqueta que llevaba era la que el asaltante había olvidado sobre el sofá.

Las heridas de Jonás eran superficiales y pudieron tratárselas allí mismo, pero para curar las quemaduras del brazo de Lucía debían llevarla a un hospital, así que la tumbaron en una camilla y la subieron a la parte trasera del vehículo. El conductor de la ambulancia le dijo a Jonás que podía ir en la cabina con él, así no tendría que conducir o coger un taxi para ir a verla.

—Gracias —contestó, y luego, dirigiéndose a Lucía, añadió—: Todo va a salir bien.

Ella no respondió nada, lo miró un rato en silencio y de pronto lo agarró con fuerza de la manga de su camisa.

—¡El dinero! —le gritó—. Tienes que ir a ver si sigue en el baño. Corre —le pidió.

—Está la policía —intentó tranquilizarla Jonás—, si no se lo han llevado ya no hay de qué preocuparse.

—¡Estamos en México, pendejo! ¿Qué crees que hará la policía si encuentra lana escondida en una casa que acaba de ser asaltada? ¿Cómo puedes ser tan estúpido? —le espetó gritando.

Como un niño al que la profesora acaba de regañar delante de todos los compañeros de clase, Jonás dio media vuelta y comenzó a caminar en dirección al apartamento sin girarse ni una sola vez hacia la ambulancia.

La puerta del portal estaba abierta y la del piso también; no había ningún control de seguridad y pudo entrar sin problema. El agente que les había indicado que salieran estaba en el salón, arrodillado junto a la terraza, como si buscara algo.

Las palabras de Lucía no paraban de resonar en su cabeza mientras caminaba por el pasillo. «Estúpido», oía decirle una y otra vez. Llegó al cuarto de baño y entró en él, cerrando la puerta tras de sí. «Estúpido». El mueble del lavabo estaba abierto, lo habían hecho con tanta brusquedad que el espejo se había roto y una grieta atravesaba el vidrio horizontalmente. «Estúpido». Sacó el bote de gel y desenroscó el tapón. «Estúpido». Miró su interior y vio el dinero enrollado, tres fajos pequeños sujetos por tres gomas de colores. «Estúpido». Los sacó uno a uno y se los guardó dentro de la ropa interior colocándolos de la forma más discreta posible; luego se miró en el espejo roto para estar seguro de que no eran perceptibles a la vista. «Estúpido». Arrojó el bote abierto a la bañera y el tapón al suelo. «Estúpido». Salió y recorrió el mismo camino en sentido inverso, el agente continuaba en el mismo lugar. «Estúpido». De vuelta a la calle regresó a la ambulancia; el conductor estaba fuera, fumando un cigarrillo apoyado en la puerta. «Estúpido». Lucía lo miró expectante cuando lo vio entrar, Jonás se arrodilló a su lado y agarró la mano sana de la joven entre las suyas.

—No hay nada. Se lo han llevado —dijo.

35

Inventó una versión convincente de lo ocurrido; apenas tenía marcas visibles —un par de moratones en el rostro y un corte pequeño pero bastante profundo en el cuello—, y eso ayudó a desdramatizar la agresión. Lo más preocupante era la contusión en las costillas, pero el vendaje compresivo que debía llevar para protegerse quedaba oculto bajo la camisa.

El principio de la historia que ideó era similar a lo que realmente había pasado: los tres chicos eran los mismos y tenían un perro que saltó sobre él para arrebatarle el mango de su vaso de plástico. Todo comenzaba igual, salvo que en su versión paseaba solo por la calle y en una esquina del cerro de Santa Isabel, justo al lado del parque, tuvo lugar la agresión. No lo siguieron ni subieron a ninguna casa, simplemente discutieron y se le echaron encima. Fue cuestión de segundos, aunque no sabría decir cuántos porque el tiempo transcurre de otra forma cuando un dogo argentino te está mordiendo mientras seis piernas te patean. No, no quería denunciar ni tampoco le apetecía seguir hablando del asunto, prefería continuar con el plan establecido y regresar a casa junto a su familia en cuanto cumpliera su cometido.

Esa, con diferentes matices según el interlocutor, fue la versión que le dio a todo el mundo: a Pablo al regresar al hotel, en la reunión con los socios de Proteak dos días después del suceso y la que les expuso a Camila y a Valeria en la videollamada que realizó desde su habitación, en la que intentó aparentar tranquilidad, apoyado en el respaldo de la cama y con un cojín en la espalda para paliar el dolor agudo que apenas le permitía respirar con normalidad.

Todos le recomendaron que adelantara su regreso, pero él se negó una y otra vez. Les decía que no hacía falta, solo le quedaban cuatro días y ese era su último viaje: quería terminarlo con la sensación de haber cumplido con su trabajo. A todo el mundo le parecía convincente su razonamiento, solo que cuando le oían decir que necesitaba sentir que había cumplido con su trabajo pensaban en Proteak; él era el único que sabía que a quién en realidad se estaba refiriendo era Lucía.

No volvió a hablar con ella hasta la víspera de su regreso. Se escribían a diario, se preguntaban el uno al otro cómo se encontraban, pero eran mensajes extraños, fríos, desalentadores. Jonás sabía que terminar así su relación era peligroso y a la larga podía tener consecuencias negativas, de modo que le propuso a Lucía que se vieran la noche antes de su viaje de vuelta. Le dijo que su última reunión terminaría alrededor de las seis de la tarde y a partir de esa hora estaría libre. A ella le pareció bien, le contó que tras lo ocurrido temía quedarse sola y que una amiga estaba pasando unos días en su casa, pero podía pedirle que saliera a cenar o al cine y eso les daría algunas horas de intimidad.

El día de la cita, a primera hora de la mañana, Jonás se dirigió a una casa de cambio de divisas. En la puerta tenían una de esas campanas que suenan cuando alguien entra o sale, no un sensor digital, sino una campana real, sujeta al marco con una cuerda. No había ningún cliente dentro, solo la dependienta y un hombre con el uniforme de una empresa de seguridad con un fusil de asalto en las manos. Jonás dejó un sobre con los ciento noventa mil pesos y pidió que se los cambiaran por euros. La chica contó el dinero dos veces. La primera pasando los billetes con sus dedos y la segunda introduciendo el fajo en una máquina que lo hizo de forma automática.

—Está caro el euro —le aseguró desde el otro lado del vidrio de seguridad que los separaba. Llevaba unas gafas redondas en la punta de la nariz y para hablarle lo miraba por encima de la montura—. Lo mejor sería esperar un par de días para ver si cambia.

—No, gracias —se limitó a responder Jonás.

—¿Se marcha hoy? Si no lo necesita hoy, lo mejor es esperar —insistió.

—Está bien así —le aseguró—, tengo prisa.

La conversación quedó aquí y la chica cogió unas llaves que estaban colgadas en la pared a su espalda, en el mismo lugar en el que suelen encontrarse las llaves de las habitaciones en los moteles de las películas, y abrió con ellas un cajón del escritorio del que sacó una pequeña caja fuerte llena de euros y dólares.

Jonás regresó caminando a la habitación del hotel y puso el dinero sobre la cama. Aunque ya lo había hecho en la oficina, lo volvió a contar: nueve mil cuatrocientos euros. Se dirigió al armario y sacó el maletín; en su interior había una cartera de piel cerrada con cremallera donde se encontraba el efectivo que llevaba encima y que no había cambiado por pesos. No recordaba la cifra exacta, pero sabía que había suficiente, pues solía llevar sumas generosas en sus desplazamientos, ya que, a pesar de disponer de dos cuentas corrientes, cuando estaba con Lucía prefería no pagar con tarjetas de crédito que pudieran dejar rastro de sus movimientos. Contó seiscientos euros y los dejó junto al resto de los billetes, luego guardó los diez mil euros en un sobre con el membrete del hotel y entró en el baño para darse una ducha.

Lucía lo esperaba sola, como le había prometido. Tenía el brazo vendado desde el codo hasta la altura de los nudillos, pero los dedos estaban al aire. No parecían los dedos de una mano, sino más bien un manojo de zanahorias olvidadas durante semanas en el cajón de la verdura.

—No sabía si nos veríamos antes de tu regreso —le dijo ella a modo de saludo.

—¿Por qué pensabas eso? —le preguntó Jonás—. ¿Habrías preferido que no viniera?

—No digas mamadas.

Entraron en el salón y tomaron asiento en el sofá, el mismo en el que habían permanecido sentados decenas de veces, el mismo en el que uno de los asaltantes había dejado su chaqueta antes de agredirlos; sin embargo, Jonás sintió que todo le resultaba ajeno, como si nunca hubiera estado en casa de Lucía.

Hablaron un rato, una conversación intrascendente: ella le preguntó por el trabajo y él por su amiga. A ninguno de los dos le interesaban demasiado las respuestas del otro. Cuando habían pasado unos diez o quince minutos, Jonás sacó del bolsillo trasero de su pantalón el sobre con el membrete del hotel y lo dejó sobre el regazo de Lucía.

—No pienso consentir que unos hijos de puta decidan el futuro por ti —le dijo.

Lucía lo miró a él y después miró lo que había en el interior del sobre. Cuando vio el dinero rompió a llorar, sin contarlo siquiera.

—He sacado diez mil euros —le dijo Jonás entonces—, esa era la cantidad que me dijiste que necesitas, ¿no es así?

Lucía se abalanzó sobre él y le envolvió el cuello con sus brazos para atraerlo hacia ella y besarlo repetidas veces: lo besó en los labios y en la frente y en los ojos y la nariz. Jonás notaba los dedos abrasados y arrugados de su mano derecha rozándole el cuello y sintió un asco profundo, aunque hizo cuanto pudo para que esa sensación no se reflejara en su rostro.

Cuando se separaron, Lucía continuaba llorando.

—Te lo devolveré —le dijo—, descuida. Te lo pienso regresar en cuanto salga de México y encuentre chamba, te lo pagaré poco a poco —le aseguró.

—No, tranquila —la interrumpió Jonás—, no te lo estoy prestando. Es para ti, no quiero que me lo devuelvas, quiero regalártelo.

Ella estuvo a punto de volver a besar a Jonás, pero él se lo impidió colocando las manos entre ambos.

—Quiero lo mejor para ti, siempre lo he querido —dijo—. Esto ni siquiera es un regalo; te mereces una nueva vida, te mereces la vida que deseas y quiero ayudarte a lograrla, pero yo no voy a formar parte de ella.

La expresión de Lucía cambió, también su postura. Había comenzado a escucharlo inclinada hacia delante, como si estuviera esperando a que él terminara para abrazarlo o besarlo, pero de pronto se dejó caer en el sofá, casi se desplomó sobre él.

—En la reunión de esta mañana he comunicado mi intención de renunciar a mi papel como enlace con Proteak —continuó Jonás—. Este ha sido mi último viaje, no volveré a México y tampoco volveremos a vernos. Necesito regresar a casa y estar junto a mi familia. Estos años han sido maravillosos, pero hay que parar aquí. No te pido que me comprendas, pero sí que respetes mi decisión.

Casi como un resorte, la respuesta de Lucía llegó de forma inmediata. Ni siquiera hubo un segundo de silencio entremedias.

—Agarra tu lana, cabrón —le ordenó.

—No digas estupideces, es para ti. Lo necesitas.

—No necesito que me compres.

—No te estoy comprando, solo intento ayudarte.

—Nomás quieres lavarte las manos.

—¿Por qué dices eso?

—¿Quieres saberlo? ¿De verdad quieres saber qué pienso de ti ahorita?

Jonás estuvo a punto de asentir con la cabeza, pero no tuvo tiempo de hacerlo porque de pronto la puerta del apartamento de Lucía se abrió y una mujer de una edad similar a la suya entró disculpándose.

—Perdón, perdón —dijo caminando casi de puntillas, como si quisiera pasar desapercibida—, se me quedó la cartera y me di cuenta a mitad de camino, solo será un segundo —se justificó.

—Tranquila —se apresuró a responder Jonás poniéndose de pie—. No te apures, ya me marchaba.

Sin tiempo a que Lucía pudiera reaccionar, Jonás se dirigió hacia la puerta, que la joven había dejado abierta, y caminó rumbo a las escaleras.

Antes de abandonar el apartamento se giró un segundo para contemplar a Lucía, que continuaba en la misma postura, sentada sobre el sofá con las piernas cruzadas y el sobre en su regazo.

En ese preciso instante, Jonás supo, por primera vez en su vida, que era un ser humano despreciable, que no tenía escrúpulos, que había sido capaz de traicionar a una persona que lo había querido sin pedir nada a cambio. Comprendió también que si se había comportado de esa forma con Lucía podría hacerlo con cualquiera: podría engañar, traicionar y manipular a quienes se cruzaran en su camino, sin el menor remordimiento. Y aunque ese descubrimiento debería haberlo horrorizado, no pudo evitar sonreír mientras bajaba las escaleras.

36

En las primeras semanas, incluso en los dos o tres primeros meses tras su regreso a Galicia, las noches para Jonás fueron horribles, y los días, espantosos. Cuando llegaba la hora de dormir cerraba los ojos y en la oscuridad oía los ladridos de Titán, no como algo lejano procedente de la calle, sino junto a él, tan cerca que podía notar su aliento en la nunca y su saliva espesa y amarilla goteando a su alrededor. También oía los gritos desesperados de Lucía y la risa del chico de la camiseta blanca mientras usaba su espalda como un felpudo para limpiarse las suelas de sus zapatillas deportivas. Pero eso no era lo peor, lo peor era el olor. El olor a carne quemada, como si alguien hubiera olvidado una sartén en el fuego y cuando quisiera darse cuenta todo estuviera lleno de humo y el filete carbonizado. Aunque había intentado olvidarlo, aquel olor se había quedado grabado en algún lugar de su cerebro, por eso revivía una y otra vez el momento en que los asaltantes abandonaron la casa y Lucía y él se quedaron el uno junto al otro, tendidos en el suelo de la cocina, sin abrazarse, sin tocarse siquiera. Jonás revivía una y otra vez ese recuerdo y el olor a carne quemada lo envolvía por completo. Era un olor denso, casi tangible, tan penetrante que se veía obligado a levantarse para abrir la ventana. Recordaba a Lucía cuando vio que lo hacía, cómo lo miraba en silencio primero y rompía a llorar después.

Las mañanas no eran mejores: cesaban las pesadillas pero su rutina se llenaba de miedos. Lo único que le proporcionaba tranquilidad era que la relación con Camila había mejorado considerablemente, quizá estaban en su mejor momento de los últimos quince años. Camila se preocupaba por él y a lo largo de la jornada le escribía varias veces para saber cómo se encontraba, y aprovechaban los días libres para ir al teatro o salir a cenar. Incluso un fin de semana viajaron con Valeria y Susana —la mejor amiga de su hija desde la infancia— a Sitges, para asistir al festival de cine fantástico. Ambas querían estudiar comunicación audiovisual; a Valeria le gustaba más la parte creativa y se imaginaba escribiendo guiones o incluso dirigiéndolos. Susana, en cambio, anhelaba convertirse en directora de fotografía o, si no lo lograba, acabar trabajando al menos como operadora de cámara en una serie o un programa de televisión. Fue un viaje de tres días en el que, mientras las chicas veían un pase tras otro, ellos aprovecharon para hacer turismo.

La vida de Jonás se iba pareciendo cada vez más a la que nunca había tenido, a la que imaginó el día que su hija lo abrazó en el hospital. Y la posibilidad de perder esa nueva felicidad era el verdadero motivo que alimentaba sus miedos.

Lo cambiaron de despacho, le dieron uno con mejores vistas y con un sillón de cuero marrón en el que podía sentarse a descansar. Algunas mañanas, al atender una llamada o redactar un correo electrónico, se apoderaba de él una extraña sensación: creía sentir a su espalda la presencia de Lucía. Era tan persistente que se veía obligado a dejar lo que estuviera haciendo para darse la vuelta y mirar por la ventana, observaba con minuciosidad el parque que se encontraba al otro lado y la buscaba con desesperación entre los jóvenes que corrían o los jubilados que paseaban a sus mascotas.

Lo primero en desaparecer fueron las pesadillas; una noche logró dormir ocho horas sin sobresaltos y sin sueños. O quizá sí tuvo, pero al despertar no recordó ninguno. Lo demás llegó rodado. En cuanto consiguió estabilizar el tiempo de descanso, la ansiedad diaria disminuyó y poco a poco una rutina placentera se adueñó de su jornada.

Justo entonces, cuando había recuperado la estabilidad y se había sobrepuesto al trauma, Lucía apareció de nuevo en su vida.

Un jueves por la mañana lo llamó su secretaria para decirle que tenía una visita. No tuvo que explicarle nada más; por alguna extraña razón esas escasas palabras sirvieron para que de pronto afloraran todos los demonios que había logrado apaciguar. Antes de girar el pomo y abrir la puerta de su despacho aspiró una gran bocanada de aire y recorrió el pasillo intentando no respirar. Era un juego absurdo que solía practicar de forma sistemática al dirigirse al ascensor o al cuarto de baño.

Lucía estaba sentada en una silla de plástico en la sala de espera. Parecía más delgada, y tenía las piernas cruzadas de una forma extraña: un muslo quedaba sobre el otro y el empeine de uno de sus pies se sujetaba en el gemelo de la otra pierna. Las uñas de una mano estaban pintadas de rojo, del mismo tono que sus labios, y con la otra mano, en la que no había uñas, sujetaba un cigarrillo encendido.

—Está prohibido fumar aquí —dijo Jonás. Ese fue su saludo.

—Estamos tú y yo solos —respondió ella—. ¿Quién me lo va a impedir?

—Bajemos a la calle, así podrás fumar tranquila.

Jonás abrió la puerta de la sala de visitas y se puso a un lado para que Lucía pudiera salir.

Antes de levantarse dio una última calada, exhaló el humo hacia un lado, apagó el cigarrillo en la suela del zapato y, puesto que no había ningún cenicero en el que dejar la colilla, se la guardó en el bolsillo de la chaqueta. Jonás se fijó en sus zapatos; eran negros y se ataban con cordones, como los de un hombre. No se había dado cuenta hasta ese momento.

—Espérame en el ascensor —le pidió, y acto seguido se dirigió a su secretaria, cuya mesa se encontraba a media decena de pasos—: No tardaré demasiado, pero si alguien subiera a verme o si llamaran preguntando por mí, di que estoy ocupado y toma nota del recado.

Jonás regresó junto a Lucía y bajaron juntos en el ascensor, en silencio. No pronunciaron una sola palabra hasta que salieron del edificio. Hacía frío en la calle y Jonás lamentó no haber cogido el abrigo.

—¿Qué quieres? —le preguntó de forma tajante.

Antes de responder, Lucía encendió otro cigarrillo.

—Verte —contestó. El tono de su voz era dulce, y aunque Jonás había temido durante meses volverla a oír, se calmó.

—¿Cuánto tiempo llevas aquí? —quiso saber, intentando resultar tan conciliador como ella.

—Poco, apenas unas semanas, había un chingo de asuntos pendientes en México y necesité más tiempo del que pensé para poder venirme.

Jonás se metió las manos en los bolsillos para protegerse del frío y dio varios pasos en círculo para tratar de entrar en calor.

—¿Necesitas más dinero? ¿Es por eso por lo que estás aquí?

A modo de respuesta, Lucía rompió a reír; una carcajada que el tabaco acabó convirtiendo en tos.

—Es bien curioso el modo en que cada persona se relaciona con las demás, ¿no crees? —dijo cuando logró apaciguar la risa, y continuó hablando antes de que él pudiera responder—: Hemos pasado el mismo tiempo juntos, y aunque a mí me ha servido para conocerte tan profundamente que sabía que me tirarías esta pregunta, yo sigo siendo una desconocida para ti. —Abrió el bolso y extrajo de él un DNI en el que aparecía su fotografía—. ¿Cómo me ves? ¿Me veo guapa? Ahorita soy Lydia. No me late demasiado mi nuevo nombre, pero lo mejor es la fecha de nacimiento, me pusieron dos años más chavita.

Volvió a reír; el sonido de su risa era escandaloso. Jonás miró hacia atrás y contempló las ventanas de los despachos, la mayoría de ellos pertenecían a los miembros del equipo directivo. Desde donde se encontraban no podía verse gran cosa, pero intuyó que lo más probable era que alguno de ellos estuviera asomado en ese preciso momento.

—¿Por qué no vamos a otro sitio? —le propuso para escapar de sus posibles miradas—. Te invito a tomar un café, si quieres.

—Se me ocurre una idea mejor —contestó ella—. ¿Tienes tu carro aquí? Quiero enseñarte una cosa.

Abandonaron la zona industrial y salieron a la Nacional

634 rumbo al centro de Santiago de Compostela, circularon por ella alrededor de cinco minutos y tomaron la salida que los llevaba hacia el auditorio de San Lázaro. Jonás conducía siguiendo las indicaciones de Lucía, y cuando, al atravesar la calle de Victoria Kent, le pidió que se detuviera, sintió una presión en la garganta, como si alguien le estuviera apretando demasiado el nudo de la corbata, porque, al obedecerla, dejó el coche estacionado a menos de un kilómetro del centro comercial en el que solía ir al cine con Camila y en el que durante años había ido a merendar con Valeria.

—¿Qué hacemos aquí? —se limitó a preguntar sin quitar las llaves del contacto.

—Apaga el motor —le pidió—, ahorita te enseño.

Solo tuvieron que caminar unos pocos cientos de metros para llegar a la entrada de un camping. A Jonás le sorprendió que habiendo residido toda la vida en la ciudad, desconociera su existencia.

—*Voilà* —dijo Lucía abriendo los brazos como un mago o un domador de leones.

—¿Qué es esto? —preguntó Jonás, desconcertado.

Sin responder a su pregunta, Lucía comenzó a caminar y Jonás la siguió. A un lado del camino había autocaravanas y al otro casas prefabricadas; al fondo podía verse el espacio de ocio comunitario, con zonas verdes, un parque infantil y hasta una pista de tenis. Lucía se detuvo junto a una de las viviendas.

—Una cabaña rodeada de jardines y con alberca, ¿no te parece increíble?

Subió los peldaños que la separaban del porche y después sacó unas llaves del bolso que llevaba. Se detuvo antes de abrir la puerta al comprobar que Jonás no la seguía.

—¿Qué es esto, Lucía? —le preguntó cuando ella se giró para mirarlo—. ¿Qué estás haciendo?

—¿Qué crees que hago? —contestó ella con incredulidad—. Vivo aquí.

—¿Aquí? —Acompañó la pregunta con un gesto del índice apuntando al suelo—. En la misma ciudad en la que yo trabajo, en la misma ciudad en la que viven mi mujer y mi hija. ¿Aquí es donde vives? ¿Por qué me haces esto, Lucía?

—¿Sabes cuál es tu problema, Jonás? Que te has pasado toda tu vida creyendo que eres el protagonista de la vida de los demás. Pero las cosas no son así: tú no eres el protagonista de mi vida, ni tampoco de la de tu hija ni de la de nadie de tu entorno. Solo eres un secundario para los demás y estaría padre que lo asumieras de una vez por todas. ¿Quieres entrar? —le preguntó cuando terminó de hablar, mientras abría la segunda puerta. La primera era una mosquitera.

En comparación con el luminoso exterior, el interior de la vivienda era oscuro. El espacio principal estaba formado por un cuadrado en el que había el salón y la cocina, y, a modo de separación entre ambas estancias, una mesa alta de madera blanca lacada. Encajada bajo la encimera se veía una nevera pequeña. Nada más entrar, Lucía se agachó y extrajo de ella una lata de ginger ale.

—¿Qué tomas? —le preguntó a Jonás.

—¿Tienes cerveza?

—¿Botella o lata?

—Botella, por favor.

Lucía volvió a girarse y se agachó de nuevo. Por un momento desapareció de la vista de Jonás.

Sobre la mesa alta lacada había una jarra de cobre; sin

saber muy bien por qué, Jonás la levantó. Era más pesada de lo que parecía. Sosteniéndola en el aire, intentó calcular el número de golpes que necesitaría propinarle a Lucía en la cabeza para matarla; pensó que con dos, tres como máximo, lograría tirarla al suelo. Los primeros impactos serían los más sencillos porque ella no se los esperaría, la atacaría por la espalda y ella no podría forcejear; después todo sería más complicado. Desde el suelo intentaría defenderse con los brazos y las piernas, y a él no le resultaría sencillo continuar golpeándola, por eso era tan importante el primer impacto. Si lo hacía bien, si la golpeaba en la nuca con todas sus fuerzas, lo más probable es que perdiera el conocimiento y entonces solo tendría que seguir levantando el brazo y dejándolo caer sobre su cabeza una y otra vez, hasta que su cráneo se convirtiera en una especie de papilla roja.

Asesinar a Lucía le parecía sencillo, pero lo mejor era que Lucía ya no existía, con Lydia todo sería aún más fácil. Asesinaría a una persona sin pasado, sin familia, sin amigos..., sin ningún hilo del que tirar. Una extranjera recién llegada del país más violento del mundo, con una identidad falsa comprada de manera ilícita. ¿Cuánto tiempo tardarían en cerrar el expediente? ¿Quién se molestaría en investigar la muerte de un fantasma? Apretó con fuerza los dedos alrededor del asa de la jarra y la levantó ligeramente para que quedara a la altura de su cabeza. El cobre estaba frío.

—No quiero nada de ti, Jonás —dijo de pronto Lucía, todavía agachada de espaldas a él—. Quería verte para decírtelo. Nunca quise lastimarte, necesitaba que lo supieras, que estuvieras tranquilo. —Se giró con una lata de cerveza en la mano—. No voy a entrometerme en tu vida, ni en la de tu familia. Si estoy aquí es porque no tenía otro sitio adonde ir, lo único que conocía de España era lo que tú me contabas cuando estábamos juntos.

»Estoy sola, no tengo nada, no soy nadie. Aquí al menos reconozco lo que hay a mi alrededor por las historias que tú me contabas. Cuando caminé por primera vez por el parque de la Alameda era como si ya lo hubiera hecho antes. Nunca te haría daño, Jonás. Sé que no me quieres, que nunca me quisiste, y he aprendido a vivir con ello. He aprendido a vivir enamorada de ti sabiendo que solo jugaste conmigo. Nunca te haría daño —repitió, y se pasó los dedos de la mano abrasada por la comisura de los ojos para secarse las lágrimas—. Lo siento, solo me quedaban latas.

Jonás miró la cerveza en la mano de Lucía, y enseguida desvió la mirada hacia su propia mano, entre cuyos dedos continuaba agarrando firmemente la jarra.

—Es de cobre —dijo Lucía—, como la taza que compraste en Tepoztlán, ¿te acuerdas? La doña dijo que era buena para las articulaciones y que así podrías caminar tanto como quisieras sin que te dolieran las piernas. ¿Todavía la conservas?

En ese momento se sintió ridículo, con aquella jarra en la mano; la jarra con la que se había planteado matar a Lucía un instante antes de que ella le confesara que seguía enamorada de él.

—Sí —contestó bajando el brazo para dejar la jarra sobre la mesa de madera blanca lacada, intentando que su acción pasara lo más desapercibida posible—, todavía la conservo. La tengo en casa y suelo usarla para beber cerveza o agua fría.

Lo cierto era que no recordaba el lugar en el que estaba la taza y lo más probable era que la hubiera tirado a la basura tiempo atrás, pero no le importó, mentir era lo que había hecho durante todo el tiempo que habían estado juntos. Seguramente aquella mentira era una de las menos dolorosas que le había contado.

La despedida fue fría, no se dieron dos besos, tampoco un abrazo. Cuando se hubo bebido la cerveza, Jonás dijo que llevaba demasiado tiempo fuera de la oficina y que lo más prudente era regresar al trabajo. Lucía lo acompañó hasta la puerta, se apoyó en una de las columnas de madera del porche y se quedó un rato allí, observándolo mientras él se alejaba, cual madre despidiéndose de su hijo en la estación de autobuses.

Cuando hubo dado unos diez o quince pasos, Jonás giró el cuello ligeramente para volver a mirarla: lo que vio fue una mujer que lo había perdido todo y a la que nunca más volvería a ver. Lo que en ese momento no podía imaginar era cuán equivocado estaba.

En lugar de abandonar el camping, siguió la señalización que indicaba el camino para llegar a la administración del lugar. En la oficina había un chico de unos dieciséis años, con gafas de montura metálica de color dorado descascarillado en algunas partes, abstraído en la pantalla de su teléfono móvil. Jonás pensó que lo más probable era que fuese el hijo de los propietarios. Cuando lo vio entrar dejó el móvil sobre la mesa, justo al lado del teclado, y en un tono monocorde le preguntó si deseaba recibir información de las parcelas para estacionar una autocaravana o sobre las casas prefabricadas.

—Ninguna de las dos cosas —contestó Jonás sonriendo—, pero te agradecería que me prestaras un papel y un bolígrafo.

El chico sacó un folio de un cajón y lo colocó sobre el mostrador, acompañado de un lápiz. Jonás escribió en él su nombre y su número de cuenta, pero acto seguido se arrepintió y rompió el papel en pedazos pequeños que dejó caer en la papelera que se encontraba junto a sus pies.

—Perdón, me he equivocado —dijo sin borrar la sonrisa de su rostro, mostrando una hilera de dientes blancos—. ¿Te importaría dejarme otro folio? —le pidió al chico.

Aunque no parecía entender nada, el chaval accedió en silencio. Jonás volvió a escribir su nombre en el segundo papel, pero cambió el número de cuenta por el que había abierto para viajar a México para que Camila no controlara sus gastos. Nadie podría rastrear los movimientos, puesto que solo él sabía de la existencia de esa cuenta y del dinero que en ella había. Cuando terminó le devolvió el papel y el lápiz al chico, y le pidió que a partir de ese momento le cobraran a él la cuota de alquiler de la cabaña en la que estaba instalada Lucía. O Lydia, como le dijo.

—¿Se refiere al alquiler de este próximo mes? —le preguntó el joven, con la vista fija en los datos anotados en la hoja y sin comprender demasiado bien lo que estaba ocurriendo.

—Así es —respondió Jonás, que continuaba mostrando su mejor sonrisa—, el alquiler de este mes, y el del próximo, y el del siguiente…

El joven cogió el lapicero y se dispuso a anotar una fecha junto a los datos bancarios.

—¿Y hasta cuándo desea que le domiciliemos ahí los cobros? —quiso saber.

—Mientras ella viva aquí. Háganlo hasta que decida marcharse.

Al salir del camping subió al coche, introdujo las llaves en el contacto, arrancó el motor y, cuando el vehículo se puso en marcha, hasta él mismo creía que se dirigiría a su despacho, pero no lo hizo, sino que condujo hacia su casa. A su llegada estacionó frente al edificio, no en el garaje. Se bajó y caminó con paso acelerado al portal. Seguía sin la chaqueta, pero ya no sentía frío.

Todo estaba en silencio cuando entró en el piso y le resultó extraño no oír ningún ruido mientras recorría el pasillo. Imaginaba que su hija no estaría, pero no era habitual que a media mañana Camila no estuviera en casa, así que la llamó en voz alta, pero nadie respondió. Se dirigió al dormitorio y allí la encontró. Estaba en el cuarto de baño de la habitación, vestida con ropa de calle, con un pantalón negro de algodón y una blusa con un estampado de margaritas, apoyada en el lavabo para acercarse al máximo al espejo. Tan abstraída estaba pintándose una raya de rímel en los ojos que no lo había oído y, al verlo reflejado en el espejo, se sobresaltó. La línea negra se desvió hacia uno de sus carrillos, casi a la altura de la oreja.

—¡Jonás! —le gritó—. ¿Qué haces aquí? Me has asustado.

Él le mostró una sonrisa tranquilizadora a modo de respuesta.

—Estás vestida —dijo finalmente—. ¿Vas a algún sitio?

—No —se apresuró a responder—. Iba a salir a dar un paseo, la mañana se hace muy larga, sola en casa.

Jonás volvió a sonreír, dio un paso al frente y luego otro más. Camila casi escondió tras el vaso de los cepillos de dientes el lápiz con el que se estaba maquillando, como si quisiera hacerlo desaparecer de la escena. Jonás no se detuvo cuando estuvo frente a ella, sino que continuó dando pasos pequeños. Su mujer retrocedió hasta que su espalda se topó con la loza blanca y fría del lavabo.

Cuando sus cuerpos estuvieron pegados, él comenzó a desabrocharle los botones de la blusa. Camila no llevaba sujetador y sus pechos quedaron al descubierto frente a él, con los pezones de un marrón oscuro señalándolo. Al besarla en el cuello descubrió que su mujer se había perfumado; olía a almizcle, como a madera húmeda, y el olor lo excitó aún más. La alzó en brazos obligándola a sentarse sobre el mueble del lavabo, y la besó en los labios y en el pecho mientras ella mantenía los ojos cerrados, se dejaba hacer. Jonás volvió a envolverla con sus brazos y, cargando con ella, se dirigió a la habitación y la dejó caer sobre la cama. Durante el trayecto, no más de una docena de pasos, intentó recordar si alguna vez había cogido a su mujer en brazos, pero no fue capaz de evocar una escena similar.

—Date la vuelta —le ordenó.

Camila obedeció, y se quitó los pantalones negros de algodón mientras se giraba. Sus bragas eran azules y en los extremos tenían unas tiras de encaje. Fue a bajárselas, pero él se lo impidió. Se tumbó sobre ella y, bajándose los pantalones hasta la altura de los muslos, apartó la tela hacia un lado y la penetró. Camila gimió, más por la sorpresa que por placer, mientras él la agarraba del pelo con tanta fuerza que la obligaba a levantar la cabeza y a separarla de la almohada. En menos de tres minutos Jonás llegó al orgasmo: eyaculó sobre la espalda de su mujer manchándole la blusa estampada de margaritas y la ropa interior de encaje; luego se dejó caer sobre la colcha jadeando ostentosamente. Se notaba el corazón acelerado y la piel ardiendo.

Camila se dirigió al baño en silencio, se quitó toda la ropa y con un trozo de papel higiénico se limpió los restos de semen que quedaban en su espalda, luego se sentó sobre el inodoro.

Desde la cama, Jonás podía ver sus pies y también sus manos; estaba echada hacia delante, con los codos apoyados en las rodillas, y sujetaba su teléfono móvil.

—¿No vienes? —le preguntó Jonás sin levantarse de la cama.

—Ya voy, estoy… —Dudó un segundo y luego continuó hablando—: Solo miraba una cosa, ya termino.

Sin incorporarse del todo, Jonás arrastró su cuerpo por las sábanas hasta que su cabeza alcanzó la almohada. Notaba una satisfacción extraña, una sensación que no recordaba haber experimentado antes. Esa era la vida que había imaginado y ya nada ni nadie podría estropeársela. Se sintió feliz, pleno. Al fin y al cabo, pensó, todos sus sacrificios habían merecido la pena.

37

Continuó embargado por ese mismo sentimiento los siguientes días y semanas, incluso meses. Sentía que había elegido el camino correcto y que el viento soplaba a su favor. Lo sintió cuando Valeria les dijo que había aprobado la selectividad, y también cuando en Proteak pidieron que Pablo dejara de ser el enlace entre ambas empresas: aunque él no tenía la menor intención de regresar a México, le alegraba saber que su sustituto no había estado a su altura.

También lo sintió cuando Camila le confesó que parecía un hombre distinto, el hombre del que se enamoró. Quizá por eso, cuando su hija les dijo que se estaba planteando cursar sus estudios universitarios en Madrid, la idea de vivir una segunda juventud junto a Camila lo sedujo.

—Las mejores prácticas se hacen en Madrid porque allí están las grandes productoras —les contó Valeria—. Además, es allí donde más oportunidades de trabajo hay, hasta las películas que se ruedan aquí, en Galicia, las producen empresas con sede en Madrid.

Lo tenía todo pensado, no viajaría sola, Susana se marcharía con ella y eso tranquilizaba a sus padres. Susana y Valeria se conocían desde el colegio y nunca se habían separado, hasta suspendieron el mismo curso, lo que las unió todavía más. Para Camila y Jonás era reconfortante saber que continuarían estudiando juntas en la universidad. Incluso habían encontrado un piso barato y bien comunicado, con línea directa de metro hasta la facultad. Les enseñó las fotos en su teléfono móvil: era un apartamento pequeño, de una sola habitación, no se veía ninguna ventana y se accedía a él a través de un corredor.

—Solo tiene un cuarto —dijo Camila.

—Sí, pero es baratísimo —respondió Valeria, emocionada—. Ya lo hemos pensado, pondremos un sofá y un par de mesas grandes de trabajo en el salón para convertirlo en el lugar destinado al estudio, y compartiremos la habitación.

—Parece oscuro —objetó Jonás mirando las fotografías.

—No tanto —le corrigió su hija, quien, pasando varias imágenes hacia delante, le mostró una en la que podía verse una ventana diminuta, del tamaño de un folio, sobre el fregadero de la cocina.

Valeria se encargó de todo, llamó por teléfono y reservó el apartamento. Lo alquilaron sin verlo; la propietaria les envió el contrato por correo electrónico y ellas se lo devolvieron firmado, y le hicieron llegar una transferencia de la primera mensualidad más el importe de la fianza.

La noche anterior a su viaje a Madrid, Susana y Valeria durmieron en casa de esta para que Jonás y Camila pudieran llevarlas a la estación a primera hora de la mañana. Estaban nerviosas. Era divertido, parecía que volvieran a ser las dos niñas pequeñas que algunos fines de semana dormían juntas en el suelo, sobre el colchón, con una manta sobre sus cabezas para simular que estaban dentro de una cueva.

Todavía no había salido el sol cuando cargaron el equipaje en el maletero del coche. Entre ambas sumaban media docena de mochilas, no era mucho: ese primer viaje era tan solo para instalarse y tomar contacto con la vivienda, ya que las clases no comenzaban hasta septiembre.

Tanto los padres de Susana como Jonás y Camila habían insistido en acompañarlas, no les parecía apropiado que realizan solas ese primer desplazamiento; querían estar presentes y ayudarlas a amueblar el piso, pero las chicas se habían negado en redondo. La idea de que sus padres asistieran a la entrega de llaves las hacía sentir ridículas, como dos niñas pequeñas. Finalmente llegaron a un acuerdo intermedio que satisfacía a ambas partes: Valeria y Susana realizarían el primer viaje a Madrid solas, pasarían allí un par de noches y el fin de semana los padres y las madres de ambas viajarían juntos para ver el apartamento en el que vivirían sus hijas y las ayudarían a instalarse definitivamente. De esa forma, además, evitarían ir demasiado cargadas, ya que podrían limitarse a llevar algo de ropa y productos de aseo, y ellos se encargarían de trasladar el resto del equipaje en el coche de Jonás cuando fueran a visitarlas.

A pesar de que la despedida no era ni mucho menos definitiva, Camila no pudo evitar romper a llorar al ver a su hija cargada con las mochilas dirigiéndose hacia las puertas acristaladas de la estación. Cuando ambas habían entrado, Jonás arrancó el coche y emprendió el viaje de regreso a casa.

—Es solo una niña —dijo Camila intentando contener sus lágrimas.

Jonás miraba la carretera y su mujer tenía la frente apoyada en la ventanilla. Hablaban así, sin mirarse.

—Tiene diecinueve años —respondió él—, sabe lo que hace.

Jonás apartó la mano derecha del volante y la puso sobre la rodilla de su esposa, que le agradeció el gesto entrelazando los dedos con los de su marido. Sabía que él estaba en lo cierto, pero sentía un nudo en la garganta. Para ella, Valeria seguía siendo una niña que se marchaba a vivir a seiscientos kilómetros y a la que solo vería un fin de semana al mes. Intentaba no llorar, pero no era una tarea sencilla, quizá por eso habló de los árboles. Recorrían una carretera comarcal estrecha bordeada por dos hileras de arces por entre cuyas hojas se colaban los rayos del sol.

—Si no tuvieran esa forma, la luz no llegaría a las ramas más bajas ni al tronco, y el árbol se secaría y moriría.

Jonás desvió la mirada a un lado para contemplar el paisaje.

—Las hojas —le aclaró Camila— no tenían esa forma hace cientos de años, tuvieron que evolucionar para sobrevivir. Todos lo hacemos —dijo de pronto—, nos adaptamos al entorno para no morirnos.

Camila, que había logrado apaciguar su llanto, volvió a llorar al pronunciar esa frase y Jonás creyó que sus lágrimas eran de felicidad. Para él todo tenía sentido en aquel momento, todo el esfuerzo, todos los sacrificios habían merecido la pena para mantener y proteger a su familia. Sentía que por primera vez en su vida caminaba por el camino correcto. Con las manos aferradas al volante, recordó cuando de niño su padre le hablaba de Jehová y de la importancia de no desviarse del sendero. «Todo camino del hombre es recto ante sus propios ojos», así lo aseguraba el proverbio, pero son las tentaciones las que nos hacen ver las curvas como si fueran líneas rectas, y debemos esforzarnos en no dejarnos engañar para llegar a nuestro destino.

En aquel momento Jonás sentía que él lo había logrado, que había hallado el camino del hombre recto.

Le emocionaba tanto ese pensamiento que a punto estuvo de romper a llorar él también, pero Camila interrumpió su ensoñación.

—Siempre estaba sola, Jonás —dijo sin mirarlo, aún con la frente apoyada en la ventanilla—. Antes de que Valeria naciera siempre estaba sola, tú te pasabas el día trabajando. Eras ambicioso, Jonás, siempre lo has sido, demasiado ambicioso. Muchas veces me he preguntado cómo pudimos sobrevivir a esos años, éramos dos desconocidos que compartían una casa. No me estoy justificando, no es eso. Créeme, sé lo que he hecho y cargo con ello, pero ahora has cambiado, ahora eres una persona distinta y por eso necesito sacar lo que me quema por dentro.

—¿De qué me estás hablando, Camila? —preguntó Jonás, que no entendía nada de lo que ocurría.

Antes de responder a su pregunta, ella se giró para mirar directamente a su marido por primera vez desde que habían iniciado el viaje de vuelta.

—Quise decírtelo, estuve a punto de hacerlo decenas de veces, pero nunca lo logré. Era lo que tenía que haber hecho, lo sé, pero no me atreví. Solo fue una aventura, Jonás, una forma de escapar de la rutina, de sobrevivir a nuestro tedio. No tenía que haber ocurrido, pero ya no puedo cambiar el pasado.

—Para, por favor —le pidió—. No quiero oírlo.

Camila continuaba mirándolo, pero él mantenía la vista fija al frente, como si no viéndola pudiera hacer desaparecer su confesión.

—Estaba casado y tenía dos hijos, temía que su mujer

nos descubriera. No quería cambiar su vida y le sorprendía que yo no tuviera miedo, pero yo sabía que tú nunca lo descubrirías. Tú nunca estabas, Jonás, éramos como dos desconocidos —volvió a decir—. Solo duró unos meses. No más de medio año. Nunca hubo nada importante entre nosotros.

Jonás oía hablar a Camila, pero era como si estuviera encerrado dentro de una pecera y el sonido le llegara a través del agua. La carretera le parecía cada vez más estrecha y los árboles pasaban cada vez más cerca del vehículo, casi podía oír las ramas arañando la carrocería. Ella, en cambio, no podía guardar silencio, lo había hecho durante muchos años y necesitaba sacar todo su dolor.

—Era una locura continuar, no podíamos destrozar nuestras vidas por algo tan insignificante, eso fue lo que me dijo la última vez que nos vimos: no podíamos destrozar nuestras vidas por algo insignificante. En aquel momento no lo entendí, he necesitado veinte años para entender sus palabras. Aquello fue algo realmente insignificante; mi vida está aquí, contigo y con Valeria. Por fin lo he comprendido. Por eso quiero contártelo, porque no quiero perder lo que tenemos y necesito dejar de cargar con el pasado. Ahora todo es distinto, ahora has cambiado y quiero empezar de nuevo, sin secretos.

El paisaje se volvió borroso, los ojos de Jonás se cristalizaron, pero él, como si no pudiera comprender que era su propio llanto el que le impedía ver, puso en marcha los limpiaparabrisas, que comenzaron a moverse de un lado a otro, incapaces de apartar sus lágrimas.

—Di algo, por favor, di algo —le pedía Camila entre toses e hipidos.

En la cabeza de Jonás comenzaron a repetirse las palabras

de su esposa: «He necesitado veinte años para comprender sus palabras…». Visualizó a Valeria, a la que acababan de dejar en la puerta de la estación rodeada de mochilas.

—¿Cuándo ocurrió? —preguntó de pronto.

Antes de responder, Camila extrajo un pañuelo de celulosa del bolso y se enjugó las lágrimas. La pintura negra del delineador de ojos se extendió por sus carrillos.

—Hace mucho —respondió por fin en voz queda.

—Veinte años —apuntilló Jonás.

—No lo recuerdo.

—Has dicho veinte años —le recordó su marido, que cada vez sujetaba el volante con más fuerza, apretando sus dedos tanto como podía.

—¿Por qué quieres saberlo? No entiendo tu pregunta. —Las lágrimas habían desaparecido del rostro de Camila, dejando paso a una mueca de estupefacción—. Somos una familia, Jonás. No permitamos que un error del pasado cambie eso. Ahora todo está bien, nos tenemos el uno al otro y tenemos una hija maravillosa. No puedo cambiar lo que hice, pero te pido que pienses en nosotras, en tu familia. Piensa en Valeria.

Eso fue lo que Jonás hizo, pensó en su hija, en Valeria, en su pelo lacio y en sus ojos claros, como los de su madre. En su pequeña nariz recta y en sus dedos finos y largos que parecían los de un pianista enfermo, como los de su madre. Pensó en todo aquello que la definía y que había heredado de Camila. Entonces intentó encontrar alguna similitud entre el físico de su hija y el suyo, lo intentó con todas sus fuerzas, pero no lo logró.

Jonás dejó de pensar en su hija y comenzó a pensar otra vez en su padre y en el camino del hombre recto del que hablaba Jehová en sus proverbios. Comenzó a contar los árboles que le separan de la curva que se vislumbraba a varios cientos de metros de distancia. Uno, dos, tres. Así hasta ocho. Todos sus sacrificios no habían servido de nada, el camino correcto no le había llevado al paraíso prometido, ya no deseaba seguir recorriéndolo.

No giró. No aceleró. Tampoco pisó el freno. Simplemente decidió salirse de la ruta que marcaba la carretera, agarró el volante con firmeza con ambas manos y, justo antes de estrellarse contra el tronco del noveno árbol, le pareció ver un rayo de luz que se colaba por entre las hojas.

hoy

38

Como suele hacer en cada uno de los descansos, Jonás busca a Román por los pasillos del supermercado. Lo encuentra sentado en el suelo junto a una cesta de plástico con decenas de conservas enlatadas en su interior, que va agarrando de una en una para colocarlas en fila en la balda inferior de la estantería, cual víctimas de un pelotón de fusilamiento.

Jonás se acerca a él, coge ambas muletas con la mano derecha y, apoyando el codo izquierdo en una de las baldas superiores, dice:

—Lo siento.

Román gira la cabeza y lo mira sin levantarse, no entiende nada.

—La final de Estambul —le aclara Jonás—, Pablo Cuevas perdió contra Tsitsipás.

Román se incorpora apoyando el puño en el suelo de linóleo y cargando todo el peso de su cuerpo en él. Le duelen las rodillas y la espalda, y le cuesta recuperar la verticalidad.

—Sos un boludo, Ismael, no te enterás de nada —contesta sonriendo—. Todo el mundo quiere nacer en la Argentina, pero no hay sitio para todos, así que a los que no tienen talento los mandamos a nacer para Uruguay, como a Pablito Cuevas. —Sin volver a sentarse, solo doblándose, busca entre las latas de la cesta de plástico hasta que da con una concreta y se la ofrece a Jonás—. Tomá —le dice—, aprovechá el turno de descanso para pasar por caja y comprarla, y esta noche te la cenas, te va a encantar. Es nueva, llegó esta semana.

Jonás mira la mano de Román en la que sujeta una lata de ventresca en escabeche como si fuese la primera vez en su vida que viera atún en conserva.

—¿No te fías de mí? —le pregunta Román—. No te preocupes, yo te la regalo, después me decís si te gustó.

Al terminar la frase comienza a caminar hacia una de las cajas registradoras.

—Gracias, pero no es necesario —le asegura Jonás—. Es que no suelo comer pescado.

—¡Pero esto es como si no fuera pescado! El pescado tiene espinas y escamas y una cola que usa para nadar. —Román sigue andando y abandona el pasillo. Jonás se coloca una muleta bajo cada axila y lo sigue—. ¿Tenés pan de picos en casa? Es lo que mejor le va —asegura—. Por cierto, ¿estás libre el domingo a la mañana? —pregunta de pronto.

Jonás tarda en responder, simula estar pensándolo.

—Sí —dice finalmente—, creo que sí.

Antes de llegar a la caja registradora, Román divisa a Cándida a lo lejos y le hace una seña con el brazo.

—¡Candi! —grita para que lo mire—. Apuntame una lata de ventresca en escabeche. La dejo en la caja uno y me la llevo al salir, ¿entendés?

A modo de respuesta, Cándida muestra una amplia sonrisa y levanta el pulgar hacia arriba, como si estuviera detenida en la cuneta de una carretera esperando a que algún conductor se detuviera para recogerla.

—Estupendo —dice Román dirigiéndose de nuevo a Jonás y retomando la conversación anterior—, vamos de pesca el domingo, entonces.

—No puedo, es que no tengo caña. Lo siento —se justifica Jonás.

—¿Podés andar por la orilla del río con las muletas? —quiere saber Román, que finge no haber oído la última frase.

—Sí, supongo que sí, pero...

—Entonces dale, no te hagas drama, la caña te la presto yo, tengo de sobra. Lo que no me quedan son piernas de recambio, por eso te preguntaba.

Román sonríe al terminar de hablar dejando a la vista su colmillo de oro y el espacio vacío en el que debería haber una muela, después deposita la lata a un lado de la caja registradora y, acto seguido, para que Jonás no tenga tiempo de volver a negarse, cambia de tema y le explica que la mejor forma de tomar la ventresca es en una ensalada, con cebolla dulce, tomate y aceitunas negras.

—El domingo me cuentas si te gustó —dice mientras se da la vuelta y regresa al pasillo en el que estaba reponiendo los productos un momento antes.

Cuando su turno termina, Jonás vuelve a casa y se prepara la cena siguiendo las indicaciones de Román. Una vez lista, la ventresca tiene buena pinta. Recoge el cuchillo y la tabla de madera que ha utilizado y los deja en el fregadero, luego se dirige con el plato a la pequeña mesa auxiliar junto al sofá, en la que ya le esperan un tenedor, un vaso con agua y una servilleta. Toma asiento, pero no comienza a cenar, sino que coge el teléfono móvil y le extrae la tarjeta SIM para cambiarla por una diferente que guarda en una cajita de plástico, junto a otras cuatro o cinco tarjetas más. Vuelve a encender el aparato y marca el número de Kira, que contesta al tercer tono.

—¿Diga? —dice al descolgar—. ¿Hola? ¿Hay alguien? —Tras su última pregunta guarda un segundo de silencio, después continúa hablando—: ¿Qué es esto, algún tipo de broma? Pues no tiene ninguna gracia, ¿sabes?

Jonás cuelga, acto seguido extrae la tarjeta, se levanta para dirigirse a la encimera de la cocina, de cuyo cajón coge unas tijeras, corta en dos la tarjeta SIM que acaba de utilizar y tira ambos trozos a la basura. Después regresa al sofá, introduce la tarjeta original en su teléfono y comienza a cenar.

39

El arreglo de la gotera en el techo de Fausto le lleva al personal del seguro mucho más tiempo de lo previsto, ya que tienen que localizar la fuga en el apartamento de Jonás. Se ven obligados a ir en tres ocasiones porque no pueden imaginar que no existe ninguna avería, que la mancha en el techo del cuarto de baño de Fausto la haya provocado Jonás de manera premeditada.

Las dos primeras visitas las realiza un solo operario, alto y delgado, al que se le empañan las gafas al entrar. Viste un mono de trabajo que se cierra con una cremallera que va de la entrepierna al cuello, y cada pocos segundos saca del bolsillo trasero un pañuelo rojo que se restriega por la frente. Es un pañuelo de esos que tienen estampados formados por gotas de agua o lágrimas curvadas, que le dan al operario aspecto de vaquero salido de una película de Sergio Leone. Las dos veces repite el mismo comportamiento: intenta localizar el rastro del agua iluminando con una linterna pequeña las juntas de las baldosas y los sellados de silicona de la bañera. No da con ella, lo anota en el informe, pide a Jonás que lo firme y le indica que tendrán que levantar parte del suelo para localizar y sellar la fuga, ya que a simple vista todo parece seco.

Eso es lo que hacen, pero tardan en ponerse manos a la obra. Transcurre alrededor de un mes desde la última visita hasta que se presentan en su casa dos albañiles que necesitan tres días para levantar la mitad del suelo del cuarto de baño y, al descubrir que todo está seco, se limitan a volverlo a embaldosar y a cambiar todas las juntas. También retiran la silicona que hay alrededor de la bañera, tanto en la parte inferior como en la superior, y colocan una nueva más gruesa y con mayor impermeabilidad.

Un par de días después el tipo del pañuelo estampado —sabe que es él porque reconoce su voz al otro lado de la línea— lo llama para comunicarle las conclusiones a las que han llegado. Todo está en orden, le dice, pero no hay que alarmarse, esas cosas ocurren; lo más probable es que se haya producido una filtración puntual, sin avería. Es más común de lo que parece, le aclara. Ahora que ya han llegado a esa conclusión, solo hay que esperar. Lo que ha producido la mancha en el techo de Fausto ha debido de recorrer la distancia que separa ambas viviendas, y eso los ha llevado a pensar que se trata de una cantidad importante de líquido. Antes de raspar y sellar el techo de su vecino para volver a pintarlo, toda esa masa de agua debe secarse de forma natural. Si no lo hicieran así, le explica, realizarían un trabajo inservible: de nada valdría pintar el techo ahora, ya que la mancha volvería a aparecer una y otra vez. El plazo establecido para eso es de unas ocho semanas. Él no tiene que preocuparse por nada, ya han tomado nota y regresarán una vez transcurrido ese tiempo; no es necesario que él vuelva a llamarlos, ellos se encargan de todo.

Le dicen ocho semanas de espera, pero tardan más de dos meses y medio en volver.

Jonás los oye cuando llaman a la puerta de Fausto y hablan con él. Son dos hombres. Se presentan como una pareja de pintores y pasan solo una mañana en la casa. Con unas espátulas raspan la zona dañada para retirar los restos de yeso que han quedado descolgados, luego igualan la superficie con un sellador acrílico y, por último, pintan todo el techo completo para que el color quede uniforme.

Alrededor de las dos de la tarde los vuelve a oír; se despiden de Fausto y este les da las gracias por su trabajo, después cierra la puerta. La corrala al completo queda en silencio y Jonás siente un escalofrío; las cosas han salido como él había previsto y ha llegado el momento de la verdad. Ya no hay marcha atrás, sabe que en unos días todo habrá terminado, pero también que la dificultad de lo que ha logrado hasta ahora es insignificante en comparación con lo que le espera.

Por la noche duerme en casa de Kira, cenan *noodles* con setas *shiitake*, zanahoria y *bimi*. Mientras están comiendo Jonás le pregunta si le ha hablado a alguien de la relación que mantienen.

—¿Y tú? —responde ella con cierta coquetería.

—Preferiría que esperásemos —responde él con solemnidad—. Quiero ir despacio, que todo salga bien, y para eso necesitamos tiempo e intimidad. Cuando personas ajenas a la relación comienzan a opinar lo distorsionan todo.

—No —se apresura a responder Kira—, solo le dije a una amiga que había conocido a alguien, pero no hemos vuelto a hablar del tema. En los dos últimos años he tenido como veinte o treinta citas que no han terminado en nada, así que nadie suele interesarse demasiado por mi vida sentimental —concluye, con una sonrisa en los labios—. Yo también quiero que esto salga bien, vayamos despacio y tengamos paciencia. Lo haremos como tú dices, ya habrá tiempo de presentarnos en sociedad —dice sin dejar de sonreír. Pone el cubierto sobre la mesa y agarra la mano de Jonás, que aprieta la de ella con sus dedos.

Después de cenar ven una película tumbados en el sofá. La elige Kira y Jonás no le presta demasiada atención al principio. La protagoniza un tipo joven y guapo que quiere vengarse de los hombres que han matado a su perro: es una venganza pueril y ridícula, pero hay escenas de peleas casi circenses y tiroteos que hacen saltar cristales por los aires y, aunque todo sigue siendo absurdo, la coreografía de violencia y muerte despierta el interés de Jonás por la cinta. Aun así, no la ve entera. Kira se queda dormida antes de que termine, y él apaga el televisor y la despierta zarandeándola con delicadeza para que se acuesten los dos.

La luz del pasillo está apagada y lo recorren a oscuras, se desvisten y se tumban sobre la cama en ropa interior. Nada más hacerlo, la respiración de Kira se torna densa y sonora; Jonás supone que se ha vuelto a dormir. No ronca, pero aprieta la mandíbula con fuerza y sus dientes chirrían como las ruedas de un tren al bloquearse sobre las vías para intentar detener la marcha de los vagones. A él le cuesta más quedarse dormido, pero cuando lo consigue cae en un sueño profundo que lo lleva muy lejos, hasta su infancia.

Sueña con su padre. Están en su casa, sentados a los pies de la cama, Jonás se va a casar y su padre le regala los gemelos que él mismo llevó el día de su boda. Es un sueño, pero no es un sueño. Jonás sueña un recuerdo. El recuerdo de su padre en la casa donde vivió los últimos años de su vida, cuando su madre y él se separaron. Era una casa de dos dormitorios; estaba tan cerca del mar que la humedad se colaba por las paredes y por el suelo, y se aferraba a las vigas, por eso a veces el sistema eléctrico se estropeaba y dejaba de funcionar durante dos o tres días.

La primera vez que Jonás lo visitó todo estaba oscuro, él tenía dieciséis años y fue en autobús, cargando una mochila con ropa interior y un pijama, ya que tenía previsto pasar allí todo el fin de semana. Cuando llegó, su padre estaba de pie en la puerta de su nueva casa, sujetando a la altura de la cintura un quinqué de aceite que al caminar iba dibujando sombras alargadas y deformes en el suelo y en las paredes. Así fue como se la enseñó. Cada vez que entraba en una nueva estancia lo alzaba por encima de su cabeza, parecía uno de esos mayordomos de las novelas góticas de bolsillo.

—Mira —le dijo—, esta será tu habitación. Aquí dormirás cada vez que vengas a verme —le explicó mientras la iluminaba.

Era un cuarto austero, con un somier de hierro y un colchón cubierto por una sábana, ni siquiera disponía de armario.

Por la noche se sentaron en el porche, su padre encendió un cigarrillo y le ofreció otro a él. Jonás nunca lo había visto fumar, ni él tampoco lo había hecho hasta esa noche. El quinqué estaba junto a sus pies descalzos, apagado. Ambos miraban al frente, aunque era como si no hubiese nada delante de ellos.

—¿Ves el mar? —le preguntó su padre.

—No —contestó Jonás—, pero lo oigo. —Aspiró con fuerza la boquilla y la ceniza incandescente se iluminó como una luciérnaga.

Cuando sus cigarrillos se consumieron volvieron al interior. Jonás se tumbó en la cama y su padre, que había vuelto a encender el quinqué, se sentó en el suelo, junto a él. Jonás podía ver su cara bañada por un haz de luz amarillento.

—¿Tu madre te lee la Biblia antes de dormir? —quiso saber.

Jonás asintió primero y luego dijo que solo algunas veces.

—No me mientas —le pidió en tono severo su padre.

Acto seguido se levantó y abandonó la habitación dejando todo el cuarto sumido en la oscuridad y el silencio. Uno o dos minutos después regresó y volvió a sentarse en el mismo lugar iluminando una pequeña biblia de bolsillo que tenía entre sus manos, con las tapas ajadas y las esquinas despegadas.

—Todo camino del hombre es recto ante sus propios ojos, pero es Jehová quien juzga sus verdaderas intenciones —leyó—. Para Él, hacer justicia es más importante que sacrificarse, el hombre que se aparta del camino acompañará a los muertos, y podrás distinguir al malvado por su rostro desfigurado, mientras que el hombre recto recorre su propio sendero sin desviarse. Hay que prepararse, porque ya llega el día de la batalla, y será de Jehová la victoria.

Jonás cerró los ojos con fuerza y, para que su padre dejara de leer y saliera de la habitación, simuló que estaba dormido. Cuando vio su deseo cumplido, la oscuridad se adueñó de nuevo del cuarto. Se había levantado un poco de viento y el marco de madera de la ventana vibraba emitiendo un silbido constante y perturbador.

Aunque lo intentó, no logró conciliar el sueño en toda la noche y a la mañana siguiente, al despertarse, le dijo a su padre que se iría aquella misma tarde. Su progenitor asintió sin hacer preguntas y, cuando terminaron de comer, lo acompañó a la estación y lo dejó en la entrada junto a su mochila. No pudieron cambiarle el billete de vuelta y tuvo que pasar toda la noche allí, durmiendo acurrucado sobre dos sillas de plástico. Así fue la primera vez que visitó a su padre después de que su madre y él se separaran, pero eso no es lo que ha soñado.

En el sueño está sentado a los pies de la cama y su padre sujeta una caja pequeña con las manos, se la ofrece y Jonás la abre. En su interior hay unos gemelos dorados con forma de ballena.

—Son los que llevé el día que me casé con tu madre —le confiesa el padre al hijo mientras este los mira con detenimiento.

—Lo sé —contesta.

—¿Y sabes también por qué decidimos llamarte Jonás?

Aunque sí lo sabe, en el sueño dice que no porque cree que su padre quiere volver a contárselo e intuye que si no se lo permite podría enojarse.

—Tu madre no quería, pero cedió. Para mí era importante, y ella acabó aceptando —comienza su monólogo—. Jonás era un profeta al que Jehová encargó la misión de dirigirse a la ciudad pagana de Nínive con un mensaje: si no se arrepentían de su comportamiento indigno serían castigados, pero Jonás se negó e intentó huir embarcándose rumbo a Tarsis. No logró llegar a su destino porque la primera noche estalló una tempestad que estuvo a punto de hundir el barco en el que viajaba, y el resto de la tripulación, al descubrir que había podido ocasionarla él, decidieron arrojarlo al mar con la esperanza de que Dios les perdonara y cesara la tormenta.

»Nada más caer al agua, Jonás comenzó a nadar con desesperación con intención de llegar a la orilla; lo que encontró, sin embargo, fue una enorme ballena que lo engulló. Creyó que moriría, pero, para su sorpresa, continuaba vivo. En las entrañas del animal podía respirar, y durante los tres días y tres noches que pasó en su interior conoció el arrepentimiento. Comprendió que se había desviado de su camino, y se puso a orar pidiendo una nueva oportunidad para regresar al sendero correcto y recorrerlo sin desviarse.

»Jehová lo escuchó e hizo que la ballena lo vomitara, y Jonás nadó hasta la orilla de Nínive para cumplir su misión. —Se pasa la lengua por los labios para hidratárselos y, al notar un trozo de piel muerta, la aprisiona entre los dientes y se la arranca, luego prosigue—: Todos nos hemos desviado alguna vez de nuestro camino, pero nunca es tarde para regresar y cumplir la misión que te ha sido encomendada. ¿Te gustan? —le pregunta refiriéndose a los gemelos.

Jonás asiente y baja la vista hacia ellos, los mira un instante y después cierra con fuerza la caja. El sonido seco del golpe lo despierta.

Cuando abre los ojos está solo en la cama, no sabe qué hora es, pero le parece que es de día. Sobre la mesilla de noche hay un vaso de cristal vacío en el que había agua cuando se acostaron. Jonás supone que Kira se ha levantado para beber y no ha logrado volver a conciliar el sueño; es algo que le ocurre a menudo. Mira a su alrededor en busca de las muletas. Ha olvidado el lugar en el que las dejó la noche anterior y enseguida las descubre apoyadas en la puerta del armario, las coge y se dirige al salón. Kira está sentada a la mesa. Ha sacado el pantalón del uniforme de la mochila que llevaba Jonás el día anterior cuando fue a su casa al terminar su turno en el supermercado, y está cosiendo la pernera.

—¿Qué haces? —pregunta Jonás.

Kira, que no lo ha visto entrar, se sobresalta y se clava la aguja en el dedo anular, del que brota una gota de sangre del tamaño de una mosca. Antes de responder, se lleva el dedo a la boca para intentar taponar la hemorragia con la lengua.

—Me has asustado —dice sonriendo. Después, con la mano que tiene libre, alza los pantalones para mostrarle a Jonás el resultado: ha cortado la tela por debajo de la rodilla y le ha cosido un dobladillo—. Hacía años que no cosía, me enseñó una prima de mi madre cuando yo era niña, ella tenía una máquina eléctrica, pero lo hacía todo a mano. Aprendí a hacer pespuntes y bordados. ¿Te gusta? —le pregunta.

—Mucho —dice Jonás.

Acto seguido piensa que el lunes por la mañana, antes de comenzar su turno en el supermercado, deberá buscar alguna tienda de arreglos de ropa por el barrio para decirles a sus compañeros que ha sido allí donde le han cosido el uniforme. A estas alturas es fundamental para él que ni Román, ni Cándida ni ninguna de las personas con las que trabaja sospechen la relación que lo une a Kira, ya que, para ellos, solo mantiene una amistad cordial con una clienta que compra asiduamente allí y que, además, es su vecina.

—¿Te sigue sangrando? —quiere saber.

—No lo sé —responde Kira con el dedo todavía en la boca. Cuando lo aleja de ella la sangre vuelve a brotar.

—¿Tienes tiritas en el baño? —le pregunta él.

—En el primer cajón.

Jonás se dirige al cuarto de baño y coge una caja de tiritas; le sorprende que, aunque en el entorno de Kira no hay ningún niño, tienen unicornios con alas estampados. Al regresar junto a ella, él mismo le envuelve la yema del dedo en una tirita, pese a que ya casi no sangra.

—Es pronto —dice Kira—, ¿quieres que volvamos a la cama?

Jonás está a punto de decirle que tiene que marcharse temprano porque ha quedado con Román para ir a pescar, pero en lugar de eso responde:

—No puedo, tengo cosas que hacer. Hablamos por la tarde, si quieres.

Antes de regresar a la habitación para ponerse la ropa que la noche anterior dejaron en el suelo, le da un beso en la frente a modo de despedida.

40

—Pescar es como morir —le dice Román a Jonás—, te sentás y esperás. No hay mucho más que puedas hacer. Te sentás y esperás, eso es todo.

Están sobre el puente que cruza el río Lozoya en el pueblo de Alameda del Valle, a una veintena de kilómetros del lugar en el que Román tenía previsto construirse una casa con su mujer. Toman asiento y lanzan las cañas al agua. Jonás no es demasiado habilidoso, pero Román le ayuda indicándole cómo debe mover la muñeca para que el sedal alcance velocidad, mediante un impulso primero hacia atrás y después hacia delante.

Durante varios minutos no ocurre nada. Para Jonás —que nunca ha pescado— lo peor son los silencios incómodos, el tiempo en pausa, la vida detenida. A Román eso no parece importunarle y mira al frente con despreocupación; no habla, pero de vez en cuando silba melodías fácilmente identificables, bandas sonoras clásicas de películas como *El puente sobre el río Kwai* o *La muerte tenía un precio*. Jonás, en cambio, siente la necesidad de llenar el vacío con palabras y hace preguntas que parecen propias de un chiquillo, con la única intención de romper el mutismo que les rodea. Quiere saber, por ejemplo, si es cierta la leyenda que asegura que en Argentina el agua, cuando se cuela por un desagüe, gira en sentido contrario a las agujas del reloj. Román se vuelve y lo mira; sin embargo, como suele ser habitual en él, su respuesta no tiene nada de convencional.

—En el río hay truchas, pero seguro que no muchas, porque solo clavé una en los dos últimos años. Hay que aprender a tener paciencia, Ismael —le advierte.

Pasan el resto de la mañana en silencio, sentados sobre el puente de piedra, con los tres pies colgando en el aire y los hilos de nailon sumergidos en el agua. Cuando llega la hora de comer, antes de abandonar sin haber pescado ni una sola pieza, Román le pregunta a Jonás si alguna vez se ha bañado en un río.

—No me gusta demasiado el agua fría —contesta.

—Tampoco te gustaba el pescado y el otro día cenaste una lata de ventresca en escabeche, ¿recordás?

Román recoge el sedal y se pone de pie.

—Tres cuartas partes del globo terráqueo son puro líquido —asegura en un tono propio de un profesor de secundaria, mientras se quita los pantalones—, pero solo un dos por ciento es dulce, ¿entendés? ¿Me escuchás, Ismael? Solo un dos por ciento del agua que nos rodea es dulce. No pensarás dejar pasar la oportunidad de bañarte en este pedacito ínfimo de oasis no salado que tenemos acá, ¿cierto?

Jonás mira las piernas de Román, parece que sean de otro hombre. Aunque es más alto que él y tiene una barriga generosa que le deforma la camisa del uniforme, sus piernas son delgadas y muy poco musculosas. El vello de sus pantorrillas tiene un tono blanquecino.

—¿A qué esperás, boludo? —pregunta abriendo los brazos en señal de protesta—. ¿Querés que te desvista como si fuera tu vieja?

Jonás mira a ambos lados avergonzado, se siente como un niño en la consulta del pediatra. Román baja del puente y se mete en el agua, que le llega a la altura de las rodillas, e invita una vez más a Jonás a acompañarlo. En esta ocasión decide aceptar. Se quita los pantalones, los dobla en tres partes iguales con sumo cuidado y los deja sobre el puente. Después penetra en el río con las muletas preguntándose si no se estropearán con el agua.

—Está fría —se limita a decir.

A modo de respuesta, Román mete ambas manos en el agua y, carcajeándose, lo salpica.

—Cuando era chico jugaba a los *cowboys* y a los indios en el río con mis hermanos —le cuenta Román, que deja de mojarlo—. Pensá que vos sos el vaquero y yo soy el indio, verás qué divertido. Dale, ¿qué onda? —le incita—. Disparará. Eres un vaquero, sacá tu revólver y dispará. Vamos, Ismael, ¿es que nunca quisiste matar a alguien? Este es tu momento para hacerlo, dispará. ¡Matame!

—Yo... —dice Jonás, pero no termina la frase. Comienza otra y también la deja inconclusa—: No...

Román lo mira. Son dos hombres que han sobrepasado el medio siglo y que se encuentran en calzoncillos dentro de un río.

—Es solo un juego —le dice. Es un comentario obvio, pero se lo hace porque le sorprende el hermetismo de su compañero, que está como bloqueado.

Por fin Jonás reacciona. «Es solo un juego», repite varias veces en su cabeza, sin pronunciar las palabras en voz alta. Aprieta una de sus axilas para poder soltar la muleta sin que se le caiga, y alza la mano que le queda libre colocando los dedos índice y corazón a la altura del pecho de Román. Aunque es ridículo e infantil, simula que dispara su arma imaginaria moviendo el pulgar hacia atrás como si se tratara de un gatillo y, al exclamar «¡Bam!», su hombro retrocede con cierta violencia por la supuesta acción del percutor.

Román es bueno muriendo, mucho mejor de lo que Jonás pudiera haber imaginado. Aquellos años practicando con sus hermanos lo han convertido en un indio estupendo y nada más recibir el proyectil se desploma de espaldas. Al caer desplaza una gran cantidad de agua que moja la camiseta y el rostro de Jonás. Se queda un par de segundos sumergido y cuando regresa a la superficie está empapado y no puede parar de reír.

Vuelven al puente para secarse al sol porque no han traído toallas. Román saca dos latas de cerveza y una bolsa de patatas fritas onduladas de una nevera portátil, y toman el aperitivo en calzoncillos, pues no han vuelto a ponerse los pantalones. Beben en silencio, corre un poco de aire y la sensación es agradable. Jonás cierra los ojos y por un momento se olvida de todo: olvida que ahora se llama Ismael y hasta el motivo por el que ha alquilado la casa en la que vive y le ha producido una gotera a Fausto.

—¿Cómo fue?

Al oír la pregunta, Jonás abre los ojos, mira a Román y descubre que los de su compañero se dirigen al muñón desnudo de su pierna. Lo normal habría sido improvisar una versión ficticia que en nada se pareciera a la realidad, pero la comodidad del momento lo invita a bajar la guardia.

—Un accidente de coche.

—¿Ibas solo? ¿Fue culpa tuya?

Aunque son dos preguntas, la primera le eriza la piel a Jonás, que siente un cosquilleo en su columna. De pronto la brisa que corre y que un momento antes le parecía agradable le produce tal malestar que se abraza a sí mismo para intentar entrar en calor.

—Sí —dice.

Una única respuesta que sirve para contestar ambas preguntas.

Román se bebe de un trago la cerveza que le quedaba, aplasta la lata con sus manos y la guarda en la nevera portátil, de donde saca otras dos llenas.

—No, gracias —responde Jonás mostrándole que en la suya todavía queda más de la mitad.

Román abre una y deja la otra en el suelo, entre los cuerpos de ambos, en lugar de volver a guardarla en la nevera.

—Iba solo y no choqué contra nadie —le aclara Jonás, que siente la obligación de dar alguna explicación más de lo ocurrido—. Me salí de la carretera porque una rueda se reventó y perdí el control. No recuerdo gran cosa; intenté frenar, pero todo se volvió negro. Cuando desperté ya estaba así. —Con la lata de cerveza que sujeta en su mano se señala la pierna amputada.

El tono de la conversación ha cambiado. Hace unos instantes, cuando ambos estaban en el agua jugando a indios y vaqueros, todo era risas y escándalo, pero ahora los silencios son largos y densos.

—¿Y no podés...? —Román no acaba la pregunta porque le parece que no la ha formulado bien, así que vuelve a hablar desde el principio, como si pudiera borrar lo que ha dicho—. Hay prótesis —comienza a decir—, yo lo he visto en la televisión, atletas que corren con una pata metálica con forma de arco.

Jonás asiente con la cabeza tras escucharlo para indicarle sin necesidad de hablar que ya lo sabe.

—Cuando era pequeño, en el colegio, teníamos un profesor de matemáticas que era manco. Solía llevar americanas y la manga del brazo que no tenía se le movía de un lado a otro al caminar. La primera vez que lo vimos nos llamó la atención, pero con el paso de los días y de las semanas nos olvidamos. En el segundo trimestre ya nadie le prestaba atención a su brazo amputado —cuenta Jonás—. No había nada que lo diferenciara del resto de los profesores; corregía los exámenes, escribía con tiza en la pizarra los problemas que debíamos resolver y, si un alumno se portaba mal, lo castigaba agarrándole de una oreja.

Da un sorbo a la lata, más por pausar la narración que por el deseo de beber cerveza.

—Un día unos amigos de clase y yo nos lo encontramos en los aseos, habría ido a hacerse un análisis de sangre o algo así, porque llevaba una tirita en el brazo. —Jonás se señala el pliegue del codo donde habitualmente pinchan cuando extraen sangre—. Intentaba quitársela con la boca, pero no llegaba, sus labios rozaban la tirita sin conseguir atraparla y su boca se abría formando muecas extrañas y ridículas. Era como un pez al que han sacado del agua y da bocanadas enormes antes de morir asfixiado.

»Nos pusimos a reír, no pudimos evitarlo: era nuestro profesor de matemáticas, un tipo serio y formal que de pronto se había convertido en un besugo. Hasta uno de los chicos comenzó a imitarlo, y nuestras carcajadas se multiplicaron. Él se giró, nos vio y dejó de intentar quitarse la tirita, se enfureció y nos amenazó con castigarnos, así que salimos de allí corriendo. Al día siguiente no vino a clase; nuestra tutora nos dijo que no se encontraba bien y ella misma lo sustituyó.

»Regresó un par de días después, no hizo ninguna mención al incidente de los aseos, tampoco excusó su ausencia; él era el profesor y nosotros sus alumnos, así que no nos debía ninguna explicación. Pasó lista y comenzó la lección. Era abril o mayo, hacía calor y llevaba una camisa de manga corta. Lo recuerdo porque en un determinado momento, al ir a escribir en la pizarra, levantó el brazo y la tela se le subió casi hasta la altura del hombro; entonces vi que ya no llevaba la tirita y me pregunté cómo o quién se la habría quitado.

Jonás gira la lata para que lo que queda de cerveza se derrame en el suelo, cuando está vacía la aprieta entre sus dedos como ha hecho Román y se la entrega para que la guarde en la nevera portátil, junto a la otra.

—Lo prefiero así —continúa—, necesito sentirme inválido, no quiero usar una prótesis, no quiero hacer nada que normalice mi situación, que me haga olvidar lo que pasó.

Los dos hombres se miran en silencio durante varios segundos, hasta que Jonás vuelve a hablar.

—Hace frío aquí, ¿te importa si nos vamos ya? —pregunta.

Román tarda un instante en responder, su habitual verborrea y su sarcasmo han desaparecido.

—Dale —dice al fin.

Se levantan para vestirse y se marchan.

41

A las nueve de la noche, Jonás se detiene frente a la puerta de Fausto, llama y espera. Su vecino tarda en abrir y, cuando lo hace, da la impresión de que acaba de salir de la ducha, ya que tiene el pelo mojado y se lo está secando con una toalla pequeña, de las que suelen usarse para las manos. Viste un pantalón corto y una camiseta de tirantes, está descalzo y tiene hongos en las uñas, en tres de ellas. Dos muestran un color negro, la otra está a medio camino entre el azul y el verde, la tonalidad de un embalse de agua estancada.

—Me han llamado los del seguro para decirme que por fin han terminado la reparación —dice Jonás a modo de saludo. Al pronunciar estas palabras intenta sonreír, pero no lo logra del todo. Lo que le sale es una mueca extraña, como de asombro.

—Sí, todo listo —responde Fausto sin demasiada efusividad, pasando la toalla por su nuca para retirar de ella los restos de agua jabonosa.

Entonces Jonás levanta el brazo derecho y lo deja en el aire entre las cabezas de ambos, mostrando la botella de vino tinto que agarra por el cuello.

—Por las molestias —dice—. Inundar el baño de tu vecino no es la mejor manera de instalarte en una casa.

Fausto se sorprende y sonríe. Una sonrisa desprovista de dientes.

—¡Menuda bobada! —exclama—. Tú ni siquiera podías saber que había una avería en las cañerías. No era necesario.

—Es solo un regalo. Además, si lo rechazas no sé cómo hacer para volver a subir a casa agarrando la botella y la muleta en la misma mano.

—Como quieras —responde Fausto—. Siempre acepto un regalo, y más si es una botella de vino. Pero pasa, anda, y te sirvo una copa —le propone—. Beber solo trae mala suerte.

Jonás acepta y lo sigue al interior de la vivienda. Aunque ya había estado allí el día que fotografió su cuarto de baño, ahora, al sentarse en el sofá, ve con claridad el desorden y la suciedad de la casa.

Fausto se dirige a la encimera de la cocina, coge un sacacorchos del primer cajón y abre la botella. Del mueble que hay sobre su cabeza saca dos vasos de cristal y, agarrándolos con una sola mano e introduciendo los dedos en ellos, los lleva a la mesa de centro, frente al sofá, en el que se encuentra Jonás.

Fausto tiene unos dedos largos y huesudos, y están llenos de líneas negras de suciedad, como si, con un rotulador de punta fina, alguien hubiera dibujado rayas en ellos. Cuando sirve el vino, Jonás siente repulsión, pero disimula y da un largo trago.

Al principio apenas hablan, son dos desconocidos sin nada en común y les cuesta encontrar un tema de conversación en el que se sientan cómodos, pero a cada vaso de vino se va relajando la tensión entre ambos.

Al cabo de media hora se han bebido la botella entera y Fausto dice que tiene un tetrabrik debajo del fregadero.

—Es para cocinar —confiesa—, pero algunas veces lo tomo y está bueno.

Intenta ponerse de pie, pero Jonás se lo impide colocando la palma de la mano sobre su rodilla y presionando hacia abajo.

—Tú eres el anfitrión —le dice—, deja que me levante yo.

Al incorporarse nota que ha bebido demasiado, le cuesta recorrer con las muletas la media docena de pasos que lo separan de la encimera. Cuando lo logra se agacha y abre el mueble, en el que hay varios litros de vino junto a productos de limpieza, así como un desatascador y un cebo para cucarachas. Al levantarse ve el sacacorchos que ha usado Fausto y lo coge con cuidado, protegiéndose los dedos con la camisa de forma que solo la tela entra en contacto con el metal. Se lo guarda en el bolsillo del pantalón y regresa al sofá para tomar asiento.

Fausto se dedica a verter el vino del cartón en la botella de vidrio.

—Así no pareceremos dos vagabundos —dice, y rompe a reír.

Con la estruendosa carcajada pierde el pulso y parte del líquido que está trasvasando se derrama sobre la mesa. Cuando termina, llena ambos vasos de vino blanco que, al mezclarse con los restos que quedaban en las paredes y el fondo de la botella, ha adquirido un color parduzco.

—¿Y en qué consiste tu trabajo en el hotel? —quiere saber Jonás.

Fausto vacía su vaso de un trago y, antes de responder, lo vuelve a llenar.

—Compruebo el minibar de las habitaciones —contesta finalmente.

Jonás lo mira extrañado, no acaba de comprender cuál es su función.

—La gente siempre miente —le asegura—. Se beben las botellas de vodka o las de agua y luego las rellenan para no tener que pagarlas; siempre lo hacen al final, cuando se marchan del hotel. Mi trabajo consiste en comprobar si han consumido algún producto antes de que se vayan.

Por la forma en que lo cuenta, parece una historia propia de una película de espías de la antigua KGB soviética.

A Fausto le gusta saberse el centro de atención, así que continúa su intervención gesticulando ostentosamente.

—Ningún huésped puede verme, para ellos soy un fantasma —prosigue—. Paso la mayor parte del tiempo en un cuarto aislado y ni siquiera muchos de los empleados me conocen. Tengo acceso a las cámaras de seguridad, observo los pasillos y cuando descubro que los clientes abandonan la habitación para ir a hacer turismo o para comer en el bufet, me cuelo dentro.

Al acabar de hablar hace chocar el puño de la mano derecha contra la palma de la izquierda. Acto seguido coge el vaso y da otro largo trago.

—Parece peligroso —dice Jonás colocando el brazo en el respaldo del sofá de modo que su mano queda situada a un palmo de distancia del rostro de Fausto.

—Lo es —responde este con solemnidad—, pero solo si no lo haces bien. Hay que moverse rápido: entro, compruebo y salgo. Nunca paso en la habitación más de treinta segundos. —Después de un silencio, añade—: No debería estar contándote esto, Ismael, en mi contrato hay una cláusula de confidencialidad.

Jonás no puede evitar pensar en lo poco elaborada que está su historia. Le gustaría preguntarle cómo hacen para cobrarles a los huéspedes las bebidas que se han tomado a escondidas, teniendo en cuenta que decirles que alguien ha entrado en su habitación sin su consentimiento tendría graves consecuencias. En lugar de eso, bebe un trago, un sorbo corto, sin dejar de mirar a Fausto por encima del borde del vaso. Cuando termina se pasa la lengua por los labios para retirar de ellos los restos de alcohol y se los deja humedecidos y ligeramente brillantes.

—Puedes confiar en mí —le asegura Jonás al tiempo que abre la mano que descansa en el respaldo del sofá e introduce los dedos entre los cabellos rizados de Fausto.

Primero acaricia su cabeza con suavidad y un instante después le agarra fuertemente un mechón de pelo y tira de él para que sus cuerpos se junten. Entonces lo besa. Un beso húmedo, sensual. Introduce su lengua en la boca de Fausto y busca la de este, lo intenta realmente. La mueve de arriba abajo y de un lado a otro, pero no la encuentra, solo da con sus encías. Unas encías desprovistas de dientes, duras y carnosas, como el muñón de un amputado.

Fausto se revuelve, se pone de pie con tanta brusquedad que Jonás cae al suelo y la mesa de centro se vuelca. Todo ocurre deprisa y no queda claro si ha sido Fausto al levantarse o Jonás al caerse quien ha volcado la mesa, y con ella la botella y los vasos, que ruedan por el suelo manchándolo de vino.

—¡Me cago en tus putos muertos, maricón de mierda!

Fausto está tan furioso como borracho y al gritar saltan esputos de su boca. Jonás se arrastra por el suelo, intenta dirigirse a la puerta sin incorporarse y sus pantalones se manchan con el vino derramado.

—Yo... —comienza a justificarse. Está asustado, o al menos lo parece—. Lo siento, ha sido un malentendido, solo eso. Kira me dijo... me dijo que tú eras... Lo siento, ha sido un malentendido —repite.

Llega a la puerta y consigue ponerse de pie agarrándose al pomo con una mano. Cuando se gira para salir le parece que oye a Fausto junto a su espalda y teme que vaya a agredirlo, pero este se limita a recoger las muletas del suelo, se habían quedado a los pies del sofá, y se las lanza. Después permanece quieto, inmóvil como si fuera una estatua de sal, contemplando cómo Jonás abandona su casa.

Jonás sube las escaleras tan deprisa como puede, saltando sobre su única pierna sin apoyarse en las muletas, que lleva en posición horizontal, agarradas bajo un brazo. Está agitado y jadea por el cansancio. La rodilla le tiembla y le cuesta mantenerse en pie. Para lograrlo se aferra a la barandilla con la misma mano que ha utilizado para abrir la puerta del apartamento de Fausto; la otra lleva un rato cerrada, no por un acto reflejo, sino de forma premeditada. Así la ha mantenido desde el momento del beso. Aprieta los dedos con tanta fuerza que las uñas se le clavan en la piel. Se mira el puño, es como una piedra formada por huesos, tendones y carne. Lo abre y observa la palma con atención, como hacen las pitonisas antes de predecir el futuro: en ella hay tres cabellos. Tres cabellos negros y rizados. Sonríe. Ríe, en realidad.

Por primera vez desde que se instaló en el piso, su risa es sincera.

ayer

42

El impacto fue breve, dos segundos, quizá tres, pero Jonás los vivió a cámara lenta. Lo que más le molestó fueron los cristales; los había por todas partes y se le metieron por el cuello de la camisa y por las mangas. También en la cara: la boca y las fosas nasales estaban llenas de cristales, e incluso en los lagrimales de los ojos tenía. Trozos de diferentes dimensiones, algunos finos como la arena del desierto y otros del tamaño de una moneda.

El sonido del impacto fue mucho menos estruendoso de lo que cabía imaginar. El coche se dobló alrededor del árbol, como si quisiera abrazar el tronco, pero el ruido no se parecía en nada al de una explosión, fue más bien una especie de quejido metálico, algo así como un lamento o un acordeón que estiran en exceso.

Dos segundos, quizá tres, fue el tiempo que transcurrió entre el impacto y la pérdida de consciencia de Jonás; no mucho, pero suficiente para comprender que su plan había fracasado y que no iba a morir en el accidente. Lo último que deseó antes de cerrar los ojos fue que al menos Camila falleciera para no tener que dar demasiadas explicaciones.

Se despertó varias veces, secuencias cortas y aisladas que

apenas dejaron recuerdos lúcidos. Una luz en sus ojos, una especie de linterna pequeña enfocándole directamente la pupila y alguien llamándolo por su nombre o preguntándole cómo se llamaba cuando estaba todavía en el vehículo, con el torso desplomado sobre el salpicadero y las piernas atrapadas entre un amasijo de metal y madera. Después otra luz, más blanca, procedente del techo. Él en posición horizontal, quizá tumbado sobre una camilla con ruedas, una persona empujándolo y varias caminando junto a él, hablando entre ellas, gesticulando. Jonás no los oía, solo veía las luces del techo. Eran fluorescentes alargados, e intentaba contarlos según los iban dejando atrás, pero se perdía todo el tiempo y quería pedirles a quienes estaban a su alrededor que regresaran al principio del pasillo para que él pudiera comenzar a contar de nuevo; sin embargo, no lograba que las palabras salieran de sus labios. Finalmente, sus ojos se cerraron y todo volvió a sumirse en la oscuridad.

Cuando logró recuperar la consciencia, se encontraba en una habitación aséptica, sin apenas mobiliario, con las paredes, el suelo y el techo blancos, y una ventana de aluminio. Una habitación de hospital. Lo que lo despertó fue el olor a desinfectante; le provocó náuseas, y sintió el estómago vacío y revuelto. Miró a su alrededor y descubrió a Valeria sentada en una silla entre la cama en la que él se encontraba y la ventana. Ella no vio cómo se despertaba, estaba concentrada leyendo una revista que sujetaba con una sola mano, de forma que las páginas ya leídas quedaban enrolladas en la parte trasera. Desde donde estaba, Jonás no se podía ver lo que en ese momento miraba, pero sí la página anterior, en la que había un cuestionario cuyo titular aseguraba que respondiendo a sus preguntas el lector podía saber si era realmente feliz. Según la revista, la felicidad podía medirse del 0 al 10. El resultado de Valeria era un 4.

—¡Papá! —gritó al descubrir que estaba despierto.

Se puso de pie y estuvo a punto de abalanzarse sobre él para abrazarlo, pero al considerar que podría hacerle daño se contuvo y frenó cuando ya estaba en el borde de la cama, como un niño que quiere saltar al agua en una piscina pero no se atreve.

—Estás... ¿Cómo estás? —le preguntó.

Jonás tenía la boca y la garganta secas, quería hablar pero no podía. Permanecieron un rato mirándose en silencio. Valeria le preguntó después si se encontraba bien, y él asintió. También asintió cuando le preguntó si recordaba qué había ocurrido.

—Voy a avisar —dijo Valeria saliendo de la habitación.

Regresó en menos de un minuto acompañada de un enfermero, un chico solo cuatro o cinco años mayor que su hija. Ambos se detuvieron a los pies de la cama y el joven sonrió.

—Buenos días —dijo—. ¿Sabes tu nombre? ¿Puedes hablar? ¿Podrías decirme tu nombre completo?

Jonás miró a su hija antes de responder, aunque no sabía muy bien qué esperaba de ella.

—Jonás Delgado Castillo —dijo. Lo hizo en voz baja y sintió que algo se desgarraba en su garganta.

—Muy bien, muy bien —dijo el chico, que volvió a sonreír.

Le indicó que ya había llamado a su doctora y que en menos de cinco minutos iría a la habitación para informarle de su situación. Aunque se encontrase aturdido y desconcertado, era importante que le aclararan algunas cosas sobre su estado de manera inmediata.

—Mientras ella llega, ¿hay alguna pregunta que quieras hacerme? ¿Tienes alguna duda que pueda ayudarte a resolver? —le preguntó.

A modo de respuesta a ambas cuestiones, Jonás negó con la cabeza moviéndola de un lado a otro.

No tuvieron que esperar demasiado rato, ni siquiera un par de minutos, ya que, mientras el enfermero hablaba, entró en la habitación una mujer con una carpeta en las manos. Lo llamó por su nombre y le dijo más o menos lo mismo que el enfermero le acababa de explicar.

—Es importante que conozca su situación actual, Jonás.

El chico lo había tuteado, pero ella le hablaba de usted.

Se dirigía a él de forma mecánica, sin mirarlo, tenía la vista fija en la carpeta. Las buenas noticias, explicó, eran que a pesar de la gravedad del impacto no había sufrido ningún tipo de conmoción cerebral y las funciones motrices eran correctas. Había perdido mucha sangre, eso sí, pero su estado se había estabilizado y estaba fuera de peligro. Antes de continuar y entrar en lo que no había ido tan bien, la doctora levantó los ojos para mirarlo.

—Es usted un afortunado, Jonás. Es importante que lo sepa antes de oír lo que tengo que decirle y sacar conclusiones precipitadas —le dijo.

Aunque su tono de voz era neutro, a él le pareció casi una amenaza.

El impacto le había fracturado el fémur y había provocado un desplazamiento del hueso. Si el fragmento astillado no hubiera comprimido la arteria femoral, habrían intentado salvar el miembro, pero la falta de irrigación sanguínea distal les había obligado a tomar una decisión drástica. En ningún momento de su exposición utilizó la doctora la palabra «amputación».

—El objetivo de la intervención es que el muñón acabe formando una especie de caparazón sobre el hueso —le explicó separando una mano de la carpeta y mostrándole el puño apretado—. Para ello hemos cosido el músculo pasándolo por encima del extremo óseo. Hay que prestar mucha atención en los primeros días, ya que son los más importantes. Debido a la brutalidad del impacto y a que no podrá realizar movimientos de ningún tipo durante algún tiempo, es probable que aparezcan edemas, pero los iremos controlando. Tras realizar este tipo de intervenciones, el músculo suele retraerse hacia la cadera, es algo común y no debe alarmarnos.

Al explicárselo, alzó uno de sus hombros hacia su cuello para que pudiera visualizar el efecto. A Jonás le pareció una cantante que interpretara un tema pop o una adolescente intentando llamar la atención del chico que le gusta.

—Podemos hacerle frente con rehabilitación, pero aún es pronto para hablar de los ejercicios que deberá realizar. Carlos —dijo señalando al chico— será su enfermero durante toda su estancia en el hospital, y en dos o tres días comenzará a enseñarle algunas rutinas básicas con las que irá recuperando la movilidad y ganando la musculatura necesaria para hacer frente a su nueva situación. No se preocupe, Jonás, iremos poco a poco.

Jonás la miraba en silencio, no se atrevía a bajar la vista hacia la cintura, y sentía como si se hubieran equivocado de habitación y le estuvieran dando el diagnóstico de otro paciente, ya que no tenía la menor dificultad para mover los dedos de ambos pies.

—Lo habitual es que durante las primeras semanas continúe sintiendo el miembro amputado —le dijo la doctora, casi como si pudiera leer sus pensamientos—. Le ocurre al ochenta por ciento de los pacientes, lo llamamos «síndrome del miembro fantasma». Si la sensación desaparece de forma paulatina, no haremos nada, pero si continuara sintiéndolo, deberíamos recurrir a un tratamiento a base de analgésicos y psicoterapia, pero eso lo iremos viendo a su debido tiempo. Lo fundamental ahora es que esté tranquilo y se recupere. Sé que tendrá muchas preguntas, pero lo más importante es que sepa que lograremos que su nueva situación le repercuta lo menos posible en su vida diaria.

—¿Usted me cortó la pierna? —quiso saber Jonás—. ¿Lo hizo usted? —volvió a preguntar. Parecía tan alarmado como sorprendido de que hubiera sido ella la responsable de la operación—. ¿No fue él? —Señaló al enfermero que estaba junto a Valeria.

Al oírlo, su hija se sintió avergonzada y se vio obligada a intervenir.

—Papá, por favor —le pidió.

—Está bien, está bien —dijo dos veces la doctora sin dirigirse a nadie en concreto. Luego le indicó al enfermero—: Carlos, quédate con él y comprueba el catéter, por favor. Y usted acompáñeme afuera —le pidió a Valeria.

Ambas salieron al pasillo y hablaron en voz baja. Su padre había tenido mucha suerte, era normal que tardara en asumirlo, pero sobrevivir a un impacto de ese calibre era casi un milagro.

—La recuperación física le llevará tiempo, mucho tiempo, pero es solo un proceso tedioso, casi mecánico —le aseguró—. Lo más importante ahora es el trabajo psicológico.

¿Cómo ha encajado la noticia del fallecimiento de su madre? —quiso saber la doctora.

Valeria bajó la mirada hacia el suelo, se miró las zapatillas y descubrió que los cordones de una de ellas estaban desatados y se habían ensuciado al pisarlos. Tardó en responder y, cuando por fin habló, no se atrevió a levantar la cabeza.

—No lo sabe. Aún no ha preguntado por ella.

43

En los días siguientes, Carlos le mostró paso a paso cómo debía vendarse; ajustar de manera correcta el vendaje compresivo era fundamental para su recuperación. Se lo decía todo el tiempo. Se lo decía y sonreía, a cada rato levantaba la cabeza para mirarlo y reír; sus dientes eran tan blancos que, en comparación, la bata parecía amarillenta.

Por las noches las vendas le quemaban la piel, le picaba el muñón y él se retorcía en la cama al no poder rascárselo. Era como si cientos de hormigas lo recorrieran, dándole pequeños mordiscos para desgarrarle las costuras y adentrarse en el músculo. Cuando comprendía que no lograría dormir, encendía la luz y leía algunas páginas de las novelas que le compraba su hija para que se entretuviera, libros de detectives y de emperadores romanos. También encendía el televisor, un aparato pequeñito anclado a la pared, que funcionaba con una tarjeta que había que recargar con dinero cada veinticuatro horas.

Por las mañanas había otra enfermera, se llamaba Carla, y a Jonás le gustaba que le ahuecase la almohada porque su escote olía a polvos de talco. Su pecho era grande y de aspecto mantecoso; toda ella era voluminosa, pero de baja estatura, de modo que, para poder llegar a la cabeza de Jonás, debía ponerse de puntillas sobre los zuecos blancos. A él le gustaba imaginársela desnuda, corriendo por un pasillo largo, con sus tetas grandes y rosadas cayéndole sobre el torso y rebotando de arriba abajo, de su mentón a su ombligo, una y otra vez. Ella le daba la primera toma de pastillas, a las ocho en punto de la mañana. Luego había dos más: una después de comer y otra después de cenar. Al principio solo analgésicos para el dolor, después añadieron una píldora más para que recuperara el apetito —puesto que la mayoría de los días se negaba a comer— y, por último, al descubrir que pasaba las noches en vela, una tercera para que lograra conciliar el sueño.

—Si te dan problemas digestivos —le dijo Carla—, dínoslo y añadiremos un medicamento que lo controle.

Al oírla, no pudo evitar preguntarse si para cada cosa que le ocurriera habría una pastilla esperándolo.

En total pasó diecinueve días ingresado. Los cuatro primeros y los siete últimos estuvo solo en la habitación, pero las jornadas intermedias las compartió con un anciano que se había roto la cadera al salir de la bañera. Estar a su lado le resultaba insufrible; durante el día no paraba de recibir visitas de familiares y amigos que le traían regalos de todo tipo: bombones y flores y tarjetas con deseos de recuperación, algunas con música incluso, tarjetas de cartón que cuando las abría para leer su contenido emitían una melodía enlatada.

Por las noches, cuando se quedaban solos, el anciano lloraba y gemía durante horas, releía las tarjetas musicales para apaciguar las lágrimas, pero le provocaban el efecto contrario. Así fueron las dos o tres primeras noches, luego, cuando dejó de llorar, comenzó a hablarle. Le contaba cosas que a Jonás no le interesaban, era como si el anciano estuviera respondiendo a preguntas que nadie le había hecho. Le explicó, por ejemplo, que la gente suele creer que uno se cae al suelo y es el impacto el que hace que la cadera se rompa, pero ocurre justo al contrario: primero se rompe la cadera y es eso lo que precipita la caída. Jonás simulaba escucharlo durante un rato y luego, con más descaro, cogía un libro y se ponía a leer para que la conversación terminase. Lo que no hizo durante todo el tiempo que compartieron habitación fue encender el televisor ni una sola vez. No lo hizo porque ni el viejo de la cadera rota ni ninguna de las personas que lo visitaban y le traían regalos habían pagado para recargar la tarjeta que ponía en funcionamiento el aparato, y él no estaba dispuesto a compartir la suya.

Durante aquellos días su único consuelo llegaba por las mañanas, cuando Carla entraba en el cuarto y, para poder atenderlo con cierta intimidad, corría la cortina blanca que rodeaba su cama y se quedaban los dos solos en un espacio ovalado y muy reducido.

Los días en el hospital fueron también días de negación para Jonás. Primero se negó a recibir visitas: no quería que sus compañeros de trabajo fueran desfilando uno tras otro para mostrar su compasión. Solo su hija entraba en la habitación.

También se negó a usar una prótesis. Las había de varios tipos: las más básicas, que le servirían para ponerse de pie y caminar de forma más o menos autónoma, no conllevaban ningún gasto ya que la seguridad social cubría su coste, pero las más avanzadas, las que le permitirían incluso correr o saltar, debía comprárselas él, aunque podía solicitar la prestación ortoprotésica que cubría hasta el cuarenta por ciento del importe total. A Jonás no le importaba que fuesen gratis o que costaran una fortuna, simplemente no quería usar ninguna. Se lo preguntaron varias veces, era importante que estuviera seguro, puesto que todos los ejercicios de rehabilitación se ajustarían a lo que decidiera, ya que habría que ejercitar la musculatura en brazos y espalda de forma mucho más intensa si se inclinaba por usar muletas para desplazarse. Le ofrecieron la posibilidad de pensarlo mejor, pero él contestó que lo tenía claro y que podían empezar los ejercicios cuando fuera conveniente. Solo quería salir de allí y regresar a casa.

Uno de los últimos días que pasó en el hospital, cuando ya volvía a estar solo en la habitación, lo visitó una pareja de la Guardia Civil. Solo uno de los dos hombres entró, el otro se quedó de pie en el umbral de la puerta.

Antes de presentarse agarró una silla por el respaldo, la arrastró junto a la cama y tomó asiento. Tendría una edad similar a la de Jonás, el pelo blanco cortado a cepillo y unas gafas rectangulares que solo se ponía cuando necesitaba leer los documentos que llevaba en una carpeta de cartón en la que se leían las siglas ERAT en letras grandes y amarillas. Llevaba la camisa verde de manga corta del uniforme y en el pliegue del vientre, justo debajo de su pecho, se le marcaba una línea horizontal de sudor. Hablaron de forma cordial durante un par de minutos, como si fuesen dos viejos amigos que llevaran largo tiempo sin verse. En un determinado momento, cuando el agente descubrió los ojos de Jonás fijos en la carpeta que sujetaba entre sus manos, dijo, pasando el índice por las siglas amarillas:

—Equipo de Reconstrucción de Accidentes de Tráfico. Somos los encargados del trabajo de oficina. Los agentes de tráfico redactan un primer atestado al llegar al lugar donde se ha producido el accidente, después nosotros lo terminamos y lo ampliamos con un informe pericial.

Jonás tensó los músculos y se revolvió en la cama para incorporarse todo lo posible. Al percibir su inquietud, el agente intentó tranquilizarlo.

—Nuestro trabajo es tratar de ayudarle, Jonás —dijo colocando una mano sobre las sábanas de forma cordial, como cuando golpeas varias veces el lomo de un perro para felicitarlo por haber traído de vuelta el palo que le has arrojado—. Si hay víctimas mortales en un accidente, es necesario aclarar algunos puntos. Si el fallo se produjo por un error mecánico, la aseguradora debería hacerse cargo y para ello es fundamental nuestro trabajo; si la carretera presenta algún riesgo que pueda provocar otros accidentes similares, tenemos que comunicarlo para evitar que vuelva a ocurrir. Estamos aquí para escuchar su versión de los hechos, solo eso. Queremos ayudarle, Jonás —repitió, retiró la mano y volvió a su posición inicial. La silla emitió un crujido ligero, como si protestara por el peso.

Jonás sabía que no había frenado antes del impacto, lo que podría ir en su contra, pero tampoco había pisado el acelerador, algo que jugaba a su favor. Un leve desvío, una curva que se tomó recta. Solo eso. Lo único que tenía que hacer era buscar un buen motivo para no haber girado el volante. Antes de comenzar a hablar, miró la mano del guardia civil que un momento antes había posado sobre las sábanas y vio que llevaba una alianza de oro en el dedo anular.

—No recuerdo gran cosa —comenzó a decir—. Volvíamos de dejar a nuestra hija en la estación, se marchaba a Madrid a estudiar. Estábamos felices por ella, sabíamos que era lo que quería y nos alegrábamos, pero sentíamos una pena enorme porque de alguna forma salía de nuestras vidas. Yo puse la mano sobre la rodilla de mi mujer, ella puso la suya sobre la mía y se le escaparon algunas lágrimas de felicidad y también de tristeza. Yo giré la cabeza para mirarla, fue solo un segundo.

Jonás detuvo su relato e intentó acordarse del viejo con el que había compartido habitación las noches anteriores. Rememoró su llanto quejicoso y lastimero, como de perro abandonado, y volvió a oír en su cabeza la melodía repetitiva de las tarjetas que no paraba de leer una y otra vez antes de dormirse. No le costó el menor esfuerzo emular su sollozo, eran tan parecidos ambos desconsuelos que no pudo evitar sorprenderse de la veracidad de su imitación. Durante unos segundos dio rienda suelta al drama, antes de continuar hablando.

—Ella era todo lo que tenía —le dijo Jonás al agente, que había vuelto a inclinarse hacia delante para estar cerca de él y tratar de consolarlo—. Fue un segundo, la miré, vi sus ojos brillando y luego todo se volvió negro. Ahora sé que ya no volveré a verla nunca más. Lo he perdido todo, ¿entiende lo que eso significa? Ella era mi vida, toda mi vida. ¿Está usted casado? —le preguntó, aunque conocía la respuesta.

El agente asintió con la cabeza sin pronunciar palabra.

—Solo quiero que todo termine —continuó diciendo—, cerrar los ojos y no volver a abrirlos. Cada noche, antes de dormirme, le pido a Dios que deje que me reúna con ella, que se me lleve a mí también.

Detuvo su relato de nuevo porque consideraba que ya estaba cargado del dramatismo necesario y, para terminar de una forma convincente y casi cinematográfica, cerró los ojos al pronunciar esta última frase.

El interrogatorio no duró mucho más. Antes de despedirse, el agente le dijo que el informe estaría terminado en unas siete semanas y que tal vez tendrían que volver a hablar con él, aunque intentarían evitarlo en la medida de lo posible para que no tuviera que rememorar de nuevo su penosa experiencia.

Le dieron el alta a las diez de la mañana de un jueves. Una ambulancia lo llevó a su casa, y toda la felicidad que sintió durante el trayecto que lo alejaba del hospital se vino abajo al ver a su hija junto a un chico al que no había visto nunca y una silla de ruedas. Lo estaban esperando frente al portal de la calle. Parecía joven y fuerte, y era tan alto que le sacaba al menos dos cabezas a Valeria.

—¿Cómo estás, papá? —le preguntó ella nada más verlo mientras el enfermero que no estaba al volante lo ayudaba a bajarse.

—¿Quién es ese? —preguntó Jonás.

—Me llamo Álex —se presentó el chico, que seguía de pie junto a la silla de ruedas.

—Vamos a casa —se limitó a decir Valeria.

Al principio se negó a usar la silla. Quiso llegar hasta el ascensor con las muletas, pero a mitad de camino tuvo que apartar a un lado el orgullo y tomar asiento, pues sentía que si no lo hacía se desplomaría sobre el suelo y el ridículo sería mayor. Álex lo empujaba, y Jonás se retorcía en la silla y giraba la cabeza de un lado a otro para observarlo, pero no conseguía verlo por completo, ni siquiera lograba divisar su cara, solo veía sus manos sobre los tiradores de goma.

Cuando entraron en la casa, Álex llevó la silla al salón y se marchó a la cocina para dejar solos a padre e hija.

—Álex se queda contigo —le dijo Valeria de pronto, de manera directa. Conocía a su padre y sabía que iniciar un proceso de negociación con él no conduciría a nada—. Será tu cuidador, lo he contratado para que pase cuatro horas contigo cada mañana. Vendrá a las diez y se irá a las dos, y te ayudará a levantarte, a bañarte y, antes de marcharse, te dejará la comida preparada. No puedes estar solo todo el día y yo tengo que volver a Madrid, puedo quedarme diez días, o más tiempo si lo necesitas, y después intentaré venir los fines de semana, pero alguien tiene que quedarse contigo para ayudarte.

Al mirar a su alrededor, Jonás descubrió que Valeria había guardado todas las fotografías del salón. No había rastro de su pasado familiar, no había imágenes de Camila ni de ella cuando era un bebé. Se preguntó por qué lo había hecho.

—No necesito a nadie.

—Sí, sí lo necesitas, papá —le aseguró—, y no te lo estaba proponiendo, te estaba informando, porque la decisión ya está tomada. En el hospital me han dado esto —dijo entregándole un cordón del que colgaba un llamador, una especie de mando a distancia para abrir la puerta del garaje con un botón rojo en medio—. Tienes que llevarlo en el cuello siempre que estés en casa sin compañía; si te caes o te surge cualquier problema solo tienes que pulsar el botón y vendrá una ambulancia a buscarte.

Jonás se preguntó cómo podían haber cambiado tanto las cosas en tan poco tiempo. Ni siquiera había pasado un mes del día en que habían dejado a su hija en la estación sintiendo que aún era pequeña e indefensa, y en ese momento era Valeria la que parecía una adulta y él un niño al que había que proteger.

—Tendrías que ser tú la que te quedaras conmigo, no él —dijo señalando la puerta por la que había salido Álex instantes antes—. ¿Eso es lo que quieres para mí? ¿Dejarme aquí solo con un desconocido? ¿Crees que eso es lo que merezco?

—Baja la voz —le ordenó. A los dos les pareció tan extraña la situación que guardaron silencio durante unos segundos—. Esto no es fácil para ti, papá, lo sé, pero tú no eres el único que ha perdido a alguien, ¿lo entiendes?

Nada más hacer la pregunta, Valeria rompió a llorar. Le habría gustado decirle muchas más cosas a su padre, decirle que había pasado las últimas semanas preocupándose día y noche por él y que ni siquiera había tenido tiempo de llorar a su madre. Le habría gustado explicarle cómo se había tenido que hacer cargo de todo ella sola, de avisar a familiares y amigos, de resolver todos los trámites burocráticos, y que ni siquiera sabía de dónde había sacado fuerzas para resolverlo. Que él había perdido a su mujer y también había perdido una pierna, pero a ella también le habían arrancado algo y nadie se lo devolvería. Pero simplemente lloró, un llanto largo y tan sonoro que por momentos se confundía con una carcajada.

Cuando logró controlarse se limpió las lágrimas con la manga de su camiseta e intentó sonreír.

—¿Puedes ayudarme a levantarme? —le pidió Jonás.

Ella le acercó las muletas y se inclinó para que su padre pudiera pasarle el brazo alrededor del cuello.

—Lo siento —le susurró él cuando las cabezas de ambos estuvieron juntas.

44

No le fue mal con Álex, era bueno en su trabajo y cocinaba bien, pero solo lo mantuvo un par de meses: a Jonás le resultaba humillante que parte de su intimidad quedara tan expuesta, así que en cuanto consideró que ya podía valerse por sí mismo le pidió que no volviera. Le pagó dos meses más de sueldo para que dispusiera de tiempo para buscar un nuevo empleo sin perder sus ingresos.

—El mundo está lleno de viejos, de cojos y de mancos —le aseguró, de modo que no le sería muy difícil sustituirlo por uno de ellos en los siguientes sesenta días.

Además, por si no le resultaba sencillo encontrarlo, le regaló un décimo de lotería.

—Hay un bote de un millón de euros —le dijo al entregárselo junto con el sobre que contenía el dinero—. Con un poco de suerte, ya no tendrás que volver a cambiar cuñas nunca más —concluyó.

Cuando se quedó solo en casa contrató los servicios de un operario que instaló barras de acero por todo el perímetro de la vivienda; las colocó a la altura de la cintura, como si fueran el pasamanos de una escalera, y aunque solía desplazarse usando las muletas, de proponérselo, podría ir de la cocina a la habitación o del salón al cuarto de baño sin apoyarse en ellas. También puso dentro de la bañera; de esa forma, podría ducharse con comodidad sin la ayuda de nadie.

Lo primero que pensó al retirar definitivamente el vendaje compresivo fue que su pierna —lo que quedaba de ella— le recordaba a un jamón asado. En el hospital le habían enseñado cómo debía lavarse el muñón: con las manos, sin usar esponja y con un jabón neutro. Para limpiarse correctamente colocaba una silla dentro de la bañera, tomaba asiento en ella y frotaba la pastilla de jabón entre sus manos hasta que la espuma rebosaba de sus dedos. La tarea le llevaba un buen rato; primero limpiaba con esmero las suturas pasando sobre ellas las yemas de los dedos y luego retiraba el jabón con agua templada. Aunque el muñón era duro, áspero y compacto, se reblandecía con el contacto con el líquido tibio, por eso era igual de importante secarlo correctamente al terminar.

Con el paso de las semanas la zona de las costuras se fue abriendo. A Jonás le gustaba arrancarse los trozos de piel muerta tirando de ella con los dedos, era como apretar entre los dientes un pequeño pellejo de los labios y presionarlo hasta que se soltara. El lugar en el que la piel muerta se desprendía de la pierna era insensible, pero no siempre se arrancaba con facilidad, y al seguir estirando la carne se volvía cada vez más rosada, el dolor se volvía insoportable y de las heridas que se hacía manaba un hilo fino de sangre que taponaba con gasas. No siempre lograba su objetivo, algunas veces le dolía tanto que tenía que dejar de tirar sin conseguir arrancarse la piel, que pasaba días colgando del muñón, a modo de bandera diminuta ondeando al viento. Cuando eso ocurría se resistía a continuar tirando de ella durante algún tiempo, pero finalmente cedía, pues sabía que la única manera de acabar con aquel pedazo de piel era utilizando unas tijeras. El problema radicaba en que debía cortar por la zona más pegada a la pierna y el dolor que le producía era tan intenso que temía que pudiera llegar a perder el conocimiento.

Cuando Valeria supo que había echado a Álex le regaló un perro.

—No se puede despedir a un perro —le dijo.

No era un cachorro, sino ya mayor, tenía por lo menos cinco o seis años, según le informaron en el refugio. Había sido abandonado y sería la compañía ideal para su padre; además, lo obligaría a salir a pasear a diario, algo fundamental para su rehabilitación.

A Jonás el animal le pareció estúpido desde el primer momento. Era un cruce de varias razas y tenía un aspecto extraño, como si lo hubiera dibujado un niño: una oreja le caía por un lado del hocico mientras que la otra se alzaba en punta hacia el cielo. Alrededor de un ojo había una mancha circular que no llegaba a ser negra del todo, sino más bien de un morado oscuro, de modo que parecía un boxeador después de un combate. Solían dar un paseo de no más de diez minutos, hasta el parque de Belvís, y una tarde que estaban en el parque decidió llamarlo Estúpido.

Al perro le gustaba meterse en el agua del arroyo y avanzar saltando sobre ella. Cuando se quedaba quieto le llegaba justo por debajo del hocico e intentaba morderla, por eso lo llamó Estúpido. Abría la mandíbula y acto seguido la cerraba con fuerza y le sorprendía no haber atrapado nada entre sus fauces, después salía dando brincos y se secaba girando con ímpetu la cabeza y el lomo. Cuando ya estaba seco, se plantaba frente a Jonás en esa posición tan característica de los perros que quieren jugar, con las patas delanteras y la punta de la nariz tocando la arena del suelo, y las orejas y el rabo apuntando al cielo. Esperaba que le lanzara una pelota, o una piedra o un palo, o incluso que le arrojara una de sus muletas para salir corriendo tras ella. Los perros son así de estúpidos, pensaba Jonás, les tiras cualquier cosa y te la traen de vuelta como si en lugar de haberlo hecho de manera premeditada se te hubiera caído accidentalmente.

Solo había una cosa que a Jonás le pareciera más estúpida que Estúpido: tener que asistir a terapia psicológica cada miércoles por la mañana. Lo hacía porque era la única forma de continuar prolongando su baja laboral una semana tras otra, un mes tras otro. Se había propuesto retrasar al máximo su regreso y sabía que, en su situación y habiendo fallecido su esposa en el accidente, no tendría demasiados problemas en agotar los dos años que la ley permitía antes de pasar por un tribunal médico.

Antes de cada sesión de terapia buscaba en internet cuáles eran los síntomas habituales de la depresión y la ansiedad, los memorizaba y recurría a unos u otros según fuera avanzando la conversación.

Las psicóloga que le asignaron al principio se llamaba Marina, era una señora mayor nacida en Gran Canaria que llevaba alrededor de tres décadas tratando con personas depresivas, así que Jonás solicitó un cambio de profesional porque temía que con su experiencia descubriera su estrategia.

La segunda terapeuta era una chica joven de no más de veintiocho o treinta años que se dejaba impresionar por las historias que Jonás le contaba. Cuando él le decía que por las noches sentía una presión en el pecho que le impedía respirar, ella le pedía que probara a tumbarse en la cama, se colocara un folio sobre el tórax, lo mantuviera durante cinco o diez minutos y en la siguiente sesión le contara lo que había sentido.

—Es como si pesara una tonelada —le decía Jonás.

También solía hablarle de sus sueños. En ellos su mujer estaba viva y ambos estaban en casa, almorzando o cenando; de pronto ella se desplomaba sobre la mesa, entonces él se miraba las palmas de las manos y estaban llenas de sangre.

La terapeuta se limitaba a decirle que él no era el responsable de lo que había ocurrido y le recetaba Fluoxetine o Citalopram, y en el informe escribía que, puesto que no había mejoras significativas, se le debía prolongar la baja.

Jonás salía de la consulta y le llevaba la documentación a su médico de cabecera, quien confirmaba la baja y añadía la medicación a la receta electrónica. Después Jonás acudía a la farmacia con su tarjeta médica, recogía el blíster con las pastillas y al llegar a casa las tiraba.

Así una y otra vez. Cada miércoles. Y cuando quiso darse cuenta, ya habían transcurrido ocho meses desde el accidente.

45

—¿No te gusta la sopa? —le preguntó Jonás a Valeria.

Era sábado y ella había viajado en autobús desde Madrid para pasar el fin de semana con su padre, como era habitual desde el accidente: al menos un fin de semana al mes lo pasaban juntos, y ella aprovechaba para hacerle la compra y limpiar la casa.

—¿No había fideos? —dijo ella.

—Antes te gustaba así —se justificó Jonás y, modulando la voz para que pareciera la de una niña pequeña, añadió—: Con estrellitas, yo la quiero con estrellitas.

—¡De eso hace más de diez años!

—Yo no he cambiado tanto en diez años —contestó Jonás, aunque sabía que era mentira. Lo dijo más por un mecanismo de defensa que como una respuesta real.

Mientras hablaban, el perro se acercó a las rodillas de Valeria, quien le dio un trozo de pan y le acarició la cabeza entre las orejas.

—¿Cómo estás, papá? —quiso saber, y antes de que él pudiera responder, puntualizó—: Dime la verdad.

Habló sin levantar la cabeza, con la vista fija en el animal, como si le diera vergüenza abordar ese tipo de conversaciones más profundas con su progenitor.

—No tiene nombre —dijo él cambiando de tema—. Lo llamo Estúpido porque no es capaz de cruzar el pasillo sin chocarse contra la pared, por eso y porque siempre que se sube al sofá se echa encima del mando a distancia.

—Estúpido no es un nombre —le recriminó Valeria.

—Sí, sí que lo es. Verás... ¡Estúpido! —exclamó alzando la voz.

El perro levantó la cabeza y lo miró sacando la lengua al tiempo que movía el rabo de un lado a otro, golpeando con él de forma alterna las piernas de Valeria y una muleta de Jonás. Al cabo de un rato, cansado de que su dueño no le dijera nada más, dio media la vuelta y salió del salón chocando contra el lomo el marco de la puerta al pasar.

Cuando terminaron de comer, Valeria preparó café. Lo tomaron en el salón, frente a la chimenea. No era de piedra sino de hierro forjado, y se alimentaba de biomasa sólida en forma de pellets, de modo que la escena no era tan cinematográfica como cabría esperar. Aun así, el calor era agradable. Jonás tomó asiento en una butaca orejera detrás de la cual había un ventanal desde el que se veía la calle, y Valeria se acomodó en el sofá. Más que sentarse, se recostó, descalza y con las piernas dobladas, formando un ovillo con todo su cuerpo. Tenía un agujero pequeño, del tamaño de un grano de maíz, en el calcetín; era como una gota de lluvia sobre el empeine.

—¿Y qué haces durante el día? —le preguntó ella.

—Nada, veo la televisión.

Valeria agarró la taza con ambas manos y apretó los hombros contra el cuello al sentir la temperatura del café caliente en las palmas.

—Ya sabes lo que dijo el médico: tienes que salir y pasear. Hay un parque precioso a menos de diez minutos de aquí, podemos ir luego juntos, si quieres —le propuso.

—Ahí es donde suelo llevar a Estúpido.

—Eso está bien.

—No, no lo está —la corrigió Jonás—. No me gustan los parques.

—Podemos ir a otro sitio. ¿Qué es lo que te gusta?

—No me gusta nada.

—No empieces, papá.

—No estoy empezando.

—Sí, siempre haces lo mismo.

—No es cierto, es solo que no me gusta el ruido, ni la gente, ni las tiendas, ni los coches…

Dijo «los coches» como podría haber dicho cualquier otra cosa, por ejemplo, los edificios o las cafeterías, fue solo una forma de expresarse, pero el caso es que dijo «los coches» y los dos callaron. Un silencio que solo rompieron las virutas de madera reciclada al ser devoradas por las entrañas de la chimenea.

Valeria levantó la cabeza y miró a su alrededor intentando encontrar algún punto en el que fijar su vista, un lugar por el que poder huir sin moverse del sofá. Se detuvo al observar la ventana detrás de su padre.

—Está muy bonito el árbol —dijo de pronto como un modo de cambiar el rumbo de la conversación. Al oírla, Jonás se giró para contemplar la ventana que había a su espalda—. Todavía está verde —continuó Valeria—, pero dentro de poco comenzarán a caérsele las hojas.

—¿Sabes por qué tienen esta forma? —le preguntó a su hija.

Ella miró con más atención las hojas que el viento mecía y se limitó a negar con la cabeza a la espera de una respuesta.

—Es para que la luz se cuele a través de ellas; si no fueran así, el árbol se moriría.

Valeria miró a su padre mientras le hablaba y, cuando este calló, volvió a contemplar las ramas que se veían al otro lado de la ventana.

—¿En serio? —respondió sorprendida—. ¿Y tú cómo lo sabes?

Antes de contestar, Jonás se llevó la taza a los labios, aunque solo simuló beber, ya que no quedaba café en ella.

—No lo sé —dijo finalmente—, lo habré leído en algún sitio.

Por la tarde vieron una película en la televisión y después un programa de preguntas y respuestas; incluso jugaron a contestar ellos las preguntas que los concursantes debían responder. No discutieron hasta que, al caer la noche, Valeria le dijo a su padre que había quedado con unos amigos a los que hacía meses que no veía.

—Pensé que habías venido a verme a mí —le recriminó él.

—No me hagas esto —le pidió ella—. Desde hace más de medio año no he hecho más que ir a la universidad y venir aquí para cuidarte.

—Yo puedo cuidarme solo.

—Papá, por favor.

En un intento de evitar la discusión que se cernía sobre ellos, Valeria se levantó para llevar las tazas sucias al fregadero. Solo una isla rectangular separaba la cocina del salón, de modo que podían continuar la conversación sin obstáculo alguno.

—Métela en el lavavajillas —le indicó Jonás.

—Puedo lavarlas a mano, no me cuesta nada.

Abrió el grifo, dejo caer unas gotas de jabón sobre el estropajo y lo puso bajo el chorro de agua apretándolo con los dedos para que saliera espuma.

—Lamento ser una carga para ti —dijo Jonás.

—No digas tonterías —contestó ella sin girarse, con la mirada fija en la taza que estaba lavando—. Tú no eres una carga para mí, papá.

—Sí, sí que lo soy.

—Basta, por favor. Yo no he dicho eso.

—Eres demasiado cobarde para decirlo —le recriminó Jonás—. Habría preferido tener una hija con agallas que dijera las cosas a la cara, que no saliera corriendo y me diera la espalda.

Valeria se giró y lo señaló con el dedo índice. Algunas gotas de jabón cayeron sobre el suelo y, al verlas, el perro se acercó a lamerlas creyendo que se trataba de comida.

—Para —le advirtió—. Estás siendo cruel conmigo. Cruel e injusto. No me lo merezco.

—Perdóname —ironizó él—, no recordaba que yo fuera el malo aquí. —Movió los brazos al pronunciar la frase, de forma que sus dedos señalaron su pierna derecha y el muñón de la izquierda.

—Deja de comportarte como si tú fueses la única víctima —le pidió Valeria, y volvió a girarse para continuar enjuagando las tazas.

Jonás se levantó sin usar las muletas, apoyando una mano en el brazo de la butaca.

—Al menos podías mirarme cuando te hablo.

Valeria ignoró su comentario. Terminó de fregar, cerró el grifo y dejó las tazas sobre un paño de algodón para que se secaran.

—Si supieras todo lo que he hecho por ti no te comportarías así —le aseguró Jonás a su hija, que no pudo eludir más la tensión y se volvió hacia él para responderle.

—¿Y qué es lo que has hecho, papá? ¿Qué es eso por lo que debería estarte tan agradecida? Porque yo tengo otro recuerdo.

—Dímelo tú, entonces —le pidió—. ¿Qué es lo que recuerdas?

—No quiero empezar con esto.

—Si no querías empezar no deberías haberlo hecho.

Valeria resopló, parecía agotada. Jonás, dispuesto a continuar elevando la tensión, siguió hablando.

—¿De dónde crees que ha salido todo lo que tienes? ¿Quién crees que paga el alquiler de la casa en la que vives y la universidad?

—No sigas, por favor.

—Siento que te resulte tan duro tener que ocuparte de mí ahora.

—¿Cuándo te has ocupado tú de alguien, papá? Dímelo, ¿cuándo? —le preguntó Valeria, que había decidido pasar a la acción y parecía nerviosa, o a punto de romper a llorar. La barbilla le temblaba al hablar—. ¿De verdad crees que lo puedes comprar todo con dinero? ¿Dónde estuviste durante mi infancia? ¿Quién crees que estaba aquí en casa preocupándose por todo?

—¿Qué insinúas, Valeria? —dijo Jonás, llamando a su hija por su nombre por primera vez.

—Tú no has estado nunca, ¿eso es lo que querías que te dijera a la cara? Si hemos sido una familia ha sido porque mamá se ocupó de que lo fuéramos.

—No me parece que tu vida haya cambiado tanto, ahora

que tu madre no está. —Iba a decir «ahora que tu madre está muerta», pero se corrigió sobre la marcha.

—¿Eso crees? Si eso es lo que piensas eres tú el que no se da cuenta de nada.

—Eres una niña malcriada, eso es lo único que le debes a tu madre: ser una niña caprichosa que siempre tiene que salirse con la suya.

En un acto reflejo, Valeria agarró el paño de algodón y tiró de él. Las tazas se precipitaron contra el suelo, aunque solo una de ellas se rompió.

—¡Te odio! —le gritó, pero se arrepintió nada más decirlo y, como si de un acto de contrición se tratara, se arrodilló para recoger los trozos de loza y los dejó con cuidado sobre el trapo.

—Vete —le ordenó Jonás—, vete de mi casa. ¿No decías que habías quedado? Vete, no quiero tenerte aquí.

—Por favor, papá —le suplicó sin mirarlo. Estaba llorando.

—¡Que te vayas! —gritó el padre.

Jonás se dirigió a la isla dando saltos sobre su pierna derecha y, al alcanzarla, se apoyó sobre la encimera de cuarzo para mantenerse en pie. De no ser por la tensión que impregnaba la escena, la secuencia habría resultado más divertida que dramática.

Valeria se incorporó y quedaron el uno frente al otro, a corta distancia. Jonás pudo ver los ojos de su hija, enrojecidos de dolor y rabia.

—Si de verdad fueras mi hija no te comportarías así conmigo —sentenció.

Valeria creyó que la estaba culpando por no actuar como una buena hija. Ni por asomo podía imaginar cuál era el verdadero sentido de aquella acusación.

—Eres una mala persona, papá. Te haces daño a ti y haces daño a todos los que te queremos. Mamá nunca fue feliz a tu lado. Eso es lo que aprendí de ella, que no se puede estar cerca de ti sin sufrir.

Valeria se sorprendió al percatarse de que aún tenía entre sus manos el paño de algodón con la taza que no se había roto y los trozos de loza de la otra. Lo dejó todo sobre la encimera y se dirigió al pasillo. Jonás fue tras ella apoyándose en los pasamanos de acero.

Cuando ella estaba poniéndose la chaqueta, y aunque Jonás le había insistido para que se marchara, la amenazó.

—Si sales por esa puerta, que sea para no volver.

Valeria no habló, solo se giró y lo miró desafiante.

—¿Me has oído? —le espetó—. Si sales por esa puerta estarás muerta para mí, tan muerta como tu madre.

La hija se puso la chaqueta en silencio, se subió la cremallera hasta el cuello y abrió la puerta. Al salir, la cerró con un portazo seco. Jonás, desesperado, apretó con sus manos la barra de acero aunque no podían abarcarla por completo. Lo hizo con tanta fuerza que se le desprendió una uña.

—¡Muerta! —se limitó a gritar tan alto como pudo para que ella lo oyera desde el portal.

Esa noche Valeria no regresó a casa a dormir, aunque de haberlo intentado no lo habría logrado. Ella tenía un juego de llaves, pero Jonás cerró la puerta por dentro y dejó la cadena echada: deseaba oír los infructuosos esfuerzos de su hija por entrar y obligarla a pedirle ayuda.

No ocurrió, ni esa noche ni la siguiente. Quizá durmió en casa de alguna amiga o tal vez regresó a Madrid, Jonás no lo sabía y simulaba indiferencia. Pero cuando dos días más tarde su hija lo llamó por teléfono, él sintió la satisfacción de quien logra salirse con la suya. No contestó, y ella volvió a intentarlo tres veces más ese mismo día.

A la mañana siguiente, Valeria le mandó un mensaje en el que le pedía perdón y le decía que todo estaba siendo muy duro para ambos, por eso habían perdido los nervios, pero solo se tenían el uno al otro y era importante que consiguieran entenderse. Se despedía asegurándole que lo quería.

Jonás no respondió, ni a ese primer mensaje ni a los siete que ella le envió en los cuatro días siguientes. En total, Valeria escribió más de una docena de mensajes a su padre y lo llamó diecinueve veces, pero en ninguno de sus intentos obtuvo respuesta. A Jonás le parecía que aún no había pagado el precio para la reconciliación.

Nueve días después de la discusión Jonás recibió una llamada en su teléfono móvil; esta vez no era de su hija, sino del padre de su mejor amiga. Lo dejó sonar hasta el quinto tono antes de pulsar el botón verde para aceptar la llamada.

—Ernesto —dijo nada más descolgar—, ¿de verdad te han pedido que hagas esto?

—Hola, Jonás —se limitó a responder la voz del otro lado, que sonaba apagada y lejana, como si estuviera atrapado dentro de una cueva o usara el manos libres del coche desde una carretera sin apenas cobertura.

Jonás suspiró de forma teatral, como si realmente estuviera harto de la situación.

—¿Quién te ha pedido que me llames? —quiso saber—. ¿Susana o Valeria directamente? Por favor, Ernesto, es solo una discusión entre un padre y su hija, te agradezco el interés, pero no tienes que preocuparte por nada.

—No es eso... Verás... —Ernesto parecía confuso, no esperaba esa reacción de Jonás y eso dificultaba el abordaje del motivo de su llamada.

—Estos últimos meses no están siendo fáciles, es solo eso —dijo Jonás en tono conciliador.

—Lo sé. Sé por lo que has pasado. Es… Lo siento mucho, de verdad.

—Está bien, ya pasó, no hay que quedarse atrapados en lo que ocurrió, hay que seguir adelante.

Jonás no entendía por qué la voz de Ernesto parecía quebradiza, como si estuviera a punto de romper a llorar. A él le gustaba su papel de superviviente, habría podido estar minutos interpretándolo y hablando de la importancia de seguir adelante y superar las adversidades, si Ernesto no lo hubiera cortado en seco.

—Valeria ha muerto. —Tras estas palabras llegaron unos segundos de silencio. Un silencio denso y tangible—. Susana ha encontrado su cuerpo al regresar de la universidad, estaba en el cuarto de baño y… —Detuvo su relato al recordar lo que su hija le había contado por teléfono cuando lo había llamado, presa de un ataque de nervios—. Ha ido una ambulancia, pero ya estaba muerta. La policía está allí. Supongo que ellos te llamarán, o lo harán desde el hospital…, no lo sé, pero yo quería hablar contigo antes, pensé que sería mejor si recibías la noticia por una voz conocida.

Cuando Ernesto terminó de hablar regresó el silencio; un silencio tan largo que por un instante el padre de la amiga de su hija llegó a pensar que la llamada se había cortado, a punto estuvo de preguntar incluso si había oído lo que acababa de decirle, pero no fue necesario porque finalmente Jonás habló.

—Gracias por avisarme —dijo.

Acto seguido colgó.

46

Cuando ya estaba en el taxi camino del cementerio comenzó a llover; una lluvia ligera que fue empapando las ventanillas, la carrocería y la luna delantera del automóvil. El coche disponía de un sensor que activaba automáticamente los limpiaparabrisas, pero a Jonás, sentado en el asiento trasero, le parecía que su velocidad no era la adecuada: las escobillas se movían demasiado rápido o demasiado lento, pero nunca retiraban el agua a un ritmo acorde con la intensidad de la lluvia.

Para llegar al cementerio de Boisaca debían pasar por delante de un supermercado y de una tienda de deportes y, justo al tomar el desvío de acceso al camposanto, de un almacén de bricolaje. Era sábado por la mañana y había mucha gente entrando y saliendo de esos comercios por puertas acristaladas que se abrían o se cerraban de forma automática, como los limpiaparabrisas del taxi. Familias haciendo la compra, niños estrenando su primera bicicleta, parejas con listones de madera para montar una librería en su casa recién alquilada. Todos parecían felices, ajenos a lo que le había ocurrido a Jonás, que no podía entender que el mundo continuara girando y la gente siguiera comprando filetes de ternera y raquetas de tenis y botes de pintura acrílica el día en que él tenía que enterrar el cuerpo sin vida de su única hija.

Cuando llegaron, el taxista se detuvo a la entrada del cementerio, junto a unos contenedores de basura. Abrió la guantera y sacó un paraguas plegable.

—Lléveselo —le dijo a Jonás—, yo puedo parar en cualquier tienda a comprar otro.

El taxista se quedó un rato así, girado sobre sí mismo, con el brazo izquierdo apoyado en el cabecero del asiento del copiloto y el derecho tendido hacia Jonás, sujetando con las manos el paraguas plegable. Era rosa y verde, de un verde claro, como un caramelo de menta; parecía el paraguas de una niña pequeña. El hombre sonrió y Jonás lo observó. Debió de afeitarse con cierta prisa por la mañana y se había dejado pequeños círculos de pelo, debajo de la nariz y en el cuello, que le daban al rostro el aspecto de una torta de aceite.

—No se preocupe —contestó Jonás extendiendo un billete de diez euros—. Quédese el cambio.

Antes de bajarse, lo que le llevó un tiempo y un esfuerzo considerables, miró su reflejo en el retrovisor interior del coche y le pareció que la corbata de color borgoña contrastaba con el traje negro y la camisa blanca. Finalmente abrió la puerta y se despidió del taxista deseándole que tuviera un buen día.

—Usted también —respondió el hombre, pero al ver a Jonás alejándose del vehículo, caminando con sus muletas hacia la verja del cementerio, se arrepintió de lo que acababa de decir.

No dejó de llover durante todo el acto. Los asistentes se acercaban a Jonás, le daban el pésame y lo cubrían con sus paraguas; era todo tan ridículo como un sainete de una comedia muda. Jonás soltaba una muleta para tender su mano, y la persona que se la estrechaba intentaba protegerlo de la lluvia y ayudarle a mantener el equilibrio mientras sus brazos se bamboleaban de arriba abajo.

Cuando el acto terminó Jonás buscó a Susana entre la multitud —no era fácil identificar los rostros de las personas bajo los paraguas y los pañuelos con los que limpiaban sus lágrimas—. La encontró al salir, a punto de montarse en el coche, junto a sus padres. Ernesto fue el primero en acercarse a él, lo abrazó con torpeza, envolviéndolo por completo e impidiéndole devolver el abrazo.

—Susana está rota de dolor —le aseguró, como si perder a una amiga pudiera compararse con perder a una hija. Lo dijo y giró la cabeza hacia atrás—. Ha dejado el piso, no va a volver a Madrid —añadió—. Creemos que lo mejor es que se tome los próximos meses libres, que descanse y olvide todo lo ocurrido, después ya veremos. —Volvió a mirar a Jonás, ya que había pronunciado toda la frase girado hacia su hija, que tenía la cabeza gacha y los ojos fijos en la grava del suelo que la lluvia estaba convirtiendo en barro—. ¿Y tú cómo estás? —preguntó finalmente.

—¿Puedo hablar un momento con ella? —se limitó a decir Jonás.

Ernesto volvió a dirigir la mirada hacia Susana antes de responder.

—Está mal, Jonás. No quiere hablar de lo sucedido, es solo una cría y para ella todo esto...

—Por favor —lo interrumpió.

—Claro —se corrigió Ernesto, comprendiendo que no podía negarle su petición.

Los dos hombres se dirigieron al coche y se detuvieron junto a él.

—Susana, cariño, ¿por qué no vas a tomar un café con Jonás? —le propuso Ernesto a su hija.

La expresión de la chica cambió. Parecía asustada y miró a su madre en busca consuelo, pero esta se limitó a sonreír; una leve sonrisa para evidenciar que la comprendía pero no podía hacer nada para impedir que aceptara su petición.

—Solo será un momento —intervino Jonás.

Ernesto abrió el maletero y sacó un paraguas negro que ofreció a su hija.

—Cógelo, es grande y os cubrirá a los dos.

Susana lo aceptó pero no lo abrió, y comenzó a caminar junto a Jonás. Él apoyándose en sus muletas y ella con el paraguas que su padre le había entregado a modo de bastón.

La única cafetería cercana se encontraba dentro de la funeraria Apóstol, justo enfrente del cementerio. Entraron en ella y se sentaron a la mesa más alejada de la barra. Las paredes del local estaban acristaladas y al otro lado se veía un jardín con rosales y narcisos.

Susana contempló a Jonás en silencio y le costó descubrir al padre de Valeria en el rostro del hombre que estaba sentado frente a ella. Tenía unas ojeras enormes, como bolsas verdosas debajo de los ojos, y todos los huesos de la cara se le marcaban a través de una piel tan fina que se agrietaba en la zona de los pómulos y la barbilla.

No quería hablar con él. Había oído a su padre diciéndole a Jonás que estaba afectada por lo sucedido, y era cierto, no lograría olvidar nunca la imagen de Valeria muerta. Pero no era ese el verdadero motivo por el que no quería verlo ni estar cerca de él. No quería hacerlo porque consideraba que Jonás era el responsable de todo lo ocurrido. Susana había estado junto a Valeria los días anteriores a su muerte, había presenciado cada uno de los infructuosos intentos de su amiga por comunicarse con su padre, cada llamada, cada mensaje... y el dolor que le producía su indiferencia.

Él pidió un café solo y ella un refresco de naranja, apenas hablaron hasta que el camarero dejó las bebidas sobre la mesa. Había más clientes, pero todos guardaban silencio; no hay mucho que decir cuando se está rodeado de muertos.

Le daba rabia estar sentada frente a él. Sentía la necesidad de preguntarle por qué no había descolgado el teléfono, por qué no había respondido los mensajes de su hija, pero no lo hizo, no se atrevió. Se limitó a mirarlo fijamente durante unos segundos antes de hablar.

—No me pida que le cuente lo que vi —le espetó, y al acabar su frase dio un largo trago sorbiendo una pajita, con la mirada baja.

Jonás miró sus dedos, que sujetaban el tubo de plástico multicolor: tenía las uñas pintadas pero habían comenzado a descascarillarse.

—¿Cómo conseguíais la droga? —le preguntó Jonás a modo de respuesta.

—Yo no tomaba —se justificó Susana. Enseguida comprendió que aquello no era un interrogatorio y que lo que ella hiciera no tenía la menor relevancia para Jonás, así que se corrigió—: Solo los fines de semana, cuando no había clase. Algún ácido o un poco de eme, solo eso. —Se sentía ridícula respondiendo de forma condescendiente, pero el tono severo de la pregunta de Jonás había logrado que se sintiera como una niña en medio de un examen oral.

—¿Cómo la conseguíais? —repitió Jonás, que no parecía tener paciencia para escuchar justificación alguna.

Al formular la pregunta colocó las manos sobre la mesa con las palmas hacia abajo, y esa insignificante acción asustó a la joven. Ella le habló de Fausto, aunque no lo llamó por su nombre porque ni ella ni Valeria lo conocían. Era el vecino de abajo, todo el mundo en el barrio sabía a qué se dedicaba. No le gustaba que fueran a su casa; tenía un número de teléfono al que había que escribirle. Varios, a decir verdad, una decena de números diferentes que usaba indistintamente.

—Era como en las películas —le explicó Susana—. Tardaba un día o dos en responder, pero siempre lo hacía y conseguía todo lo que le pidieras: ketamina, hachís, LSD, cocaína…, lo que fuera. Cuando contestaba a tu mensaje tenías que dejarle el dinero en un sobre debajo del felpudo. Y él hacía lo mismo con el producto. Era como el ratoncito Pérez —dijo, y no pudo evitar reír por la ocurrencia. Una risa breve que en unos pocos segundos se convirtió en llanto.

Jonás le acercó una servilleta para que se secara las lágrimas, pero Susana la usó para sonarse los mocos y se limpió la cara con la manga de la camiseta. Luego lo miró. Estaba avergonzada y sintió la necesidad de justificarse.

—Ya ni recuerdo la última vez que estuve un día entero sin llorar —dijo. La frase parecía impropia de una chica de su edad.

—Claro —se limitó a responder Jonás con frialdad—. Voy a pagar. Levántate y vámonos —le ordenó y, cuando estaba a mitad de camino entre la barra y la mesa, volvió a dirigirse a ella—: No olvides el paraguas de tu padre —dijo.

47

El informe definitivo de la autopista tardaría unos quince días, quizá algo más; podría retrasarse incluso tres semanas, le dijeron a Jonás cuando le entregaron un sobre con las conclusiones preliminares, una información básica que le permitía conocer la causa del fallecimiento de su hija, enterrar su cuerpo y despedirse de ella.

Un médico le explicó los resultados y le habló de la intoxicación aguda que había sufrido Valeria por el consumo de diferentes estupefacientes, en concreto tres: cocaína, benzodiacepinas y fentanilo. Este último le había provocado la parada cardiorrespiratoria que había acabado con su vida. Lo más probable, le dijeron, era que su hija desconociera lo que estaba consumiendo.

El médico que lo atendió no paraba de gesticular con las manos mientras le explicaba que el fentanilo es un opioide sintético usado como analgésico por su alta efectividad, ya que logra activar los receptores que se encuentran en el sistema nervioso, al igual que la morfina, pero es entre cincuenta y cien veces más potente que esta. El problema, según dijo, era que podía fabricarse de forma sencilla y, sobre todo, muy económica, por eso era habitual que los traficantes lo mezclaran con cocaína, y lo vendían sin que el consumidor final lo supiera. De ese modo su beneficio se duplicaba.

La consecuencia de ingerir cocaína mezclada con fentanilo sin ser consciente de ello era que la dosis administrada no fuera la correcta, lo que producía una hipoxia, conocida comúnmente como «tórax leñoso». Se manifestaba mediante una rigidez muscular de la pared torácica, luego abdominal, después del cuello y las extremidades, y, por último, una parálisis total y una falta de oxigenación del cerebro, que llevaba al coma e, irremediablemente, a la muerte.

Al regresar del cementerio Jonás encontró el sobre en la mesa del salón. Recordó al médico hablándole del fentanilo y se visualizó escuchándolo como si nunca hubiera oído hablar de él, pero lo cierto era que conocía su existencia, porque, cuando le amputaron la pierna izquierda y el dolor era insoportable, cuando pasaba las noches en vela porque sentía que el pie que ya no tenía le ardía y no había forma de detener su malestar, se lo recetaron.

Lo compró una única vez, aunque nunca lo tomó. La caja de cartón contenía diez ampollas que debían administrarse por vía oral rompiendo el pequeño cuello de la botella y dejando caer las gotas directamente sobre la lengua.

Varias noches estuvo tentado de tomarlo, pero no lo hizo. Superó el dolor sin medicación porque para él era importante sentirlo, saber que aquella sensación formaba parte de la penitencia que debía pagar.

Dejó las llaves sobre la mesa y cogió el sobre. Con él en la mano se dirigió al cuarto de baño y, antes de abrir el armario que había encima del lavabo, miró su rostro reflejado en el espejo, y le costó reconocerse. Allí se encontraba la caja de cartón. La cogió con la misma mano con la que sostenía el sobre. No la abrió; podría haberlo hecho, solo le habría llevado un segundo, pero temía que en su interior no estuvieran las diez ampollas, que solo quedaran tres, o cinco, o ninguna. No estaba dispuesto a pasar por eso; ya había encontrado un enemigo, también un motivo por el que seguir viviendo, y no iba a permitir que la realidad se lo arrebatara.

Se dirigió a la cocina, abrió la puerta del mueble de debajo del fregadero y se deshizo de la caja de cartón con las ampollas de fentanilo y también del sobre con el informe preliminar de la autopsia.

Ambos estaban cerrados.

48

Solo tenía que esperar, sabía que no sería rápido. La propietaria tardaría en volver a poner el apartamento en alquiler. Primero lo limpiaría a conciencia —tal vez incluso aprovechara para cambiar algunos muebles o para pintar las paredes— y después lo cerraría durante una temporada. Una muerte siempre genera revuelo, por eso lo más probable era que prefiriese esperar a que el ruido desapareciera. No podría evitar que los nuevos inquilinos acabaran descubriendo lo ocurrido; algún vecino se lo contaría o el rumor les llegaría a través de un comercio del barrio. Pero si tenía algo de paciencia, al menos lograría que no se enteraran de la noticia mientras les enseñaba el piso. Jonás contaba con ello y no le preocupaba lo más mínimo. Y es que cuando lo has perdido todo lo único que te queda es tiempo, todo el tiempo del mundo.

La primera noche que durmió en casa tras el entierro de Valeria le escribió un mensaje a Lucía. Aunque no había vuelto a saber nada de ella desde la mañana en que se presentó en su trabajo y él la acompañó al camping en el que se alojaba, era el último cabo suelto de su pasado y sentía que debía atarlo antes de marcharse.

Le envió un mensaje de texto en el que le resumía todo lo que había pasado el último año y en el que también le pedía —aunque sabía que ella no trataría de localizarlo— que no intentara ponerse en contacto con él, puesto que tenía previsto desaparecer. A modo de despedida, le aseguraba que, en cierta forma, ella era la responsable de todo lo que le había ocurrido, la culpable de las muertes de Camila y de Valeria, y de su situación actual. Lo envió y esperó. Solo un par de minutos después vio que lo leía y en la pantalla apareció un mensaje que indicaba que ella estaba escribiendo una respuesta. En ese momento apagó el teléfono, sacó la tarjeta, la cortó en dos con unas tijeras y la tiró a la basura junto con el aparato. A la mañana siguiente compró uno nuevo, un modelo arcaico desde el que se podían realizar y recibir llamadas, pero sin conexión a internet. También se hizo con una tarjeta de prepago con un número diferente.

Cada día revisaba las páginas de portales inmobiliarios en tres momentos distintos: nada más levantarse, después de comer y antes de acostarse. A eso dedicaba la mayor parte de su energía; el resto del tiempo lo pasaba tumbado en el sillón o en la cama. Solo salía de casa para visitar a la terapeuta y para sacar a pasear a Estúpido, pero con el paso de las semanas también renunció a esas dos actividades.

Escribió un correo electrónico al gerente de su empresa para anunciarle que renunciaba a su plaza. Le comunicaba que quería empezar una nueva vida para olvidar lo ocurrido y que nunca podría hacerlo si mantenía el mismo empleo. La respuesta llegó alrededor de una semana más tarde. En el mensaje, el gerente le decía que había intentado ponerse en contacto con él por teléfono, pero no lo había logrado; le aseguraba que comprendía su situación y que se lo pensara bien, ya que podrían esperarlo todo el tiempo que necesitara. En cualquier caso, si su decisión era firme, debía comunicarlo en persona mediante una carta manuscrita y firmada de su puño y letra. No era urgente, le aclaraba. Conocía la situación por la que estaba pasando y a ambos les unía una amistad personal; podía ser dentro un mes o de tres, cuando quisiera, era solo un formalismo por si lo solicitaban en la intervención anual. Se despedía deseándole que todo le fuese bien y pidiéndole que, cuando se pasase por las oficinas para entregar la carta, no olvidara ir a verlo para que pudiera darle un abrazo.

Al no tener necesidad de conseguir el parte de confirmación de la baja laboral, dejó de presentarse a terapia y, como ya no tenía ningún motivo para salir de su casa, habilitó la habitación de Valeria para que Estúpido hiciera allí sus necesidades. Cubrió el suelo con papel de periódico y, aunque lo retiraba una vez o dos a la semana para cambiarlo por otro, con el paso de los días el olor de la casa se volvió nauseabundo.

Si llamaban al telefonillo, no contestaba; imaginaba que sería el cartero o algún repartidor que se había equivocado de dirección. Le molestaba el ruido punzante que emitía, y lo desconectó. No lo había hecho nunca y no sabía si lo lograría, pero fue más sencillo de lo que había imaginado. En la parte inferior había un tornillo con cabezal de estrella; lo retiró, y el aparato se despegó de la pared y quedó colgando de los cables que lo unían al cajetín eléctrico, solo tuvo que cortarlos con unas tijeras para que no volviera a sonar.

Una tarde, alguien golpeó con los nudillos en la puerta. Todavía no era de noche, pero ya había oscurecido. Jonás apagó el televisor y permaneció en silencio; Estúpido, en cambio, comenzó a ladrar. Jonás movió los brazos de arriba abajo intentando llamar la atención del animal y le pidió que dejara de hacer ruido llevándose el dedo índice a los labios, pero el perro no pareció entender lo que le indicaba.

—Soy Olivia —oyó decir a la persona del otro lado—, la vecina de arriba. ¿Cómo estás, Jonás? Ya sabes que mi marido y yo te tenemos mucho aprecio... Solo queríamos saber cómo te encontrabas.

Jonás la escuchó y guardó silencio. Ni ella ni su marido le caían bien, eran de esas personas que sonríen más de la cuenta y visten prendas de colores claros en invierno. No pensaba hablar, ni siquiera se movería del sofá en el que se encontraba. Estuvieron un rato así, ambos callados y el perro ladrando y corriendo de un lado a otro, hasta que ella volvió a intervenir.

—Te he preparado una tarta de manzana y canela. Te la dejo aquí, sobre el felpudo. Si necesitas cualquier cosa, lo que sea, no tienes más que pasarte por nuestra casa y pedírnoslo.

Jonás bajó del sofá sin usar las muletas y fue arrastrándose por el suelo hasta la puerta. Una vez allí, pegó la cabeza a la madera y se quedó en silencio escuchando los pasos de su vecina. No abrió hasta que oyó que entraba de nuevo en su casa. Entonces, sabiendo que ya no había nadie al otro lado, abrió la puerta y cogió la tarta. Protegida por la bolsa de plástico, todavía estaba caliente. La sacó de la bolsa, la dejó en el suelo, llamó a Estúpido para que se la comiera, cerró la puerta y regresó al sofá.

Algo más de tres meses transcurrieron hasta que el apartamento en el que había vivido y fallecido su hija volvió a estar en alquiler. Lo vio por la mañana, pero había dormido más de la cuenta y eran alrededor de las doce del mediodía cuando lo descubrió. Pese a que se puso nervioso pensando que alguien se le podía haber adelantado, antes de marcar el número que indicaba el anuncio se dirigió al cuarto de baño a lavarse la cara y hacer gárgaras para aclararse la garganta.

La mujer que lo atendió le confirmó que no era la primera persona que se interesaba por el piso, pero todavía no habían comenzado las visitas, tenía previsto empezar a enseñarlo al día siguiente, de modo que, si él estaba interesado, podían citarse.

Por el tono de su voz, parecía una mujer mayor, ya anciana. Jonás sabía que se trataba de la misma señora que atendió a su hija. La dejó hablar, no quería dar la impresión de que estaba nervioso o desesperado, pero cuando terminó le indicó que no necesitaba visitar la vivienda, que su llamada era para reservarla. Para justificar su precipitada decisión, le contó que llevaba tiempo buscando una casa por la zona, pero no le estaba resultando fácil encontrarla, y la que ella anunciaba cumplía todos los requisitos que él necesitaba. La dueña se mostró encantada con su interés y le comunicó que para formalizar el contrato necesitaba que le entregase algunos documentos.

—Yo no sé demasiado de estas cosas —le dijo—, pero en la gestoría me han dicho todo lo que debo pedir para garantizar los pagos.

La mujer estaba jubilada y no quería problemas; el piso lo había heredado de una tía suya que había fallecido sin hijos, lo único que quería era sacarle un beneficio alquilándolo y que no le generase molestias. Jonás la volvió a dejar hablar y cuando terminó la tranquilizó, le aseguró que no sería necesario presentar nóminas o vidas laborales, que podían realizar un contrato entre particulares, ya que así se ahorraría los honorarios de la gestoría.

—Lo haremos todo legal, pero sencillo —le aseguró para inspirarle confianza.

Le propuso firmar un contrato con una duración estándar de cinco años en el que incluirían una cláusula para que ella tuviera la potestad unilateral de rescindirlo en cada renovación anual, si no estaba conforme con el cuidado de la vivienda por parte del inquilino. Jonás se ofreció a abonarle cada anualidad por adelantado. Le pagaría los primeros doce meses en el momento de la firma, y así lo haría en cada una de las posteriores renovaciones. Además, le daría el dinero en metálico a la entrega de las llaves; de esa forma, no tendría que declararlo y podría quedarse el importe íntegro. Terminó de hablar y casi pudo apreciar su sonrisa al otro lado de la línea. Como era de esperar, a la mujer le pareció bien y se citaron para la siguiente semana. Ella llevaría un contrato modelo que cumplimentarían allí mismo y él le entregaría el importe del primer año de alquiler.

Antes de colgar, la mujer cayó en la cuenta de que ni siquiera conocía el nombre de la persona que estaba a punto de convertirse en su nuevo inquilino, así que decidió preguntárselo. Jonás guardó silencio. Por primera vez en toda la conversación no sabía qué responder, no se le había ocurrido pensar en su nuevo nombre, pero sintió que era un momento importante, que aquel era el día de su nuevo comienzo, como cuando la ballena vomitó a Jonás para que pudiera cumplir su misión. Y entonces, al imaginarse en el mar, en el vientre de una inmensa ballena, supo que solo uno podía ser su nuevo nombre.

—Llámeme Ismael —dijo.

49

Dedicó los días que siguieron a limpiar y recoger la casa; quería dejarlo todo en perfecto estado antes de marcharse. Retiró los papeles de periódico de la habitación de Valeria, barrió y fregó los suelos, limpió los cristales de las ventanas, el cuarto de baño y la cocina. Hasta volvió a atornillar el telefonillo a la pared, aunque no pudo conectar los cables que había cortado.

No se llevaría nada, solo una mochila con una muda y un pijama, todo lo demás lo compraría: ropa y muebles nuevos y un televisor y hasta un microondas. Lo compraría todo y contrataría a una empresa de transportes para que lo llevase a su nueva casa. No quería cargar con nada que le recordase su pasado, nada que le recordase a Camila o a Valeria. Nada que le recordase a Jonás.

El último día antes de partir, solo quedaba una cosa por hacer.

Se vistió y cogió la correa de Estúpido, que movió el rabo contento y sorprendido, puesto que salir a la calle no había sido algo habitual en las últimas semanas, y mucho menos siendo ya noche cerrada. Como solía hacer, Jonás se ató la correa a la cintura para poder llevar al animal por la calle sin dejar de usar las muletas. Caminaron hasta el parque de Belvís y allí lo soltó. Varias farolas iluminaban la entrada, pero al adentrarse en el parque en dirección al arroyo, la oscuridad los fue envolviendo.

Estúpido estaba feliz, se metía en el agua y salía saltando, con las patas llenas de barro. No paraba de mover el rabo de un lado a otro ni de jadear con la lengua fuera. Jonás lo contemplaba en silencio y dejó que jugara. Lo mejor era que se cansara, pensó.

El parque estaba casi vacío, solo había un par de parejas sentadas en los bancos de madera de la entrada y algún vecino que había sacado su mascota a pasear antes de irse a dormir. Esperó a que no hubiera nadie a su alrededor, entonces llamó al perro golpeándose el muslo con la palma de la mano derecha. Estúpido se acercó y con sus babas manchó el pantalón de Jonás, que se agachó para coger del suelo una piedra de tamaño similar al del cráneo de su perro. Le llevó un buen rato encontrar una lo suficientemente grande. Cuando la halló se incorporó apoyándose solo en una muleta y alzó la mano que sujetaba la piedra. Al verlo, el animal se inclinó delante de él, con las patas delanteras y la punta de su nariz tocando la arena, y las orejas y el rabo apuntando al cielo.

Lo hizo creyendo que Jonás se la iba a lanzar.

Lo hizo para salir corriendo y traérsela de vuelta.

Lo hizo como si se tratara de un juego.

Lo hizo porque era estúpido.

hoy

50

No tiene que esperar demasiado; la mañana siguiente al día del beso, Fausto se presenta en casa de Kira. Está nervioso cuando se detiene frente a la puerta, no puede quedarse quieto y mueve los pies como si caminara, pero no avanza ni retrocede, es como si el suelo estuviera ardiendo o como si fuera una de esas personas que salen a correr y en mitad de su ruta se encuentran un semáforo en rojo. Golpea con los nudillos y después toca el timbre, pero nadie abre la puerta, así que espera unos veinte o treinta segundos y decide darle un fuerte puntapié. Primero uno, y luego otro y otro más.

Kira está dentro, Jonás lo sabe porque minutos antes ha oído que subía la persiana de su habitación. Está dentro, pero no abre. Se la imagina de pie, en silencio, observando el rellano a través de la mirilla, exactamente la misma posición en la que se encuentra él. Están el uno frente al otro, cada uno en su casa y Fausto entre ambos. Ella lleva años viviendo allí y conoce a su vecino desde que se instaló. Sabe que es agresivo, que no es prudente intentar negociar con él, por eso lo observa agazapada detrás de la puerta sin hacer ningún ruido.

Cuando considera que ya ha esperado suficiente, Fausto

comienza a insultarla. Intuye que ella está dentro pero no quiere abrir, y grita tan alto como puede para estar seguro de que lo oye, pero también lo hacen todos los vecinos de la corrala.

—¡Si vuelves a hablar de mí, te mato! —la amenaza—. ¿Me has oído, puta? ¿Oyes lo que te estoy diciendo? ¡Si vuelves a contar una sola mentira más sobre mí, te corto el cuello! ¿Te queda claro? —pronuncia la última pregunta y espera, aunque sabe que nadie responderá.

Kira no se mueve, ni siquiera respira. Jonás tampoco. El único sonido que se oye es el de ventanas que se abren en otros pisos para saciar la curiosidad de los vecinos, deseosos de apaciguarla y descubrir lo que ocurre.

—¡Me cago en tu puta calavera! —continúa chillando Fausto, al considerar que las amenazas que ha proferido no han sido suficientes—. ¡Te juro por mis muertos que te corto el cuello! —sentencia.

Vuelve a esperar, algo menos en esta ocasión, quizá cinco o diez segundos, y le propina una última patada a la puerta; una patada mucho más violenta que las anteriores.

Finalmente da media vuelta y baja las escaleras.

51

Son las diez de la mañana, el supermercado acaba de abrir las puertas y Jonás se encuentra en uno de los pasillos, observando al pescadero mientras limpia un lenguado: le arranca la piel tirando desde la cola hacia la cabeza y luego lo filetea, separando la carne de la espina. Usa un guante de cota de malla para evitar cortarse con el cuchillo. Jonás lo mira con atención, pero no es eso lo que le tiene absorto, sino el recuerdo que evoca de un pasado que, aunque cercano, le resulta remoto.

Cuando su hija aprobó la selectividad, Camila y él la llevaron a cenar a un restaurante japonés. Pidieron anguila y el *itame* la preparó delante de ellos. El animal estaba vivo cuando lo colocó sobre una tabla de madera; no le resultaba sencillo mantenerlo en su lugar porque se retorcía sobre sí mismo como si supiera lo que le esperaba y quisiera escapar de su destino. De pronto el cocinero le hincó un punzón en la cabeza con la fuerza suficiente para que la punta se quedase clavada en la madera, a fin de que la anguila no pudiera escaparse. Acto seguido fue cortándola a trozos de unos ocho o diez centímetros; los pedazos cercenados continuaron moviéndose mientras los cocinaba en la plancha. Incluso al servirlos y dejar el plato en la mesa para que los comensales lo degustaran, algunas porciones seguían haciendo ligeros movimientos, como cuando alguien sueña plácidamente y de pronto siente que se precipita al vacío.

Valeria no probó bocado en toda la noche, ni siquiera pidió postre. Cuando salieron del restaurante y se montaron en el coche para regresar a casa, rompió a llorar.

—Hay cursos de formación, si estás interesado en cambiar de puesto de trabajo —dice de pronto Cándida, que se le ha acercado por la espalda sin que él lo haya visto—. Aquí no —le aclara—, en este centro no tenemos, pero en otro supermercado de la cadena sí. Puedes presentar una solicitud por escrito y te avisarán cuando haya plaza en alguno de los talleres.

Jonás se da la vuelta y la mira pero no dice nada, no comprende lo que ocurre.

—Si quieres cambiar de ocupación —le repite ella—, hay cursos para ser carnicero o pescadero, quiero decir. Ser cajero es más aburrido.

Jonás asiente y sonríe. Una mueca condescendiente.

—Gracias —dice sin el menor entusiasmo ni convicción.

—Por cierto, ¿cómo está tu padre? —quiere saber Cándida.

Él tarda unos segundos en reaccionar, los necesita para recordar que le dijo que debía acompañarlo al médico cuando fue a Santiago para ver a Lucía, así que, para que su silencio no resulte desconcertante, decide envolverlo de cierto dramatismo, de forma que su respuesta justifique la pausa.

—No muy bien —contesta al fin—, tiene cáncer de piel.

Cándida se lleva la mano derecha a la boca. Al verlo, Jonás se pregunta si solo está fingiendo o su reacción es genuina.

—Lo siento mucho, Ismael —dice ella, y acompaña su comentario de un movimiento oscilante de la cabeza.

—¿No te parece que el cáncer es la enfermedad más estúpida que existe? —pregunta Jonás a modo de respuesta parafraseando a Román cuando le habló de la muerte de su esposa—. Tener cáncer es como tener un gato o un perro, todo el mundo ha tenido uno o conoce a alguien que lo tiene, ¿no crees?

Cándida lo mira fijamente, en silencio; la frialdad de Jonás la ha dejado sin palabras. Por unos segundos ninguno de los dos dice nada; se quedan de pie, uno frente a otro, como en esos juegos infantiles en los que dos personas deben mirarse hasta que una comienza a reír y pierde.

—Si necesitas cualquier cosa... —dice Cándida, pero pronto descubre que la frase no tiene demasiado sentido, dado el comentario que él ha hecho, y la deja suspendida en el aire.

—Debería ir a trabajar —anuncia Jonás, más por ella que por él—. Ya está entrando gente.

—Sí —contesta Cándida moviendo una vez más la cabeza, en esta ocasión de arriba abajo, mientras habla.

Se despiden así y los dos comienzan a caminar por el mismo pasillo pero en sentido opuesto. Antes de llegar a la línea de las cajas, Jonás se dirige hacia Román, que está junto a la entrada construyendo una pirámide de frascos de tomate triturado en oferta.

—¿Qué haces el domingo? —le pregunta.

Román levanta una ceja sorprendido, ya que suele ser él quien hace las propuestas.

—¿Querés ir otra vez de pesca?

—Es que tenías razón, es más divertido de lo que pensaba.

Román se sacude las manos en la camisa del uniforme y se gira de cara a su amigo.

—Y eso que la última vez fue un desastre, no pescamos un carajo.

—Seguro que esta vez nos irá mejor.

—¿Y por qué estás tan seguro? —pregunta Román sonriendo y mostrando su colmillo de oro.

—Bueno, es que tengo un presentimiento —le confiesa—. Creo que está a punto de cambiar mi suerte.

52

Antes de abandonar su apartamento, Jonás mira por última vez lo que ha puesto en la mochila. No quiere olvidarse nada importante y lamentaría que un despiste lo tirase todo por tierra. Para Jonás la organización milimétrica es fundamental, siempre lo ha sido, así fue como logró ascender en la empresa y como pudo mantener una doble vida durante años. La improvisación, según él, es sinónimo de riesgo, y el riesgo conlleva un alto porcentaje de fracasos.

Justo por ese motivo, cuando abre la puerta para dirigirse al piso de Kira —con la que ha quedado para cenar— y descubre a Lucía en el umbral, no puede evitar pensar que todo lo que ha planeado durante meses está a punto de desmoronarse.

Lucía lleva un vestido de algodón verde de un tono oscuro, como el de una botella de vino, sandalias y el pelo recogido con un coletero. La pilla con la mano alzada y el dedo índice extendido, a punto de tocar el timbre.

—Para ser cojo, eres muy rápido abriendo la puerta —dice a modo de saludo con una sonrisa, o más bien una risotada, en los labios.

Jonás mira la puerta de enfrente por encima de su hombro preguntándose si Kira estará contemplando la escena por la mirilla.

—¿Qué haces aquí? —inquiere desconcertado. Y por si no hubiera quedado claro el tono de su frase, reformula la cuestión—: ¿Cómo me has encontrado?

Mientras espera respuesta deja caer la mochila al suelo y la empuja con una muleta para alejarla del lugar en el que se encuentra. Lucía introduce la mano que se había quedado en el aire en un pequeño bolso de punto que lleva cruzado sobre el pecho y solo cuando encuentra lo que busca contesta.

—Te dejaste esto en casa de Sebastián —le dice mostrándole el quemador para velas con la forma de una cáscara de huevo.

Jonás lo agarra y se lo mete en el bolsillo del pantalón a toda velocidad.

—¿Él te ha dado mi dirección? —quiere saber.

—¿Qué esperabas? —Lucía se encoge de hombros al contestar—. Descuida, yo soy la única persona de tu pasado que puede encontrarte, para el resto Jonás sigue siendo un fantasma.

—No me llames así.

—Es cierto. —Vuelve a levantar la mano, ahora para estrechar la de él—. Encantada, Ismael. Soy Lydia —dice.

Jonás mira los dedos de Lucía, que lo apuntan directamente como si fuesen el cañón de un revólver.

—Entra, por favor —le pide sin corresponder al gesto de ella—. No quiero que hablemos aquí.

Se aparta para cederle el paso, mira una última vez el descansillo y cierra con sumo cuidado intentando que la puerta no haga ruido y Kira no pueda oírlo.

Cuando se gira, Lucía está de pie en su habitación contemplando la reproducción de *Judit y Holofernes*, el cuadro de Caravaggio. Él se dirige hacia ella, quien, al sentir su presencia en el cuarto, le habla sin darse la vuelta, con la mirada fija en la pintura.

—¿Por qué lo está matando? —pregunta.

—Por venganza —responde Jonás—. El tipo al que está decapitando había declarado la guerra al pueblo en el que ella vivía y lo estaba masacrando, así que Judit decidió asesinarlo para poner fin a la contienda. Lo logró. A nadie se le había ocurrido sospechar de una inofensiva chica. Holofernes —dice señalando al hombre de la pintura— la invitó a cenar en su campamento para seducirla, pero ella lo emborrachó y él se quedó dormido en cuanto se tumbó en la cama. Entonces le cortó la cabeza.

—¿Y qué hizo después?

—¿Con la cabeza? —pregunta Jonás, que, seguro de haber acertado en su suposición, continúa hablando sin esperar respuesta—: Se la mostró a los soldados que él comandaba y se rindieron de inmediato. Sin un líder que los guiara, no se creían capaces de someter a un pueblo entero.

—Es una historia cruel —comenta Lucía, que por primera vez se gira para ver la cara de Jonás.

—Todas las historias lo acaban siendo. ¿Quieres saber qué es lo más interesante de la pintura? —pregunta y, como acaba de hacer, continúa hablando sin esperar respuesta—: Ella —dice señalando a la anciana que se encuentra de pie en uno de los extremos de la imagen. A la mujer ni siquiera se le ve el torso, solo una cara y las manos llenas de arrugas.

—¿Por qué? —quiere saber Lucía.

—Porque fue la encargada de conseguir la espada con la

que Judit decapitó a Holofernes; sin ella, el plan no podría haberse llevado a cabo. Así es como funciona una venganza, nadie puede realizarla solo, siempre se necesita al menos un cómplice que ayude; puede ser alguien como la anciana, que lo hace con premeditación, o alguien que ni siquiera sospecha que forma parte de un plan. ¿A qué has venido, Lucía? —pregunta cambiando repentinamente de tema.

Lucía se gira por completo, dándole la espalda al cuadro, antes de responder.

—¿A qué has venido tú, Jonás? —contesta parafraseándolo.

Tras estas palabras los dos guardan un largo silencio, hasta que ella vuelve a hablar.

—¿Qué haces aquí, en esta casa? El pasado no puede cambiarse. Nada de lo que tengas pensado hacer te devolverá tu vida anterior. No sé qué chingados estás tramando ni para qué necesitas una nueva identidad, pero no va a funcionar, créeme. No todas las cosas que se rompen están esperando que tú aparezcas para arreglarlas.

Jonás la mira en silencio antes de responder y repasa todos los escenarios que había imaginado; creía tener todas las variantes bajo control, todas menos la que está teniendo lugar en su propia habitación. La aparición de Lucía no formaba parte de ninguno de los giros imprevistos que había imaginado.

—¿Has venido aquí para decirme esto? —pregunta.

—No —contesta ella con rotundidad—. He venido aquí para pedirte que vuelvas.

El sonido del timbre detiene en seco la conversación. Jonás gira la cabeza hacia atrás sin cambiar la posición de su cuerpo y se lleva el dedo índice a los labios para pedirle a

Lucía que guarde silencio. Ella obedece. Durante unos segundos no ocurre nada, hasta que de pronto se oye una voz: «¿Ismael? ¿Estás ahí?».

Kira pregunta por él. Jonás, enfurecido e intentando no hacer ruido, aprieta el puño y se lo lleva a la boca para morderlo. Sabe que si sale de la habitación Kira podrá verlo a través de la pequeña ventana del fregadero, que se comunica con el descansillo. Tiene que pensar una solución rápido y tiene que encontrarla sin moverse del lugar en el que se encuentra.

—¿Tienes agua? —le pregunta de pronto a Lucía en voz muy baja, casi un susurro.

Mientras ella busca en su bolso, él, con la punta de una muleta, alcanza una manta de algodón que se encuentra a los pies de la cama. Se la coloca sobre los hombros y se envuelve con ella como si tuviera frío.

—Nomás queda esto —le dice Lucía mostrándole una botella de plástico de medio litro en la que hay unos dos dedos de agua.

—Es suficiente.

Jonás desenrosca el tapón, se moja la palma de la manos y, con los dedos, se salpica toda la cara y el cuello.

—No te muevas —le pide a Lucía—. Y, sobre todo, no hagas el menor ruido.

Se gira y se dirige a la puerta de la entrada. Antes de abrir traga una gran bocanada de aire, como un actor segundos antes de comenzar la función.

—Kira, lo siento, estaba a punto de avisarte. —Jonás apoya un hombro en el marco y el otro en la propia puerta, de modo que su torso tapa toda la abertura e impide que Kira entre en su apartamento o que pueda ver lo que hay en su interior.

—¿Estás bien, Ismael? —pregunta Kira, confundida—. Tienes mal aspecto, ¿estás sudando?

Antes de responder, Jonás se ajusta la manta sobre los hombros.

—No sé qué me ha podido ocurrir, creo que es algo vírico. Tuve que salir antes del trabajo porque me encontraba mareado y con ganas de vomitar. Quise avisarte, pero me tumbé en la cama y se me pasó el tiempo. ¿Te importa si dejamos la cena para mañana? Es que no me encuentro nada bien, lo siento.

—No seas bobo, no tienes que pedirme perdón —dice Kira en tono amable y da un paso al frente esperando que Jonás se aparte para que ella pueda entrar—. Deja que te cuide. Puedo prepararte una sopa caliente y quedarme contigo esta noche por si necesitas algo.

En lugar de echarse a un lado, Jonás aprieta con más fuerza los hombros contra la madera.

—No —responde tajante, y acto seguido intenta cambiar el tono para que Kira no se alarme ante el nerviosismo evidente de su reacción—. Mañana estaré bien, ya me ha ocurrido otras veces, solo necesito descansar. Prefiero estar solo y dormir. Si es un virus, no quiero arriesgarme a contagiártelo.

—Deja de preocuparte por mí. Eres tú el que está enfermo, y yo la que tiene que preocuparse por ti —insiste sonriendo.

—De verdad, Kira, prefiero estar solo —le pide, y suena como si se lo estuviera suplicando—. Necesito descansar un poco, solo eso. Mañana estaré perfecto y podremos cenar juntos, te lo prometo.

—Como quieras —contesta al fin con frialdad, visiblemente molesta.

—Gracias —responde Jonás haciendo como que no ha percibido el enojo en su respuesta.

Se quedan un par de segundos así, ella de pie en el descansillo y él en el umbral de la puerta, con la manta sobre los hombros y su cuerpo taponando todo el espacio. Finalmente, ella se da la vuelta y entra en su casa. Jonás espera a que cierre la puerta para hacer lo propio. Inmediatamente después se deja caer al suelo apoyando la espalda contra la madera y se lleva las manos a la cara para tapársela con ellas. Las gotas de sudor se mezclan con el agua de la botella de Lucía. Por un momento cree que al apartar los dedos de los ojos el edificio habrá desaparecido, que todo habrá sido un mal sueño y estará de nuevo en su casa con Camila y Valeria. Pero lo que descubre al hacerlo es la mochila negra junto a sus muletas. La mochila que minutos antes había estado preparando con sumo cuidado y que ahora ni siquiera puede asegurar que vaya a acabar usando.

53

—¿Puedo echarme un cigarro aquí? —pregunta Lucía, que está recostada en el sillón.

—Es la primera vez que te oigo pedir permiso antes de fumar —responde Jonás.

—Será que me estoy reformando —contesta ella en tono burlón. Se prende un cigarrillo y da una larga calada, exhalando el humo hacia un lado.

Jonás está de pie, con las muletas bajo las axilas, contemplándola e intentando buscar una solución.

—Tienes que irte —le pide de pronto.

Lucía sonríe al oírlo y el humo le provoca una aparatosa tos.

—¿Te vas a pasar la vida alejándome de ti? —pregunta cuando logra controlarse.

—No es eso... —dice.

No puede terminar la frase, porque Lucía se lo impide al volver a hablar.

—No seas pendejo, Jonás. ¿Qué estás haciendo aquí? ¿De qué va todo esto?

—No puedes presentarte en mi vida como por arte de magia e intentar cambiarlo todo —le recrimina él.

—¿No puedo? Vaya, qué casualidad, porque eso fue justo lo que tú hiciste conmigo.

Jonás se da la vuelta. Aunque está furioso, el acto de girarse sobre sí mismo con las muletas produce una imagen más ridícula que violenta.

—Esto es todo lo que me queda —dice finalmente mirándola de nuevo. Tiene los ojos rojos, como si estuviera a punto de romper a llorar.

Lucía nunca lo ha visto así y la escena le congela la sonrisa en el rostro.

—Es cierto, yo destrocé tu vida. Nunca te quise, te utilicé y cuando ya no te necesitaba te alejé de mí, te eliminé de mi vida. Soy un monstruo, Lucía, siempre lo he sido. Pero sé que tú puedes entenderme; lo sé porque tú sabes lo que es perderlo todo y tener que comenzar de nuevo. Por eso y porque todavía me quieres. Si no, no estarías aquí intentando salvarme. Pero no necesito que lo hagas; tú lo has dicho antes: no todas las cosas que se rompen están esperando a que alguien las arregle.

Lucía da una última calada y, aunque todavía le queda medio cigarrillo por consumir, lo apaga en la suela de su sandalia y deja la colilla en el brazo del sofá.

—¿Qué hay ahí dentro? —pregunta señalando la mochila negra, junto a la puerta de la entrada.

—Nada —responde tajante Jonás.

—Déjame verla, entonces.

—No puedo.

—No lo hagas, Jonás. Sea lo que sea lo que estés tramando, déjalo, no merece la pena.

Jonás le sostiene la mirada, pero no responde. Lucía vuelve a hablar.

—¿Quién es ella? ¿Qué tiene que ver con todo esto? —pregunta refiriéndose a Kira.

—No es nadie —contesta Jonás, pero acto seguido se arrepiente de su fría respuesta y decide ampliarla—: Solo es una pieza del puzle, no es más que la anciana del cuadro —le confiesa.

Esperan hasta la madrugada, Jonás no quiere arriesgarse a que Kira vea a Lucía saliendo de su casa y le pide que no se marche hasta que estén seguros de que ella está durmiendo. Cenan una pizza precocinada de ternera, cebolla y aceitunas negras, y apenas hablan. El silencio es tan denso e incómodo que Jonás decide encender el televisor mientras hacen tiempo. Durante de un par de horas ven un programa de preguntas y respuestas en la pantalla.

—¿De verdad no quieres que llame a un taxi? —le pregunta Jonás a Lucía cuando se despiden. Son las dos de la madrugada y no se oye ningún ruido en la corrala, parece que todo el vecindario esté durmiendo menos ellos.

—No te apures, no soy una chiquilla, puedo hacerlo yo solita.

Jonás abre la puerta intentando evitar el menor ruido. Lucía saca un bolígrafo del bolso y busca un papel, pero no lo encuentra. Decide improvisar y escribe algo sobre un trozo de la cajetilla de tabaco que ella misma rompe con sus dedos.

—Este es mi nuevo número —le anuncia a Jonás al entregárselo—. Mi tren no sale hasta mañana por la tarde. He reservado un hotel en el centro. Este es el tiempo que tienes para arrepentirte y llamarme —dice sin la menor convicción, sabiendo que Jonás ya ha tomado la decisión. A decir verdad, ya lo había intuido antes de emprender el viaje—.

Estuvo bien —añade a modo de despedida, y en ese momento es ella quien está a punto de romper a llorar.

—Lo estuvo —asiente Jonás mientras coge el trozo de cartón con el número de teléfono escrito en él—, pero ojalá no me hubieras conocido nunca. Te mereces algo mejor que yo —le asegura.

—Ese ha sido siempre tu mayor problema —responde ella en un tono amable, casi cariñoso—. Te pasas la vida decidiendo lo que es mejor para todas las personas que forman parte de tu vida, pero nunca aciertas.

Lucía sonríe y un instante después, quizá para que Jonás no pueda responder, o simplemente porque siente necesidad de hacerlo, le da un beso en la comisura de los labios. Es un beso extraño, a ambos les agrada y les resulta familiar, pero a la vez se sienten como si estuvieran besando a una persona desconocida.

Lucía se da la vuelta y comienza a bajar las escaleras sin encender la luz, como Jonás le ha pedido. En pocos segundos su silueta desaparece, dejando el portal completamente a oscuras y en silencio.

54

Tal y como le ha prometido, el día siguiente por la tarde Jonás se presenta en casa de Kira. Ella no se sorprende al ver que lleva una mochila en la espalda, suele hacerlo cuando duermen juntos; a Jonás, en cambio, sí le resulta extraño descubrirla con un cigarrillo en las manos, nunca la había visto fumar. Cuando ella abre la puerta exhala el humo hacia un lado y lo besa en la comisura de los labios. Así se saludan, del mismo modo en que Lucía y él se despidieron la noche anterior.

—¿Cómo estás? —pregunta Kira sin mostrar demasiado interés.

—Bien, algo cansado, pero casi recuperado —le asegura.

—Tienes mejor aspecto.

—Sí, incluso he ido a trabajar esta mañana.

—Qué bien —se limita a contestar.

Kira se gira y comienza a caminar hacia el salón. Él la sigue, pero no es tan rápido como ella, y cuando llega ya ha tenido tiempo de apagar la colilla apretándola contra un plato pequeño de los que suele usar para las tazas de café y ha encendido otro cigarrillo. Parece alterada, y Jonás teme que pueda estar relacionado con lo ocurrido el día anterior. Intenta aparentar tranquilidad y la mira con una amplia sonrisa. Ella no se la devuelve, lo que lo obliga a cambiar de estrategia, y decide hablar.

—No sabía que fumaras.

Kira acerca el dorso de la mano a su rostro, con el cigarro entre los dedos índice y medio, y el humo asciende hacia ella. Antes de responder se mira los nudillos.

—Lo dejé hace tres años. —Da otra calada—. Cuatro —se corrige—. ¿Qué pasó con la gotera? —pregunta de pronto.

Jonás intuye que el comentario no encierra un interés real, pero le relaja oírlo, sabe que es la forma que tiene Kira de comenzar a hablar de Fausto y de lo que ocurrió con él la mañana del día anterior.

—Todo solucionado, no he vuelto a hablar con el vecino. —Dice «el vecino» de forma premeditada, como si hubiera olvidado su nombre—. Los de la compañía de seguros me avisaron de que ya habían cerrado la incidencia.

—Qué bien —contesta ella, las mismas dos palabras que instantes antes.

Da vueltas alrededor de la mesa en la que suelen comer, como en ese juego en el que alguien pone música y hay que bailar alrededor de unas sillas y sentarse de golpe cuando la melodía cesa.

—Ayer por la mañana vino aquí, ¿sabes? —dice.

—¿Quién? —pregunta Jonás.

Por un instante le parece tan obvia y absurda la pregunta que, creyendo que Kira pueda percatarse de que está fingiendo, se arrepiente de haberla hecho. Sin embargo ella continúa hablando como si nada.

—Tu ve-ci-no —dice remarcando cada sílaba con ironía,

como si ella no viviera en el edificio y Fausto no fuera también su vecino—. No sé qué le pasaba, se puso como un loco a golpear la puerta y a insultarme. Quise contártelo ayer. Estaba asustada, por eso fui a buscarte al ver que no venías —le recrimina.

—Lo siento —balbucea Jonás—, yo... no sabía nada..., no podía imaginármelo, lo siento.

—Te dije que no era de fiar —le recuerda—. Siempre está metiendo a la gente en problemas.

—Pero ¿por qué iba a hacer algo así? ¿Por qué contigo? Tú ni siquiera hablas con él.

—Me odia, eso es lo que pasa. Ahora está muy tranquilo y no quiere buscarse líos, pero antes no era así. Lo he comentado a los vecinos, pero nadie se atreve a hacer nada, todos le tienen miedo. Por eso me odia, porque a mí no me impone.

El discurso se vuelve cada vez más vehemente y ella gesticula con tanta violencia al hablar que la ceniza cae aquí y allá sobre el parquet.

—No es la primera vez que lo hace —continúa—. Antes no paraba de subir gente a su casa. Hablaban y escuchaban música durante horas, por la tarde y también de madrugada, y nadie le decía nada, todos hacían como si no lo oyeran, solo yo me atrevía a llamar a la policía. ¿Sabes cuántas veces lo hice? Diez, o más, igual veinte. Venían, me tomaban declaración y luego iban a su casa, pero nunca pasaba nada. También lo denuncié en el Ayuntamiento, para que lo amonestaran y lo obligaran a irse, pero fue una pérdida de tiempo, papel mojado... —De pronto Kira detiene su narración y mira fijamente a Jonás—: ¿Qué ocurre? ¿De qué te ríes?

Jonás conocía la animadversión de Kira hacia Fausto,

pero no podía imaginar que ella hubiera llegado tan lejos. Al escucharla, no ha podido evitar sonreír. Ha descubierto que todo encaja mucho mejor de lo que él había imaginado. Su sonrisa ha sido espontánea y Kira quiere saber qué se la ha provocado, pero Jonás no puede confesarle lo que está pensando.

—No me estoy riendo —se limita a decir para intentar ganar tiempo.

—Sí, sí lo estás haciendo —responde ella, cada vez más molesta.

—Es una bobada —se justifica él, improvisando sobre la marcha—. Con tu enojo, no me has dejado enseñarte esto. —Levanta un brazo y le muestra una bolsa de cartón con el logotipo de un restaurante japonés impreso en ella—. Hoy no tienes que cocinar, me encargo yo de la cena.

La expresión de Kira cambia, no solo la cara, también sus hombros se relajan.

—Eres un cielo —dice—, perdona la bronca, tú no tienes la culpa de nada. Lo siento, es solo que he tenido unos días horribles. —Apaga el cigarrillo en el mismo plato de antes, aunque le quedaban aún varias caladas para consumirlo—. No quiero fumar más, vamos a cenar, ya me tranquilizaré.

Se dirige al pasillo, donde tiene un sobretodo colgado de una percha, saca un paquete de tabaco y un mechero de uno de sus bolsillos y regresa junto a Jonás.

—Guárdatelo tú —le pide—, y mañana, cuando te vayas, lo tiras a la basura. No quiero fumar ni un solo cigarrillo más.

Jonás coge el tabaco y el mechero y se los guarda en el bolsillo del pantalón. No dice nada, pero no puede evitar pensar en lo absurda que es la situación y en que, si de verdad quisiera no volver a fumar, podría tirarlo todo ella misma a la basura en lugar de encargárselo a él.

Cenan en el salón, toman *ramen* de soja y miso, *gyozas* de cerdo y pasteles *mochi*. No hablan demasiado, ella abre una botella de vino, pero Jonás prefiere beber agua.

Cuando terminan se sientan en el sofá sin recoger antes los platos sucios de la mesa. Kira se recuesta apoyando la cabeza en un cojín y los pies sobre el regazo de Jonás, y él le quita los calcetines y comienza a masajeárselos. Tiene las uñas pintadas de rojo, un rojo tan oscuro que casi parece negro. Jonás las mira mientras presiona sus dedos contra el empeine y no puede evitar acordarse de los pies de Fausto.

—¿Te importa si pongo un poco de música? —pregunta ella.

—Como quieras.

Kira busca en su teléfono móvil y escoge un tema que comienza a sonar por los altavoces colocados en la estantería. Escuchan tres canciones completas; Jonás no conoce ninguna. Al iniciarse la cuarta, Kira se incorpora y lo besa en el cuello.

—Hoy no —le dice Jonás—. Todavía estoy algo cansado por la fiebre de ayer. ¿Te importa si solo dormimos?

55

No sabe qué hora es hasta que lo mira en la pantalla del despertador digital: las dos y treinta y siete minutos. Kira se ha despertado porque siente la boca seca. Le ocurre a menudo y por eso suele dejar un vaso sobre la mesilla, solo que en esta ocasión el agua que queda dentro no le sirve para saciar su sed, de modo que se levanta intentando no hacer ruido y no enciende la luz; no quiere despertar a Jonás. Lo que no sabe es que, aunque lo intentara, no lo lograría.

Camina de puntillas, descalza. Llega a la cocina y, aunque tiene el vaso en la mano, bebe directamente del grifo poniendo la boca debajo de él y girando la cabeza para encajarla en la trayectoria del agua. Luego se limpia la barbilla con la manga del pijama y regresa a la habitación. En realidad, se detiene por el camino al descubrir a Jonás en el salón. Lleva únicamente los calzoncillos, un calcetín en el pie derecho y unos guantes de látex. La imagen es absurda, propia de una película pornográfica amateur. La mochila con la que había llegado horas antes está en el suelo, abierta, junto a sus muletas; dentro hay bayetas, amoniaco y lejía. También varios pares más de guantes. Kira lo observa desde el umbral de la puerta. Está sentado en el suelo, limpiando con detenimiento la mesa de centro.

—¿Qué haces, Ismael? —le pregunta Kira. Espera una respuesta. aunque no tiene demasiado claro si debe reírse o asustarse.

—Estaba sucia —responde Jonás intentando resultar convincente—. ¿Lo ves? Mira.

Kira da un paso, luego otro y otro más. Camina hasta detenerse delante de Jonás, en un lugar desde el que puede observar el punto concreto que le está indicando. No hay ninguna mancha, no hay nada, toda la superficie de la mesa está limpia.

—¿Por qué llevas todas esas cosas en la mochila? —Lo dice confiando en que exista una explicación lógica.

—Es una manía —contesta—, siempre las llevo encima.

Jonás se encoge de hombros como si su comentario hubiera sido gracioso o encerrase una ingenuidad. Después introduce la mano derecha en la mochila, la deja allí dentro un buen rato y la saca con el sacacorchos que le robó a Fausto. Lo sujeta de manera que la parte con forma de punzón en espiral sobresale de sus dedos. Sin decir nada, se impulsa sobre su única pierna con un movimiento casi acrobático para levantarse, mueve el sacacorchos a toda velocidad, un golpe rápido y violento, y se lo clava en el cuello a Kira. Al extraerlo, le sorprende que no haya sangre, sale limpio, como un palillo al comprobar que un bizcocho está bien horneado.

Intenta clavárselo una segunda vez en el mismo sitio, pero no puede. Ella se lleva la mano al cuello, no para protegerse, sino como un acto reflejo para tocarse la primera herida, pero ambos movimientos coinciden y la punta del sacacorchos le atraviesa los tendones. Jonás tira con fuerza hacia él, pero esta vez no consigue extraerlo. Forcejean durante unos segundos y es ella quien, en un intento desesperado, logra liberar su mano.

—Ismael —dice Kira.

Esa es la única palabra que pronuncia, el nombre de la persona a la que cree conocer, el nombre de una persona que no existe.

Por toda respuesta, Jonás le asesta un nuevo golpe, pero, como ella no deja de moverse, falla y la punta choca contra el cráneo de la chica, se dobla y le produce un desgarro. Un trozo de piel queda colgando sobre sus ojos sin llegar a desprenderse por completo. Kira se lo toca nerviosa con los dedos de ambas manos e incluso realiza un gesto ridículo para intentar volver a colocarlo en su sitio. Se lo aprieta con fuerza contra la frente una y otra vez, pero el triángulo de carne vuelve a soltarse y se queda colgando entre sus cejas, como una pegatina reutilizada demasiadas veces que ha perdido su capacidad adhesiva.

Intenta huir, se gira y sale corriendo, pero se golpea la rodilla contra el canto de la mesa de centro y se precipita al suelo. La caída es aparatosa, como la de una patinadora artística que falla una acrobacia. Por insólito que parezca, le duele más el golpe en la rodilla que la perforación del cuello y de la mano.

Jonás se abalanza sobre ella, se sienta en su espalda y la apuñala repetidamente: en los hombros, en los costados, en los omóplatos. Lo hace tantas veces que pierde la cuenta, pero Kira sigue viva y no para de moverse intentando zafarse. Se arrastra por el suelo hasta alcanzar el marco de la puerta, se aferra a él con una mano y se propulsa con fuerza para llegar al pasillo. Jonás no se detiene, continúa clavando y extrayendo el sacacorchos tan rápido como puede. Con algunas embestidas consigue que la punta del sacacorchos atraviese una zona blanda del cuerpo de Kira y lo perfora por completo hasta que la mano de él choca contra la piel, pero otras veces impacta contra partes duras y apenas logra introducir el metal en su anatomía. El pijama de Kira se tiñe de rojo y se convierte en una membrana pegajosa.

A Jonás le duele cada vez más el brazo, pero Kira no se rinde, continúa luchando por su vida.

—Estate quieta, joder —le pide Jonás, casi en tono de súplica—. ¿No ves que así no puedo hacerlo?

Ella no obedece, y él, con la mano que le queda libre, intenta darle la vuelta. Aunque no lo logra del todo, puede comprobar que del lugar en el que le realizó la primera incisión en el cuello mana un hilo de sangre fino pero continuo. Ambos se miran a los ojos y Kira le intenta hablar, pero de su boca no salen palabras, sino burbujas rosadas mezcla de saliva y sangre. Quizá esté intentando pedir auxilio, o tal vez reclamando explicaciones, Jonás no puede saberlo y tampoco le importa demasiado. Con la mano izquierda le agarra el cabello formando con sus dedos una improvisada coleta, y con la derecha comienza a perforarle el cuello y el mentón, hasta que accidentalmente le golpea la mandíbula. El impacto contra el hueso parte en dos el sacacorchos dejándolo romo. Ya no puede continuar apuñalando con él el cuerpo de Kira.

Jonás se levanta de un salto y casi vuelve a caerse al suelo, pero logra mantenerse en equilibrio sobre su única pierna sin apoyarse en la pared. Está asustado y bañado en sangre. Mira sus manos, ocultas en los guantes de látex, y se las acerca a la cara para olerlas. No sabe por qué lo hace, pero siente una arcada.

Kira aún respira y, aunque no tiene fuerzas, continúa intentando arrastrarse por el suelo. Lo hace muy despacio, dejando tras de sí un reguero de sangre; parece una babosa o un caracol gigante sin caparazón. Sus uñas arañan la madera del suelo, pero apenas logra desplazarse, un esfuerzo ímprobo que no sirve de nada.

Jonás se dirige al baño saltando sobre su pierna derecha, entra en él y cierra la puerta. Se sienta sobre el inodoro y se abraza el torso desnudo, de pronto siente frío; un frío que le recorre la columna vertebral y le eriza la piel. Tiembla y llora como un niño desamparado, se limpia las lágrimas con el antebrazo y se mancha la cara de sangre. Permanece allí, quieto y en silencio, durante al menos diez minutos, hasta que ya no oye ningún ruido. Entonces se incorpora y abre la puerta del cuarto de baño. Kira está en el suelo. Muerta. Ha conseguido arrastrarse desde el salón hasta la puerta del dormitorio, casi cinco metros. Jonás observa el cadáver. En una mano sujeta un vaso de cristal. Le sorprende que no se haya roto.

56

Kira no se presenta al trabajo por la mañana, tampoco al día siguiente. Intentan localizarla llamándola una y otra vez a su teléfono móvil, pero nadie contesta. También le envían varios correos electrónicos con acuse de recibo, que se quedan sin respuesta. Saben que sus padres son mayores y que no viven en la ciudad; antes de avisarlos y preocuparlos sin necesidad, una compañera se pone en contacto con una amiga de Kira para saber si ha hablado con ella en las últimas cuarenta y ocho horas. Le envía un mensaje contándole su ausencia injustificada de dos días y ella responde de inmediato aclarándole que tampoco sabe nada: le escribió el día anterior proponiéndole quedar el fin de semana, pero no obtuvo respuesta. No le dio importancia, simplemente pensó que estaría ocupada y que ya le diría algo cuando pudiera.

En el último mensaje que la amiga de Kira le envía a su compañera de trabajo le asegura que acaba de coger un taxi y se dirige a su casa para ver si le ha ocurrido algo, le dice también que no se preocupe, que volverá a escribirle en cuanto tenga noticias. Eso es lo que le dice, pero no lo hace porque lo que encuentra la paraliza. No es capaz de avisar a nadie para contarle lo que acaba de ver.

Al llegar a la puerta del piso de Kira golpea varias veces con los nudillos, pulsa el timbre e incluso la llama por su nombre, elevando la voz todo lo que puede, pero nadie responde. Entonces, desde el rellano, marca el número de su teléfono móvil y espera, cuando oye la melodía sonando en el interior de la vivienda sin que nadie responda, comprende que algo ha ocurrido y decide avisar a la policía.

Unos diez minutos más tarde se presenta una ambulancia del SAMUR con tres médicos y dos agentes de la Policía Nacional uniformados. Tras llamar al timbre para verificar que nadie abre, un policía trata de forzar la puerta. Primero tira del pomo hacia dentro y hacia fuera con violencia y comprueba que el cerrojo no está echado y que lo único que impide acceder al piso es el resbalón de la cerradura. Decide entonces golpear con el hombro la puerta con todas sus fuerzas; en el cuarto intento consigue que el cerradero del marco ceda y consigue entrar en la vivienda.

Kira se encuentra en el lugar en el que murió y el reguero de sangre también continúa allí, pero el resto de la vivienda está limpia, completamente desinfectada, y la cama deshecha muestra que alguien ha dormido en ella, pero las sábanas son otras.

Mientras el grupo de emergencias atiende a la víctima y confirma su fallecimiento, el agente que ha forzado la puerta realiza dos llamadas. La primera, al juzgado de guardia, para informar de los hechos. El funcionario le indica que un médico forense, acompañado de un secretario judicial, se personará en la escena del crimen para realizar el levantamiento del cadáver. El agente le recomienda que avise también al juez para que los acompañe, pero el funcionario, en un tono mecánico propio de un discurso memorizado, le recuerda que entre las funciones del magistrado no figura la de asistir personalmente al lugar en el que ha sido hallada una víctima mortal. Antes de replicar, el policía dirige de nuevo su mirada al pasillo y ve el cuerpo de Kira, la cabeza y la espalda deformadas por las puñaladas, y simplemente dice:

—Créeme, será mejor que lo avises para que venga.

En su segunda llamada solicita que la Brigada Central de Investigación de Delitos contra las Personas de la UDEV se persone en el lugar de los hechos para responsabilizarse de la investigación y redactar el atestado.

En menos de treinta minutos la calle está acordonada y nadie puede entrar ni salir del edificio sin ser interrogado Dos agentes de la Policía Judicial son los encargados de tomar declaración a los vecinos, también a Jonás, que los recibe con el uniforme del trabajo y se muestra tan sorprendido como consternado por lo ocurrido. Les explica que conocía a Kira, no solo porque vivía frente a ella, sino porque era una clienta asidua del supermercado y hasta en alguna ocasión habían tomado café juntos.

—Me contó que trabajaba haciendo películas o algo de eso —dice.

Les asegura que no puede creer lo ocurrido, el barrio es tranquilo y lo que ha sucedido es propio de una novela de terror. El resto de su versión no difiere en gran medida de la de los demás vecinos. Nadie vio ni oyó nada extraño los últimos días, solo hay algo que a todos les parece relevante destacar: todos vieron a Fausto de pie, frente a la casa de Kira, amenazándola y golpeando su puerta con violencia.

Los agentes le indican a Jonás que, si el curso de la investigación así lo requiriese, le solicitarían que se desplazara a la sede policial para ampliar su declaración y se despiden de él deseándole que tenga un buen día. Él los acompaña a la puerta y les asegura que estará a su disposición para todo lo que necesiten. Solo usa una muleta para desplazarse, lo hace con premeditación para que su cojera resulte más evidente. Y, cuando llegan, apoya el hombro en al marco de la puerta y simula recuperar el aliento de forma ostentosa.

—Ojalá solucionen esto pronto —les desea antes de cerrar y regresar al interior, desde donde los oye interrogar al resto de los vecinos de la corrala.

Aunque ha conseguido mantener la compostura, cuando toma asiento en el sofá las manos le tiemblan. Está asustado y excitado a partes iguales. Aprieta las palmas con fuerza contra sus muslos para intentar detener el temblor y de pronto ve en una de las baldas de la estantería el trozo de la cajetilla de tabaco con el número de Lucía. Se levanta y se acerca a ella sin muletas, saltando sobre su única pierna, para cogerlo. Cuando lo tiene en la mano siente a la vez la necesidad de romperlo en pedazos y también de llamarla. Inmerso en esa contradicción, no realiza ni una cosa ni la otra.

No puede deshacerse del número porque, en lo más profundo de su ser, Jonás sabe que Lucía es el último cabo suelto de todo su plan. Ella es la única persona que conoce sus dos identidades y solo a través de ella se podría descubrir que Ismael es realmente Jonás. Y ese es también el motivo por el que no quiere llamarla, sabe muy bien lo que supondría hacerlo. Mientras exista Lucía, Jonás nunca podrá desaparecer del todo.

Finalmente decide guardarlo en una página cualquiera de uno de los libros que pueblan las baldas. Al dejar el trozo de cajetilla, el borde del cartón queda a la altura de una frase, como si la subrayara. Jonás no puede evitar leerla: «Era una cosa insignificante, lo sabía. Y un abismo».

Regresa al sofá y toma asiento. Ya no oye ningún ruido, de lo que deduce que los agentes ya habrán dado por finalizados los interrogatorios. Justo en ese momento se pregunta si podrá confiar en Lucía, si ella se mantendrá al margen y le dejará continuar su camino, o si finalmente se verá obligado a realizar la llamada.

Todo lo que sucede después se desarrolla tal y como Jonás lo había previsto, solo que los hechos se precipitan de una forma aún más veloz de lo que había imaginado.

Lo primero en aparecer a la luz al iniciarse la investigación son las diferentes denuncias que Kira le había interpuesto a Fausto a lo largo de los años, también las quejas que había presentado en la comunidad de vecinos y que habían quedado registradas en las actas correspondientes, y hasta tres escritos formales enviados al Ayuntamiento solicitando que intervinieran para evitar las molestias que les ocasionaba a los vecinos.

Tras las primeras declaraciones, el juez pide que se intervenga el teléfono de la víctima para comprobar sus comunicaciones durante los últimos meses. No encuentran nada extraño, salvo algunas llamadas recibidas casi siempre durante la noche desde diferentes números no registrados en el listín de contactos de Kira y que, al no poder rastrearlas, dan por supuesto que pertenecen a tarjetas de prepago no asociadas a ningún titular. El juez también decreta una orden de registro en la vivienda de Fausto, donde encuentran cinco teléfonos móviles con tarjetas de prepago. Ninguno de sus números se corresponde con los que aparecen en el informe de llamadas recibidas por Kira, pero en el cajón de su ropa interior descubren una treintena más de tarjetas, todas ellas con números distintos.

En el apartamento de Fausto no encuentran nada más que pueda incriminarlo del homicidio, pero sí en el de Kira.

En su primera exploración, el médico forense halla tres cabellos negros rizados entre los dedos de la víctima, seguramente arrancados de la cabeza del agresor durante el forcejeo. También dan con el arma homicida, torpemente ocultada bajo el colchón, envuelta en papel de aluminio.

Aunque los restos resecos de sangre dificultan la búsqueda, en el mango nacarado del sacacorchos encuentran dos huellas dactilares completas, que, contrastadas con las de Fausto, arrojan resultados coincidentes. También su ADN coincide con el de los tres cabellos negros y rizados hallados entre los dedos de la víctima.

57

La última vez que Jonás y Fausto se ven, vuelven a cruzarse en la escalera, como ocurrió la mañana en que se conocieron. Jonás regresa del supermercado, viste la camisa blanca con rayas verticales de color verde del uniforme y lleva la tarjeta identificativa roja en la que se lee: ISMAEL, CAJERO.

Fausto está esposado, con las manos a la espalda. Camina escoltado por dos agentes y, al cruzarse con Jonás, uno de ellos le pide que se aparte para que puedan pasar. Él obedece, se arrima a la pared y apoya en ella la espalda, los codos y las muletas. Al bajar la comitiva las escaleras, Fausto y Jonás quedan por un momento el uno frente al otro y se miran, solo un segundo.

Jonás sonríe.

Eso es todo lo que hace.

Una amplia sonrisa que deja a la vista todos sus dientes.

Agradecimientos

Un libro lo firma una sola persona, pero son muchas las que forman parte de él. Sin ellas, habría sido imposible que viera la luz.

Gracias a Ana María Caballero, que una mañana del mes de septiembre, mientras yo andaba recorriendo México, me llamó por teléfono para proponerme que escribiera un libro, y me cambió la vida. Sin su apoyo, su guía y su confianza, *Perder el equilibrio* no existiría. Hago extensible este agradecimiento a la editorial Grijalbo y a Penguin Random House Grupo Editorial, por abrirme las puertas de su casa y hacerme sentir en ella como en la mía.

Gracias a Toni Hill, por aconsejarme, por compartir sus conocimientos conmigo y por su generosidad.

A Javier Aizpurua Espinosa y a Nuria Terán Villagrá, que me ayudaron a dar verosimilitud a todos los aspectos médicos de la novela. Y a Ana Fe de la Hoz, que me puso en contacto con ellos.

A Verónica Posada y a Armando Gómez, por dotar de acento a mis personajes y lograr que tuvieran una voz propia.

A Juan Carlos Turienzo y a Valentín Fernández, sin cuyos conocimientos legales los crímenes de mi novela se habrían parecido demasiado a los asesinatos que se ven en las películas de Hollywood.

A Pablo Escudero, por leerme siempre con cariño y objetividad. Y por estar al otro lado cuando me surgen las dudas y los bloqueos.

A Juan Bautista Durán, a Gregori Dolz Kerrigan, a José Ángel Zapatero. A todos los editores que en algún momento confiaron en mí y en mi obra. Ellos me permitieron mantener vivo el sueño de contar historias.

Y a mis lectores, porque este viaje solo tiene sentido si ellos suben a bordo.